U0065998

陳映真全集

12

1989
—
1991

人間

目次

二月

一個獨特的「間諜故事」

讀林坤榮《歸鴻》的隨想[1]

才不久以前，一個退職的美國中央情報局特工寫了一本《CIA》，暢銷一時。書中詳細描繪了美國CIA在全球各地從事破壞、謀殺、煽動和顛覆等駭人聽聞的罪惡內幕。但是在國民黨特別訓練的「甲級萬能特工」林坤榮的回憶錄《歸鴻》中，讀者卻一點也看不到絲毫國民黨對大陸「敵後工作」的內幕。

幾十年來，台灣似乎出版過幾本通俗的反共間諜小說。幾十年來，台灣也上演過一些美國好萊塢拍的反共間諜片。它們大約都不出於這既定模式：描寫共諜之不苟言笑、粗笨、愚昧、貪色和殘暴，以及反共間諜之智勇雙全和最後的勝利。但林坤榮的回憶錄卻幾乎沒有這些反共的謔畫，反而相當平實地披露了中共政治犯監獄生活和管教政策的實相。

一個真摯的反共愛國者

這是因為林坤榮雖經過長達二十八年的監禁和勞動改造，基本上還是一個反共者。他那真摯的反共主義和來自個人風格的忠誠，使他在《歸鴻》中慎密地保衛了國民黨對大陸高級特情工作的秘密。但也由於作者林坤榮先生個人風格中獨有的愛國主義、真誠、勇敢、公平和智慧這些特質，使這本書有極為豐富的紀實性和不可思議的可信性。事實上，隨著整本《歸鴻》在敘述上的展開，讀者除了隨之遍歷了中共的國特重刑犯的監獄生活和內心世界，同時也隨之認識了作者獨特的反共愛國主義，和他表現在性格上誠實和持平的勇氣和風格，而《歸鴻》也因而脫出一般反共間諜故事的老套。他描寫了國民黨香港特工組織和人員驚人的顢頇無能、腐敗和官僚主義；描寫了這個香港特工組織如何把一個優秀的「甲級萬能特工」，在明顯的疑竇下，硬生生地送進了大陸「人民的天羅地網」；描寫一個「台灣派出去」的特工鍾緯極端醜惡的品質——在中共監獄中永不改悔地陷害無數同犯以求自活；描寫了幾個作者所難忘的中共勞教幹部，持平地敘述了中共審訊重犯國特的作風、政策、思想和「革命人道主義」的品質。

一九七一年左右，我自己在台東泰源監獄中，讀過在《中央日報》連載包若望（勞改後被釋回法國的中法混血「反革命」犯）關於中共勞改監獄的記敘，使當時身在國民黨政治犯監獄的自己大為驚異。去年，我在電影《末代皇帝》裡，也看到中共對待政治犯的一些具體措施。包若望、愛新覺羅浩和林坤榮們親身經歷的記敘之高度一致性，特別使我印象深刻。

報復還是教育？

一九五六年，林坤榮直接銜中華民國國防部高層特工部門之命，潛入江西，架設諜報電台，在廣州被捕。在台灣，一九五〇年到一九五四年全面撲殺在台大陸籍和台籍左翼、涉共人士，連冤殺錯殺在內，有三千人被處決，長期囚禁者也有三千人之譜。林坤榮被中共逮捕的一九五六年，台灣撲殺高潮雖過，但若有直接受中共特情組織訓練領導的共諜在台被捕，必死無疑。

一九七〇年中後，一個被以「勾聯」中共的罪名被捕的台籍政治犯，審訊時受盡各種令人髮指的酷刑拷打，八〇年初出獄後仍然一身是病。但像林這樣一個重型「反革命」分子，在《歸鴻》中不但沒有受到中共任何肉體的刑罰，而且在審訊過程中，長時間容忍堅心死節的作者尖銳、頑強的反駁、譏刺和反抗。而中共審訊幹部，最激烈的反應，也不過拍案怒斥其「反動」。這在國民黨的政治犯審訊室中是不可思議的。

台灣的政治犯，在偵訊期間最起碼都要搞幾次四、五個晝夜以上無一刻闔眼的疲勞審訊。

但《歸鴻》的作者，白天可以回押房「學習」，夜間受徹夜審訊，中共讓他有約莫兩、三小時的睡眠。他並且還可以在白天以夜間受審為由，抗拒「學習」，要求睡覺，「學習組長」無可奈何，同犯也支持。

在這部回憶錄中自稱曾經在警總審訊在台共諜案中當過書記，對國民黨偵訊和處理共諜措施和手段應有充分理解的作者，雖然沒有寫出他對兩岸對比的感受，恐怕是複雜而深刻的。

和林坤榮的敘述比較起來，國共雙方對待政治犯的思想和政策有極大的差別。一般而論，國民黨對待政治犯是報復、懲罰、消滅的政策和思想，而中共的政策似乎較偏向於改造、教育和挽救。《歸鴻》的作者說道：「共產黨的政策是帶著強制性。他們不僅僅標榜有雄心壯志、有理想、有抱負改造世界，改造社會，改變歷史，而且宣稱他們有決心、有信心、有耐心、有責任要改造全人類。要把一個對國家、對社會、對人民有害的廢物，改造成為一個對國家、對社會、對人民甚至對人類有用的、具有社會主義道德品質、自食其力的新人。因此滿清的宣統皇帝溥儀和國民黨的一些戰犯，就很自然地成為他們對所有罪犯進行政治思想工作的活教材。」

國民黨手下政治犯的待遇

然而我自己和絕大多數戰後國民黨的政治犯的體驗，國民黨偵訊政治案的作風，以欺騙、羅織為最多，製造了不少假案、錯案和冤案。文革時期，中共平反了大量冤、假、錯案，說明他們也有冤假錯案，但在台灣，連孫立人將軍、雷震這兩個解嚴後揭發的冤案，官方至今仍不予平反，就更遑論其他許許多多默默無聞的政治冤案受害者了。

在台灣，政治犯在監執行期間沒有公家發給零用金。沒有接濟（絕大部是外省籍）的政治犯，只能靠難友接濟日用品和衣物度過漫長的刑期，但在《歸鴻》裡，顯示大陸無親友的政治犯是由公家接濟的。

台灣政治犯的思想教育，由政府發給教材，犯人學習情緒和效果不談也罷。但包若望、溥儀、和《歸鴻》的記述中，大陸政治犯自己掏腰包買馬列經典，認真啃書的人大有人在，這是一般台灣政治犯很難理解的。

大陸政治犯，據林坤榮的記述，不斷有犯人記功、減刑、緩刑、釋放的具體措施。林坤榮自己就因積極參加勞動和建設，記了七次大功，無期改判十八年刑，再減一年，後終在一九八〇年提前三年釋放，返回福建本籍，成為公社社員，不久批准出境。

一九七〇年國民黨特赦過少數一些政治犯，絕大多數是獄中「垃圾」。在一九七〇年以前，台灣政治犯從來沒有制度性的減刑、緩刑和特赦。不少政治犯刑期屆滿，不但不被釋放，反而巧立罪名和名義，延長監禁。一直到一九八〇年代初，最後一批五〇年代被監禁的無期徒刑政治犯才被釋放，在獄中度過了漫長的三十幾年刑期。七〇年代之前，出獄政治犯出國之難，近於不可能。更不合理的是，無辜的政治犯親屬友人出國深造、經商都橫遭阻攔。

然而，在伙食方面，國民黨的政治監獄比大陸好太多了。在國民黨政治監獄裡，許多犯人擔心過胖、擔心血壓高、膽固醇過高。

偉大的母親和妻子

從一九五六年被捕到一九八四年回到台灣，在台灣的林坤榮家屬由林妻張月鳳女士以動人至深的堅貞、毅力和愛情，度過了艱難困苦的二十八年歲月。她不但把四個兒女扶養長大，而且讓他們都受到完全的教育。在林坤榮離家二十八年中，他的次子林正杰已經成為外省第二代在台灣從事民主化運動的領袖。在台灣七年的政治監獄中，看盡了政治犯判決後妻離子散、家庭崩潰的悲劇的我，對於林坤榮筆下那位堅貞、自強、深情，具有過人的堅毅和不怨、不仇、寬宏胸襟的張月鳳女士，不能不抱持非一般讀者所能體會的敬意和感動。

回到台灣以後的林坤榮的境遇，是寂寞而挫折的。特別當他回憶青海監獄中一些藏族政治犯釋放後回藏積極參加西藏政協和各級人民代表，內心會有什麼樣的感受，這是他人所不得而知的。一個像林坤榮這樣同時具有真摯的反共立場、強烈愛國主義和民族主義情感，在人格作風上又具有誠實、勇敢、有一定是非之心的人，在民族分斷下民族相殘的歷史中投入特工工作，這本身就決定了悲劇和矛盾的結局吧。

比起以反共、愛國之名，幾十年來在台灣獨占一世利權厚祿的人們，林坤榮毋寧是令人尊敬的。《歸鴻》是一本除了林坤榮以外任何人所不能寫出來的書：立場鮮明，但誠實、勇敢、真實、持平，有時充滿了人的溫暖和詼諧，卻又讓讀者處處看見一個受到嚴格訓練的諜報人員的機警、不可置信的記憶力、時時處處準備防衛和作戰的緊張。而在這一切敘述的背後，《歸鴻》清晰地呈現了在獨特的歷史時代中，一個獨特的、人間的林坤榮。在天安門不幸事件之後來讀這本書，感受尤其的複雜，留下不少讓人沉思的東西。

初刊一九八九年七月《人間》第四十五期

1　本篇為《人間》雜誌特別企畫「民眾史：赤獄『國特』」三：書評。

等待總結的血漬

寫給天安門事件中已死和倖活的學生們[1]

一九四九年，中共打敗了國民黨和美國帝國主義，建立了政權。一九五〇年韓戰爆發，美國對大陸施行嚴酷的軍事和經濟封鎖。一九六〇年代，中美蘇分裂，蘇方撤走經援，並在綿長的北疆以重兵相威脅。憤怒而貧困的中國社會主義政權，以落後的生產力，艱苦地在八億人口中實施社會主義分配。在兩霸夾擊下，屈辱、驕傲、悲憤的中共，近於焦慮地要團結中國廣泛的窮人，使革命更為純粹，以保衛革命。當對外無法力破，終於發展成對人民和同志的疑忌、指控和加害的「文革」。

被顛覆的意識形態系統

荒謬劇團似的「四人幫」崩潰。文革所要打倒的墮落黨政官僚，不但不倒，反而以被害者的

一九八九年七月

面貌回朝。鄧小平「開放改革」體制在全面、徹底否定文革的思想上確立。在胡耀邦、趙紫陽領導下，中共努力要發展「社會主義的」市場和商品機制，並且政策性地使大陸中國參與世界資本主義的分工系統，以解決民族資本積累和進一步發展經濟的問題。

然而，對文革絕對性的否定，連帶使人失去對中國社會主義理想、信念和道德的信仰。中共對於一九四九年迄一九七九年期間中國革命和社會主義，以及世界資本主義體系的發展沒有做過科學的、嚴肅的總結，對於戰後世界資本主義基本上不理解，從而對「開放改革」沒有做好理論、知識、思想和法律、基建、教育和政治上的戰略和戰術上充分準備；八〇年登場的「開放改革」，在下層建築上引發了一系列生產的擴大再生產和流通領域中非社會主義的構造性變化。

「改革開放」後大陸社會下層建築的巨大的變化，帶來了上部構造相應的變化。對利潤和商品的飢渴，政治和社會倫理的崩潰，對自己民族和文化的自卑，對西方資本主義文明的過度美化與崇拜，對中國社會主義建設前途喪失信心，並且對馬克思主義知識系統開始全面地懷疑，是「改革」後普遍的形勢。大約近五年來，大陸思想界、知識界確實已經發生了要在黨、在社會主義以外去尋找思想出路和問題的解答的強烈浪潮。在台灣看來，西化得已臻荒唐的方勵之就是一個突出的例子。更為驚人的是，這一股目前知識上仍尚幼稚的浪潮，恰恰是寄生在國家「開放改革」的指導部門發展的。《河殤》的思想和它的宣傳，其實明顯地是為鄧、趙修正主義的改革開放路線服務的。

「改革」的構造矛盾

三、四年前實施的「放權」改革與發展，已經在大陸上產生嚴重的矛盾（陳文鴻等，一九八九）：

基礎工業方面

在官僚強烈利潤動機和民眾消費欲望下，內銷性新興耐久消費財輕工業過度發展，使全國輕工業與基礎工業產生結構失衡，基礎工業產品因而短缺，供不應求，又帶動停滯膨脹。基礎工業產品的短缺，也造成對基工產品的官倒，最終造成工業發展的停滯。

地方官僚無計畫、盲目擴大鄉鎮工業，也占據了基礎工業產品，使其短缺引起的問題更為嚴重。

輕工業方面

「高檔」耐久消費品市場大、需求旺，各省以下一窩蜂，擴大投資和生產。結果是無全局計畫的消費性、重複性投資大量增加；大量進口生產設備、原料與技術，使外匯暴降，造成財政赤字。不得已而管制進口時，則使高度依賴外來機械、原料、半成品的廣泛工業停產或半停產。

與外國在資本、技術、管理上合作的企業和工廠迅速擴大，造成原料、資本、技術和市場逐步對外資從屬化，中國大陸已成「萬國產品的裝備間」，對外垂直分工之勢已在形成。

地方官僚為利權之確保，盲目擴大「鄉鎮企業」，效率、產能低下，造成資金、原料、基建的重大浪費與搶占。

外債在增加中。目前，大陸外債管理問題比外債本身的問題更為嚴重。

商品消費欲擴大後，在集體所有和全民所有制下，以集團性消費的肥大化，破壞了民族積累，刺激全國性超前消費。

各省區為本位私利，任意干涉原料和產品的流通，任意過境加價，影響供需和市場的自然發展，並造成通貨膨脹。

農業方面

工農產品價差擴大，農業利潤下降，農民向城市盲流，內地和沿海區域經濟格差擴大，糧食及農產原料減產，價格上漲，帶動工業成本上漲，也導致工農業構造失衡和通貨膨脹。

個體戶資本主義在大陸國民經濟中比重微小，但帶動物欲和消費欲的力量大，帶動資本主義價值觀的衝力也大。

總的結果，是全民所有制和集體所有制物質和精神支柱搖搖欲墜，意識形態和知識、文化領域中社會主義價值理念岌岌可危，「資產階級自由化」的思想氾濫。在社會生活上，盜娼、腐敗、特權搶占滋生。在政治生活上，官倒、以權謀私無法抑止，而官僚主義因獨占利權變本加厲，嚴重脫離群眾，進一步打擊社會主義民主。一個官僚階層獨占的、邊陲化的半社會主義社會在擴大它內在矛盾中形成和發展。

修正主義．半資本主義路線

物質的發展，並不以主觀上的「堅持四項基本原則下開放改革」、「國際大循環」和「社會主義初階段」這些口號和「理論」為轉移。無疑地從「善良願望」出發的鄧、胡、趙改革路線，發展成難以辯駁的修正主義、半資本主義路線，並且迅速尖銳地帶來生活和思維領域中的巨大矛盾。而這矛盾終於在一九八九年五月，於一切社會中最易感的部分——學生中爆發。

然而，鄧、胡、趙修正主義、半資本主義路線造成的矛盾所促成的北京學運，在思維領域上恰恰不是對修正主義和半資本主義的批判，反而是修正主義和半資本主義更進一步發展的要求！學生反腐敗、反官僚主義，要求群眾對生產、分配和政治生活的干預(「民主萬歲！」「自由萬歲！」)，恰恰不是批判腐敗和官僚主義體制的根源——「放權開放改革」後社會的矛盾構造，而是要更進一步去發展它！北京學生和自由派知識分子所要擁護的，恰恰是他們所無法忍受的官倒、官僚主義的根源！

這才是天安門不幸事件最大的內在矛盾和悲愴。

矛盾與悲傷

這矛盾和悲傷滋生、增幅為更多的矛盾和悲傷：

六月四日以前，中共當局對百萬人示威的容忍和行政上的「支援」，解放軍和群眾間令人瞠目的和諧關係，一夜之間完全被抹殺……

北京市醫護衛生人員超越政治，艱難忠誠地執行救護絕食學生和「鎮暴」中受傷民眾的責任的動人的工作，被淡化下去。

台灣固不必論，天安門事件在全世界範圍內引起了一九五〇年以來最大規模的反共、反華大合唱。反共法西斯分子成了衛護民主、自由的天使，國際反共特工集團成了人權鬥士，沉寂多時的冷戰詞語鋪天蓋地而來。清醒的人們只能眼巴巴看著一切的是非都在蓄意被顛倒著，說謊的人振振有詞，背德劫占的人成了菩薩心腸的慈善家……卻因在天安門仆倒的軍民而噤啞難言。

而且，只要天安門不幸事件的意義一天不沉澱和結晶出來，善良地、單純地、熱烈地渴望中國的廉政、民主和自由的人們，將一天不能不淪入虛無、犬儒、甚至絕望的暗夜；官倒更為猖獗，官僚主義，像文革一樣，不但沒有被打倒，反而更為鞏固！

有什麼悖理比這些更其悖理？有什麼矛盾比這些更其顛倒？又有什麼悲愴比這些更為深沉？而這就是我痛心疾首地譴責下令在天安門前開槍的人們的主要原因。

等待總結的血漬

慘案已經造成。中國為此在各方面蒙受的損失，是難以估計的。把天安門事件打成「反革命動亂」、進行後續性鎮壓，是太簡單化了事件之本質。天安門不幸事件，再次以悲傷的方式敘說了一個貧窮民族永不能或忘的事實：在新殖民主義霸權支配、圍堵、準備隨時打棍子、顛覆、分化、造謠和破壞的時代，貧困民族自求解放的革命、建設和資本積累，是一條多麼坎坷困危的道路！

因此，歷史彷彿已透過北京天安門廣場上的血漬，要求敢於獨立思考的共產黨人，要求具有鮮明民族主體意識的中國學生和知識分子，要求一切熱愛祖國、願意從經驗中摸索真正的民族解放以振興中華之道的人民，對天安門事件做出科學的總結，並且在這總結的基礎上，重新畫出中國社會主義的改革和發展的道路！

因此，我們不惟期望中共當局對「六四天安門事件」做出實事求是、公正客觀的調查，擺出具體事實，說出公平的道理，並且正確處理之，我們還等待中共對其「改革十年」，做出嚴肅的總結和自我批判。我們要問，沒有總結和自我批判下，鄧、李、楊的黨和政府說「開放改革政策不變」，說「不是改革過頭，而是改革不夠」是什麼意思？在「後六四」時代，中共黨改革開放的理論、戰略與路線，是胡、趙的舊貫，還是另有新的理論、路線和方向……？沒有這些必要的工作，目前「鎮壓反革命動亂」，就是推卸責任，就是不教而殺。

而「六四」不幸事件的另一個啟發，是分散在大陸、台灣和海外的中國革命的知識分子，有義務獨立地思想民族分裂時代中大陸、台灣和香港的社會性質，指出各社會中矛盾的構造，找到改革的力量和方向。從而找到民族統一的康莊大道。

初刊一九八九年七月《人間》第四十五期

---

1 本篇為「血腥、荒謬的兩岸中國」專輯，「陳映真專欄」文章。

金文豪，加油！[1]

他只拍民眾，和生活中平凡卻真實的東西。由幾張照片構成有政治、社會批評意義的，充滿矛盾的表現韓國與韓國人的作品。

金文豪（Kim Moonho）今年才三十五歲，外表上看起來還要年輕些。去年，他舉行過一次攝影展。批評家這樣寫道：

現代人對氾濫的視覺媒體早已厭煩而麻木。因此，只有強烈、誇大、震撼性的映像，或纖細精美的東西，才能博取現代人的注意，映像文化遂日益非人化和物質化。

金文豪不拍驚人、唯美的東西。他只拍民眾和生活中平凡卻真實的東西，由幾張照片，構成他具有社會和政治批判意識的、表現充滿矛盾的韓國生活與韓國人的作品。

他謙虛而和善。他極力推崇韓國著名的紀錄攝影家崔敏植（Choi Minshik），自居弟子。「崔先生早自五〇年代開始拍東西，至今不輟，艱苦創作。他已經出版了六本極好的攝影集，書名都是『人』（韓語：『人間』），表現韓國低層人民的生活與表情。」

在民眾運動滔天的韓國，按理說，紀錄攝影應該蓬勃發展，名人輩出，事實卻不然。老一代的除了崔敏植、還有鄭範泰（Lim Eungsik）[2]。年輕一代，有大學生攝影家專拍運動照片，更多的人在商業攝影中找較好的生活。

「韓國美術長期受到日帝『帝展』和戰後美國現代主義影響，長期沒有民眾性和民族性。」金文豪說，「韓國攝影又受韓國美術影響，所以至今搞唯美、搞沙龍照、拍裸女花草的多。」

金文豪說他是基督徒。「基督化，在我而言，就是『人化』。耶穌是我關於人、生命、生活和社會的偉大教師。」他認真地說，「主耶穌生而為窮人。這是有其意義的。富人不可能認識基督。當我背著相機走在貧民住區，我常常思想耶穌生為貧窮人的意義……」

據金文豪說，崔敏植正在糾合同志，組織一個叫「Real Photo」的紀錄攝影團體。「一旦有組織，在崔先生和其他先輩的領導下，韓國的紀錄攝影一定會發展起來吧。」他熱切地說，「首先，我們得從整理和總結韓國攝影史開始……」

紀錄攝影有獨特的生態，那就是越是充滿了矛盾、越是有複雜急迫的問題逼著人們去思想的時代，紀錄攝影就越容易發展。所以我對他說：「你們的紀錄攝影運動才要開始呢！加油吧！」

「但願是。」他笑著說。事實上，六一〇以後，許多運動刊物、理論刊物開始比較多地採紀錄攝影作品。他仔細翻閱三十七期的《人間》雜誌。「你們作品的水平很高呢！」他獨語也似地說。

我沒有說話。採訪這麼多人，這麼多事，卻意外地發現台灣在韓國戰鬥的文化人面前拿得出來的東西：紀錄攝影。

初刊一九八九年七月《人間》第四十五期

1 本篇為「韓國錐子」系列文章之二。

2 鄭範泰的拼音為 Chung Bumtai。Lim Eungsik（1912-2001）是另一位致力於記錄庶民生活的韓國攝影家。

「母親的臉」1

貧農的兒子，詩人，和天主教神學生；金明植的詩歌和信仰在神學、思想和評論上才華橫溢，捧著永不熄滅的理想和愛，在漢城的貧民窟艱苦地開展韓國的第三世界研究……

四月十九日，我依約和譯員小仝一道去金明植先生的「亞非拉研究所」（Asia Africa Latin America Research Institute, AALARI）。這「阿拉理」（AALARI）地處漢城市的邊陲，是一個聚集大量中低及低收入市民的城市貧民的地區。我們爬了一段陡峻坡路，找到「阿拉理」。和金明植互相握手時，我一邊喘著餘氣，一邊笑著說，「AALARI的所在地是漢城地區中的『第三世界』，這是個不能磨滅的印象。」

AALARI是一個中型民宅，住著金明植和他的日籍夫人和一個備受鍾愛的、才上小學的女兒。這一天，有五、六位大部分都還年輕的研究員，向我們彙報了AALARI的業務和工作。

亞洲、非洲、拉丁美洲各國，一貫地因複雜的歷史、政治、經濟、社會和種族等問題，無法獲得真正的獨立、解放和自主。「因此，AALARI的工作，是希望能幫助第三世界各國有志之士，去了解自己和其他第三世界的情況，從而促成相互理解與團結，為各自的解放、自主與獨立而努力。」金明植說，「AALARI以艱難的研究和教育計畫，收集和分析各種資料，促進第三世界人民之間的交流、團結與支援，來達成世界的和平與正義。」

研究項目

據AALARI研究部指出，他們的研究範圍包括：

- 各種當代意識形態：如依賴理論等。
- 核能問題：現代科技的惡用問題。
- 戰爭與和平問題。
- 南北問題：使窮國和富國間的格差擴大的當前國際、經濟體系問題。
- 東西對立問題：與國際「飢餓政治」相關聯的東西兩陣營意識形態問題。
- 在各種教條化意識形態和專制政治下受到壓制的人權問題。

・種族紛爭和國際紛爭問題。

・環境汙染、少數民族、小型國家和第三世界的發展等諸問題，等等。

「近代韓國解放運動的歷史，也是我們的研究項目之一。在日朝鮮人的政治、社會地位問題，也在我們所極為關切的範圍。」金明植說，「在教育工作計畫方面，我們側重第三世界人民的參與、討論，從而找到解決之道。」而以各種講座、學術研究會、討論會和專題會議為主要形式。

AALARI有自己的圖書資料庫，收集、整理和收發有關韓國和第三世界關於政治、經濟、文化和歷史等方面的書刊、期刊、資料、論文、宣言和運動團體的刊物等，提供給韓國和國際的研究者、專家和運動家。

「愛的呼喚」

AALARI也從事韓國當前民族統一、工人、農民、婦女等問題的研究計畫。

然而，修習韓國文學、天主教神學出身的金明植給人留下來最深的印象，是他的高度的理想主義氣質，以及文學家和理論家相結合的獨特才華。他的詩充滿了出於愛和信念的抗議和質問；他的理論（包括神學、思想等）卻理論清晰又不缺乏內蘊的炙熱情感。

一九八三年，他到日本國際基督教大學研究所攻「比較文化」。一九八五年，他冒著被日本政府拒絕留學的代價，公開反對在日本政府的「外國人登錄證」延期申請書上捺押屈辱性的指紋。一九八七年，他毅然發表「拒絕留學」聲明，整裝返國。

在惜別聚會上，金明植提出他的「愛的呼喚」：他要和日本人一道思想這個問題：「你要在一種能夠讓全亞洲人共生共存的方式下生活呢？還是在一種趨向終於還要殺害別人的生活方式下生活？」

「在那個惜別會上，我告訴聽眾，我是帶著我的母親和同村人們的眼淚和吶喊到日本留學的。」金明植說，「我說，我在日本也聽見了日本山谷市日傭工、在日朝鮮人和愛奴族的哭聲和吶喊之聲。但是我卻不曾在日本的詩歌、文學、神學、政治學或經濟學論文中，聽見這些哭泣和吶喊……」

金明植於是在他的一首詩裡這樣發出疑問：

難道沒有這樣一個小小城：
人們可以和平、諧和地共居和共生？
難道沒有這樣一個社會：

他在惜別演說中批評了日本社會中虛構的中產階級意識。「日本人連認識自己貧乏的意識都受到剝奪。」他說。他「感謝」當時日本教育部長為日本殖民韓半島的辯解之言，「因為他暴露了日本人對韓國真正的帝國主義想法」。

「和平的神學」

許多日本學界、文化界的人抗議日本政府因金明植拒捺指紋而使他停止留學離境。「我自願犧牲博士學位的修業。沒有這個學位，回到韓國就不能教書，沒有工作。多少人說我傻。」他說，「為了使人類可以和平、諧和地共生，我寧願當個『傻瓜』。」

曾經一心一意要把自己獻身於天主教的金明植，思考和發展過一套「和平神學」。以最為概括的敘述，和平神學有這些內容：

耶穌在人世的生活，特別是祂到加利利去的行動的中心目的，是要在上帝和人類之間，拓展「上帝的國度」。金明植特別指出，當時的加利利是先後被亞述帝國、巴比倫、波斯所占領，使它與以色列分離的悲傷之地。在以色列，加利利也受盡蔑視。在羅馬占領以色列的時代，以耶路撒冷為中心的以色列精英統治階級，只對外族羅馬人輸誠，協助羅馬保持加利利、巴勒斯坦和全以色列的分斷分離，而維持其利權。

在祖國分斷下，受盡壓迫的加利利人民，一直為了自己的解放和民族的統一而鬥爭。

耶穌沒有選擇與外國勢力勾結的耶路撒冷，而選擇了充滿貧困、飢餓、侮辱、民族離散的加利利，在那兒傳教、生活、奮鬥，終於走上磔刑的苦路。耶穌和加利利的下層勞動者、妓女、盲人、被棄絕者一道生活，宣說解放的福音，和他們一起為「上帝的國度」地上的建設而共同奮鬥，讓那些卑微的人見證磔刑的失敗和復活的勝利，與卑賤愛樂的人成為兄弟。

「在加利利，耶穌為人治病，清潔充滿腐敗和物質主義的聖殿，與當代精英知識階級和祭司階級辯論，讀經、祈禱、勞動、生活，全心全意和民眾共同建造一個永續的、民眾的上帝之國。」他說。

分享和平安

耶穌以什麼具體實踐，去對抗羅馬和以色列上層祭司、文士階級的獨占支配體系呢？金明植提出了「社會分享」的概念來說明。

「主耶穌以生的分享、勞動的分享、異象的分享、物質的分享、悲慟的分享、喜樂的分享，聯立一個『共有、共勞動』的上帝國度。」他說，「並且通過分享，建立了和平。」分享的實踐，就是和平的實踐，即猶太語「沙洛母」（平安）的實踐。

在〈馬太〉、〈馬可〉福音中，有耶穌同四千、五千個窮人分享五餅二魚的實踐。「然而當時門徒不以人民之飢為飢，勸耶穌早些解散跟隨的民眾，由他們去自尋食物。」金明植說，「但耶穌的回答，卻是主耶穌僅有的五餅二魚全部提供出來。結果不但餵飽了每一個人，而且大有剩餘。神蹟，其實就是革命。」

在走向磔刑的前夕，耶穌和門徒以自己的肉和血為喻分餅、分酒，正是對門徒做了最後的總結性的宣教，使餅酒肉血的分享，成為愛和抵抗的最高形式。「分享，就是反獨占、反壓迫、反支配、反暴力。」他說「耶穌把地上人間的分享，擴大到天上的分享，成為實踐和平與解放的最中心的福音。」

「在〈使徒行傳〉（四章三二到三七節）記載著實踐了耶穌『分享』遺訓的社會主義教會。初代教會因分享的實踐，形成了沒有歧視的平安（和平）的共同體。」金明植說，「反觀今日的教會，不能不說大都成了反分享、斂聚和歧視的教會。」

母親的臉

金明植在一九四四年元月生於韓國濟州道一個極為貧困的農民家庭。他的寡母在工廠拚命勞動，一定要供他讀大學。一九七〇年他畢業於漢城東國大學，七六年在漢城西江大學修完文學。同年，他因言論獲罪入獄，七八年出獄，母死。

「母親一直相信窮人要努力工作，來改善自己的生活，對於我參與民主化抵抗運動，不能諒解。」他說。「但是，七六年我入獄之前，她終於對我說，她勞動一生，仍然一貧如洗。她說她終於知道了我的抵抗的真義。我坐牢，她一點也不埋怨，反倒慰勉有加……」

他說著，眼眶盈滿了淚影。我們沉默了。我想起了他的一首動人心弦的詩，〈母親的臉〉：

我從來不曾有機會供養一粒米飯的，
哦，我的母親，
不知道您在已拱的墓木中想著些什麼？
您以農民的妻子和寡婦，度過了一生。
年年月月，操勞困頓，不曾休息。

一九八九年七月

有人說您的一生彷彿永夜；
有人說是無盡的寒冬。
當我身陷囹圄，即使一次也好，
我是多麼渴望見您一面。
是啊，即使一次也好，
我渴想著為您煮一餐熱烘烘的米飯。
每天，我總有一個時刻，
從鐵窗瞭望著　母親居住的方向。
現在，我卻盤坐在您的
寸草未生的墳前。
在春天的田野上，
當您背著手走過小麥田，
當早春冷冽的寒風凍徹骨髓；
當您的雙眼昏花，
當您的門牙一顆顆掉落……

我不能為您置一副眼鏡，
不能送給您一具假牙。
您的生命夜復一夜地消逝
這一切都是為了我，
還是為了阿誰？

——《拒捺指紋的思想》，一九八七，東京朝日書房

初刊一九八九年七月《人間》第四十五期

1 本篇為「韓國錐子」系列文章之四。

「結果遠比原因重要」

從權寧彬先生看韓國當前中間自由主義知識分子[1]

在民族問題上主張先民主後統一；在美韓關係上反對反美潮流，主張美韓「對等．夥伴」關係。批評盧泰愚政府，謂其不認真致力於民主化和統一；對北韓抱持一定的疑慮，主張穩健、理性地建設南韓……

在韓國「中央日報」擔任論說委員的權寧彬先生，因為在數年前來過台灣學習華語，並且以新聞工作者的敏銳，在台期間對台灣文學有最初步的關切及涉獵，韓國的朋友於是為我們安排了一次餐敘的機會。

韓國的政治主張中，不論朝野，沒有「南韓獨立」論和運動。但韓國統一的議論內容，則因不同的政治立場而有不同的內容。有趣的是，對於一九八七年台灣開放探親以後兩岸的交流，韓國人卻十分稱道。「韓民族報」社長，也是韓國民主言論運動的老前輩宋建鎬先生，在文益煥牧師訪問北韓後被捕的背景下，對於台灣胡秋原立委訪問大陸返台沒有被逮捕一事，就讚不絕口。他的讚美甚至是提高到中國民族的品質的水平上來評論的。權寧彬的看法也有類似之處。他認為中韓的民族統一問題，有根本性差異。「大陸與台灣的統一，沒有使用武力的可能性。」他說。為什麼呢？因為「中國人原來是把民族大一統視為生活的構圖和生活方式」，他說。其實，內戰和霸權的冷戰干涉，台灣反民族統一勢力甚至公開提出民族分離言論，進行民族分離運動。反而是對於韓國的民族統一運動，我有「韓國民族有更強的愛國主義傳統」的強烈印象。

先民主，後統一

韓國學生、「全民聯」系的統一論，一般地認為美國使南北分斷長期化和固定化；南北分斷的歷史，是戰後韓國政治、經濟、文化和社會等一切問題的總根源。但公然以「中間派」、「機會主義者」自嘲的權寧彬先生清楚地表達了他不同的意見。他認為，韓國南北分斷的責任，非唯美國一國。「南北分立，是戰後國際關係力學構造的產物，說南北韓至今不能統一是美國的責任，不免偏頗。」他說。他認為過分側重分斷的原因，只會帶來南北左右的鬥爭。「民族已經分斷了四十年。這已是個事實，是個結果。大家把焦點多放在結果上，來研究和討論分斷，促進統一之道。」他說，「因此，南北雙方先把各自民主化、自由化問題搞好，逐步增進南北交流、探親、訪問、投資……」權寧彬認為北韓要放棄封閉、好戰和破壞的政策，而南韓也要把民主化和社會財富分配進一步公平化方面做得更好，然後逐步向民族的南北統一與整合穩步發展，是最理想的方法。

「左右之爭」

權寧彬認為一九八七年「六一〇運動」以後，反體制言論有突破性的發展。在權寧彬和其他「中間派」知識分子看來，學生、工人的政治社會主張明顯「過激」。在他看來，在目前情況下，必欲迫使美軍撤離韓國，只批評南韓社會與政治而不批評北方，是「偏激」的主張，非但無益，而且有害。「在韓國，左翼的知識、思想和文化發展很快，所以像我們這些『中間派』的知識分子，在意見和思想的平衡上，就有意義。」權先生說。

他又重提中間派對美韓關係的看法。他認為一九八〇年以後逐漸提高的韓國反美感情，無法解決韓美關係。「依韓國現況，反美造成親蘇和親北韓情緒，這使韓國中產階級和工業資產階級感到憂慮。」他說，「韓國內部的左右對立，比任何人想像的還嚴重。而盧泰愚政府也極力利用左右的對立，拉攏反共、疑共的中產階級和市民，並且有意縱容極端反共右翼分子的勢力滋長。這對韓國的民主化統一事業，是有損害的。」

第五共和的矛盾

「中間派」、自由主義的權寧彬先生，在韓國政治問題上絕不是體制維護的一派。他認為，從朴正熙、全斗煥以迄盧泰愚，對於韓國統一問題一貫表裡不一。「他們表面上在推動統一，發過宣言和聲明，語言都很漂亮。盧泰愚甚至公開宣告北韓不是敵對國，是韓民族共同體的一部分。」他說，「但是，在實際上，統一的具體措施和步調慢到可以說原地不動。探親、通郵、通商、訪友、文化交流，就比你們台灣慢得多。」他甚至認為政府的統一主張早已後退到一九八七年政府《六二九民主化宣言》之前去了。其他關於清算全斗煥第五共和時代的腐敗、對光州法西斯鎮壓等問題，實踐的結果，也顯示盧泰愚的第六共和並無誠意。「在經濟成長後社會財富的較公平的分配問題上，政府和財界也裹足不前。」權寧彬說，「目前，對於工人運動已不是用武力鎮壓所能解決，政府應該能離開財界的立場，才好解決。」

民主化的未來

一九八七年「六一〇運動」後，雖然在野力量沒有贏得一個普選的野黨總統，但在其後的國會選舉中，野黨大勝，造成戰後第一次民主主義野黨在國會占多數的局面。「進入國會的野黨因政治現實主義而保守化。」權先生說，「他們在統一問題和社會財富再分配問題上，和執政黨沒有太大差異。而這也是體制化野黨以外的激進運動發展的土壤。」

韓國自由主義者對一九八七年以來的民主化和自由化當然是興奮而歡迎的。但是，由於在苛酷的反軍事獨裁中，今日被他們視為「過激」的一系，犧牲最大，發言權也比較大些。面對比較沉默、閉鎖、教條主義、對南韓具體上還不能抹除「顛覆」、「破壞」之嫌的北韓，南韓的自由主義知識分子有不能不說的合理的疑慮甚至反感。他們基本上贊成民族統一，反對已無改變之希望的軍系專制政府，對於美國也基本上較無媚從的態度，而採取「對等夥伴」的立場。然而對於韓國民主化的未來，他們主張「理性」、「穩健」地鞏固和發展，先建立一個民主、自由、穩固的南韓，再逐步與北方進行交流、理解、交換和來往，終於達成民族統一的宿願。

像權寧彬先生這樣的中間自由主義知識分子，在韓國社會中不為少數，而且受到一定程度的重視。權先生在《中央日報》上的論議，便有相當多的讀者。我具體感到一個民主運動不斷

「徹底化」(radicalized)的韓國社會中，中間自由主義者的存在，有其意義，正如美式自由派知識分子過剩的台灣，急需要品質良好的激進的知識分子一樣吧。

初刊一九八九年七月《人間》第四十五期

1 本篇為「韓國錐子」系列文章之五。

中國統一聯盟致大陸統一促進會函

敬啟者：

一、「六四」天安門不幸事件，已為兩岸人民和平、民主統一的進程造成具體的困難，殊為遺憾。雖往者不可復，但為盡量減少今後因國府執意執行「三不」政策之現狀下可能對兩岸民間往來造成不良後果，對兩岸和平、民主統一的前景帶來不利因素，乃有數事相詢，敬希給予政策層次之答覆。

甲、兩岸流氓分子互相勾結，拐誘大陸純良婦女來台從事悲慘的賣淫工作，造成重大的身心創傷，對兩岸人民關係更造成嚴重不良後果。究其原因，固在台灣人口拐賣罪行無法杜絕，社會冶蕩之風熾，但大陸近幾年來沿海諸省社會已近絕跡之地痞流氓再度滋生，公安體制鬆弛，不能保護善良婦女亦有以致之。本盟深望今後大陸能檢肅與台灣黑社會共同拐賣婦女人口之不良分子，並於社教中加強對台灣之正確與全面認識，防患大陸婦女來台淪落於未然，以利兩岸人民正常、健康關係之發展。

乙、由於各種原因，台灣需要廉價勞力孔殷，而大陸似亦有勞務輸出之政策，邇來有不少大陸人民因此「偷渡」來台，意在尋找工資工人的工作。唯因台灣國民政府對大陸人民直接來台探親、訪友、工作等情事態度仍嫌僵硬，已「偷渡」入台大陸同胞無合法身分，在「非法」居留狀態下，每易受台灣流氓、人口販子要脅、盤剝、欺騙，並有遭遇其他更嚴重危險之慮。為曲突移薪之計，切望大陸沿海各省，值此國府尚未完全開放台灣與大陸關係之際，做周詳之考慮，負起保育人民之責，以宣傳及法律暫時禁止人民偷渡來台，避免兩岸人民關係因少數不法分子及兩岸不正常狀態而受傷害、生摩擦，甚至演成重大不幸，對兩岸人民之正常往來，造成難以彌補之憾事。

丙、近半年來，台灣報章雜誌廣為報導台灣社會治安情勢惡化，並著意報導大陸「紅星」牌、「黑星」牌手槍大量走私入台，甚至有宣傳此為中共蓄意破壞台灣社會治安「陰謀」之明證者。本盟乃正式請貴會查明大陸手槍走私進入台灣之確實情況，並請做詳細說明。另軍火生產，涉及大陸軍事及其他公共部門，本盟亦請大陸相關部門切實禁絕大陸槍械武器經兩岸不法組織輸台，以利兩岸人民關係之發展，並杜絕一切反華及某些勢力藉此破壞兩岸關係。

二、以上三事，台灣本身社會、政治、治安之不良，皆應負必要之責任。唯本盟非官方機構，雖大聲疾呼發諸言論，對此仍甚感難以為力，然事關兩岸人民關係之長期發展，因而心焦慮焚，謹請貴會代為查詢並建議如上，亦請貴會轉致大陸有關機關，給予政策層次之實事求是的答覆，俾作本盟在台灣發言及建議解決之參考。

耑此　敬頌

大安

北京中國和平統一促進會

錢會長偉長

台北　中國統一聯盟

執委會主席　陳映真

文宣部長　毛鑄倫

同啟

一九八九年八月七日

初刊一九八九年十月《中華雜誌》第二十七卷總三一五期

文益煥牧師的一首詩

今年四月九日到韓國採訪時，正是七十多歲的文益煥牧師在三月間干犯韓國《國安法》的重禁，私自取道東京訪問他分裂祖國的北方後，又回到日本，以被捕的決心準備回到漢城。

用肉身鋪路

四月六日中午十二時許，我在旅居房中半舊的電視螢光幕上，看見文牧師在戒備森嚴的停機場上，在大約六名特務人員的簇擁中，從容、安詳地戴著手銬，走出機門。漢城的風吹亂了他皤白的頭髮。他們把文牧師迅速押上停在飛機附近的黑色轎車，疾駛而去。

我的淚眼模糊。不是悲傷，也不是憤怒，而是看到一個分斷民族要求自主、團結與統一的堅定而從容的決意。

七月初，我在旅韓時新認識的朋友金明植，一個詩人，並且也是一位艱苦地為韓國與其他第三世界被壓迫民族的團結而工作的人，寄來了他的英文刊物《草根》，其中赫然刊登著一首文益煥牧師在私訪北韓前寫的一首詩：〈我得去平壤一趟了〉[1]。《草根》這樣寫道：

這首文益煥牧師的詩，原是今年春節寫在文牧師私人日記本上的。三月二十八日，《韓民族報》(Han Kyoreh Sin Mun，參見《人間》今年六月號)刊登了這首詩和他離開日本訪問北韓平壤的消息。

自從祖國在四十四年前南北方分斷之後，不曾有過其他的新聞，像這次文牧師干禁訪北者那麼震撼人民的心弦。文牧師訪問平壤的旅行，是掙斷那綑綁人民長達半個世紀的枷鎖的行動。文牧師的行動，是敢然悖抗有力者——包括強大的美國或日本，甚至是美國和日本加起來那麼強大的有力者的意願之英勇一擊！

文益煥牧師訪問平壤，是在湮蕪無路處，以堅強的決意新闢蹊徑的壯行。尤有甚者，他的壯舉，猶如將他自己的肉身仆伏在荒蕪中讓別人踏踐前行，從而以歷史的實踐開拓出通往嶄新歷史的道路。

揭穿盧政權的反民族本質

文益煥牧師自始就是韓國先行代著名的詩人，出版過的幾本詩集，至今廣為韓國學生、青年和人民所愛讀。在宗教上，他是著名的韓國「民眾神學」家之一的安炳茂博士（參見《人間》今年六月號）的至交和戰友。一九七〇年代，當韓國教會為韓國國家獨占資本對工人階級苛酷的剝削而仗信以執言時，他和安炳茂博士數度被朴正熙當局拘捕入獄，褫奪宣教權和教授權。嗣後兩人一直為韓國民眾的解放、言論的自由和民主化運動，屢仆屢起，做出巨大貢獻，並且廣受人民和信眾的敬愛。

二次大戰以後，韓國和中國在東西冷戰對峙中因霸權干涉導致民族分斷的情境，彼此極為相似。一九四五年日本戰敗，在日帝殖民體制下艱難而奮勇抵抗的韓國各路人民民族解放勢力，在韓半島的各處，結合貧困的農民而蜂起，卻被美國占領當局和它的扈從李承晚以範圍廣泛的異端撲殺殘酷鎮壓。一九四八年，韓國濟州島農民蜂起，「盟軍總司令部」的美軍和李氏軍隊的武裝鎮壓，殺死了七萬個韓國農民。這長期被美方湮滅的血腥慘案，至一九八七年韓國「民主化」以後，才有韓國歷史學家和社會學家組織研究、調查和揭發的行動。四〇年代後半韓國民眾要求突破兩霸分別占領祖國南北方的現況而促成國家統一的數次計畫與行動均告失敗。一九五〇年韓戰爆發，民生塗炭，在一九五三年的《停戰協定》下，韓半島以三十八度線為界，在戰後國際關係中使民族分斷固定化。為了美國國家利益，美國支持了自李承晚、朴正熙、全斗煥四十年以來的軍事法西斯政權，以民族分裂、國民經濟對外從屬化、政治上高度美軍基地化和軍政專制為代價，換取了「經濟成長」。而即使在國民和民族統一願望日益強烈的條件下，美日干涉主義和它們在韓國的代表，一仍以《國安法》、《反共法》等苛酷的法西斯法律和行動，嚴厲禁止和壓制國民的愛國統一運動。

一九八七年，韓國學生和市民聯合行動的「六一〇」民主運動，迫使全／盧政權做出戰略退卻，在同年發表《六二九民主化宣言》，民主化和民族統一的言論，有一時的巨大發展。一九八九年三月，文牧師訪北，盧泰愚集團遂利用文牧師「非法」訪北事件為藉口，大肆恢復反共、法西斯和軍管體制，尤其對於主張民主、自由化統一的學生、教師、工人、農民和文藝運動，進行至今越演越烈的鎮壓（參見《人間》今年六月號）。

一段奇異的歷史

三年韓戰使現今五十歲以上一代的韓國人有來自個人遭遇和歷史經驗的反共情緒。認識到北韓社會主義並不完美的人，在五十歲以下的韓國人中並不在少數。更多的韓國人知道南北四十年分斷，已經造成了南北社會制度、價值和生活的不同。然而，韓國人民視此一切為外來勢力干預下的民族不幸和畸型化的結果，有批判的民族主體的態度，因此他們追求祖國統一的願望，卻只有越來越強烈。

在台灣，分離主義者固不必論，廣泛的「自由派」文化人，率皆以日據時代和戰後兩次分斷的歷史，以「共匪落後、殘暴」，以兩岸社會制度與生活不同為言，作為民族分斷有理的根據，對中國和它的充滿挫折的社會主義，採取和西方資本主義同樣排斥、厭惡、甚至仇恨的態度，並從而走向事大、親美、反共和反華的各式各樣反民族道路。

離開韓國的前一日，我同韓國聖心女大的李時載教授及詩人金明植相敘，第一次從他們的口中，知道了文益煥牧師這一首〈我得到平壤去了〉的梗概。隨口翻譯，已令人動容。如今獲得英譯全詩，特為迻譯，獻給台灣當代這一段奇異的歷史，並遙向韓國縲絏中七十許高齡的民族詩人文益煥牧師致敬，且為他的平安和勇健祈禱。

〈我得到平壤去一趟了〉

一九八九年八月

過年前，我得到平壤去一趟了。
天塌下來，我也得去一趟。
不是說夢話，也不是鬧著玩，
我是當真的。

又胡思亂想了。
難道就從來沒有人告訴過你，
你其實並不是詩人什麼的？

不，這不是胡思亂想——而是決意。
過年以前，
我得到平壤去一趟了。
有這麼一句老話，你竟忘了嗎？
「好的開始，是成功的一半。」
想想看：你登上了牡蘭峰；「

二

把你的心浸在滔滔的大同江水裡。
一條街轉過一條街，你在平壤市裡走著，
跟每一個走過身邊的人拉拉手，
溫情融化了冰凍的心靈。

我絕不會用「走狗」或者「共匪」稱呼他們，
我要親切地叫他們一聲「同志」。
是啊，我們年輕的時代就是這麼叫的。
但願我們又回到
我十幾二十歲的時光，
彼此熱情地以「同志」相稱。

想起那個時代，我的心就怦然跳躍。
那時候，我們兩千萬韓國人民團結起來，
粉碎了日本鬼子的枷鎖。

一九八九年八月

就憑民族同心同德，
我們的老祖宗
打敗了中國盛唐的百萬雄師！
啊，就是要以這全韓一家的精神，
我要到平壤去，
從同胞的眼神和溫暖的呼吸，
重新確認一次：
韓國人民是團結一致的；
我們七千萬同胞，是一個民族！
也許我們要在馬路上翻觔斗；
在平壤街上擁抱著打滾，
把壓迫者強加於我們的神話，
不同意識形態與社會制度的各種偶像
統統砸個稀爛！

四十多年了，我們竟怒目相視，
用匕首戳進對方的腰板。
可恥喲！可恥地屠殺自己的兄弟和姊妹。
像仇敵一樣互相拮抗。
我們竟以「走狗」和「共匪」
稱呼自己的骨肉同胞。

你怎麼那麼幼稚無知？
誰會批准你到平壤去咧？
《國安法》的利刃，依然發出森森的寒芒。

那沒關係。
別跟我提那些威嚇了！
我說的是歷史本身。
不是把歷史掛在嘴上，而是去實踐歷史。

難道你以為實踐歷史
是去做統治者允許的事？
是忠謹地卑躬又屈膝？
是即使冒著生死存亡之危，
也要奉行他們的命令，
從而求得他們的報償嗎？
哦，不！不是的！
實踐歷史，
就是要把黑夜和白晝顛倒起來；
就是要把穹蒼和大地翻轉過來！
就是用肉腳把巨大的巖石踩成齎粉，
深埋在碎石底下；
就是讓死裡復活的靈魂高高地飛升，
像自由的旗幟在天空飄揚；
就是穿過第一堵冷牆，有若入出門戶。

今天，實踐歷史，
就是要全心全意否定我們民族的分斷，
高聲吶喊：「去他娘的停戰線！」
就是硬要他們
在漢城、在釜山、在光州的車站
賣給我們前往平壤的車票！

哎，你瘋了！

是的，我瘋了。
我已經整個兒瘋掉了。
但是，難道你以為
要實踐歷史，不需要瘋狂嗎？
你們這些清醒的人哪，
當真你們是這樣想的嗎？

你如果不賣給我到平壤去的車票，
那一點兒也沒關係。

即使是徒步，我也得去一趟了。
或者我也可以游過臨津江去。[三]
如果游到半途，
讓他們一槍打死了，
我也沒有辦法——
於是我的靈魂也要飄到平壤去，
像一陣和風，
如一片白雲。

初刊一九八九年八月《人間》第四十六期

一　牡蘭峰，北韓名山。

二　大同江，北韓名河。

三　臨津江，位南北韓交界的河流。

1　本篇對原詩標題之中譯，前後稍有出入。

虛構的珍珠港

美國干涉主義下的金門與馬祖[1]

韓戰以後，美國以強大的實力，在遼闊的太平洋地區，為它自己的政治、經濟和軍事利益，深刻干涉他國的團結與發展。金門和馬祖，就是這個廣泛干涉台海政策最集中的縮影。

一九四九年，國民政府在內戰中全面失利，兵潰如崩，士氣低落之際，由國民黨「第二編練司令部」和第十二兵團整編的「金門防衛司令部」轄下的十三個師，卻在閩南外島金門、登步和大膽打了勝仗。

西方企業公司

據防衛和建設金門著有聲名的胡璉將軍說，一九五〇年，在台灣的國防部參謀部門，為了

「集中兵力(於台灣)，機動出擊」，有撤守金門(當然也就包括馬祖和其他外島吧)之議，但「後經東京美軍當局的勸告：『與共黨鬥爭，寸土不讓』，我乃堅守不搖」。

韓戰爆發之前，美國霸權主義早已規畫好了以「東京美軍當局」為中心的亞太反共圍堵中國大陸的戰略布署。胡璉的《憶舊》，是個明顯的證據。

韓戰在一九五〇年六月爆發，世界兩大陣營的冷戰對峙達到了高峰。這時期美國雖然在表面上不把金門馬祖列為對台軍援的對象，而且把金馬的軍隊，視為非正規的「游擊隊」，然而，根據胡璉將軍的《憶舊》，一九五一年美國有兩個單位進駐金門，一是美國「官方」的軍援顧問團，一個是「民間」的「西方企業公司」。世人皆知，這「西方企業公司」絕不是什麼「企業」單位，而是美國中央情報局干預中國內戰，對大陸中共政權進行情報、顛覆和武裝侵略的機構。

胡璉將軍寫道：

> 美國西方企業公司，雖然是以民間組織姿態前來台北，但該公司的任務及企圖，對我們而言並不陌生。抗日戰爭的末期，曾經與我合作，成效卓著。此次再度來台，側面消息，它以七千萬美元及輕武器幾萬件為本錢……當然這也是一筆交易合作的行為，彼此談妥條件，才可生意成交。

「抗日戰爭的末期」，美國情報特務機關確曾與國民黨「合作」，破壞、逮捕、拷問和處決、消滅反國民黨民主人士和中共地下組織與人員，「成效卓著」。

美國「西方企業公司」以七千萬美元和幾萬件輕武器，誘使國民黨組織幾千人的反共游擊隊，對中共進行不限於大陸沿海的突擊、破壞和情報搜集工作。然而當時殘存在金門附近各小島的國民黨反共游擊隊，率皆大潰敗後的散兵游勇，「名實不符」。但經一再挑選組訓、加強精良的美式裝備，一九五一年由閩南惠安莆田入大陸，結果被共軍圍剿，「包括西方企業公司的人員在內」，全部「瓦解」。

為了「找到人拿西方公司的槍，來打毛共，企圖光復」，國民黨到香港去找流亡的反共死士和島內的死囚、重囚，組成幾個「突擊大隊」。由於「反共救國軍」的「突擊大隊」對大陸的襲擊、破壞和情報作業，這些民族自相殘害的工作，「成績表現甚佳」，使西方公司的反共、反中國的野心「躍躍然」「蓬勃」起來。

一九五二年十月十日，為了送給改組後的國民黨七全大會一個賀禮，在美國當局默許下，「反共救國軍」突擊了南日島。事後，美國總統艾森豪這樣為美國辯解：「臨近中國大陸的島嶼游擊隊，由這一島到那一島乃是極為普通的行動，不足為怪。」

傘兵實驗

一九五三年韓戰結束，世界第一次冷戰，有表面緩解的趨向，美國和中共在波蘭的華沙開始了長期化的談判。但是五月間，美國中央情報局的「西方企業公司」突然要金防部以「兩團地面部隊，在福建地區登陸，配合傘兵之空降，出敵意表，必可獲勝」。

據胡璉將軍的回憶，美國中央情報局的目的，是「欲以傘兵的突擊，獲取情報」，要求國軍與美方合作，條件是由美方「裝備傘具一萬頂，及其他武器等」，並且要求「必須有行動表現」才能拿到「價值十分昂貴」的傘具和武器。

儘管韓戰結束後，美國與國民黨協議台灣空軍不得飛到大陸，但在七月間，這項名為「漢彌爾敦計畫」，以傘兵突擊為手段的大規模美國反中共情報行動計畫，終經美方指令金防部執行。據胡璉將軍說，台灣軍事當局對這項計畫的反應是「困窘」的，受命配合行動的三軍，有抵制的情緒。

七月十五日，「在中華民國歷史上的第一個聯合特遣部隊——包括戰鬥艦、運輸艦、水陸兩用車、海軍陸戰隊及若干空軍巡邏機，從金門向東山島出發」。但「傘兵的乖謬」，悍不聽胡璉指揮，「闖下大禍」，並且在中共軍隊不斷增援頑抗下，七月十八日凌晨，「我軍傷亡共為一千五百多，俘虜只有三百餘」。胡璉將軍回憶道：「這是五年來我金門防衛軍第一次受挫。」

「中美聯合艦隊」

一九五八年八月二十三日，中共向金門百炮齊發，「兩個小時」內在金門落下了「五萬多發炮彈」，是為震動一時的「八二三炮戰」。美國政府連續發表聲明，直視金門有若美國在二次大戰中的珍珠港。美太平洋艦隊派遣了強大的海軍列泊「公海」示威，並且往琉球美軍基地迅速調支八寸口徑巨炮到金門，向大陸實施威力極為強大的炮擊。九月八日開始，特別在十三日和十四日，美國軍艦和台灣海軍組成「聯合艦隊」以強大火力護航LST及LSM登陸艇隊搶灘補給。中共向國際抗議「美帝國主義飛機和艦隊侵犯中國的領空和領海」。美國總統艾森豪發表聲明：「美國對遠東形勢絕不姑息。」冷戰國務卿杜勒斯說：「包括金門及馬祖的沿海島嶼，對中華民國有極重大意義，可與柏林對西方的重要性相比擬。」

軍管下的獨立王國

一九五〇年以後美蘇兩霸冷戰在太平洋地區的對峙，不惟使台灣海峽，連大陸閩南離島的金門、馬祖亦成為民族相敵的前線。距離大陸遠不過萬餘公尺、近只二千二百碼的金門馬祖，自然成了永久的戰區。

在美國干預下的民族對立，使金門馬祖與其周邊外島和福建內地歷史綿長的社會、經濟和親族血緣關係完全斷絕。一九五〇年美國軍援到台以前，國府在台灣自顧猶不暇，無力在經濟上甚至軍事上支援金門。因此古寧頭戰役後，軍隊擅取民間物資、材料，甚至不惜壞人屋宅、毀人田疇以築軍事工事，且部隊入居民宅，「無宅室之分」，民怨甚大。而當時戰區軍管體制對金門民眾的防諜・安全工作，苛嚇尤甚。

一九五〇年韓戰爆發之後，由於美國軍援大至，撥到金門的國防預算日裕。在戰區軍管的「軍／黨／政」體制下，金門馬祖成了主要以龐大的在金門國防支出，和數十年來隨台灣富裕化而日漸肥厚的匯寄金馬地區充員兵的台幣為經濟主幹的社會。國民黨軍、黨、政一體化的支配體制下，是層層疊疊包括民兵、各種黨政外圍的團、組織和鄰里緊密組織網。家畜和魚貝養殖、釀酒原料的高粱農業、軍黨政體制獨占的釀酒工廠和陶瓷廠以外，當然沒有任何工業生產。除此之外，還有大量的、賺取駐軍消費的各種小商人和小生產者。在金融上，金門自行發行貨幣，且不與台灣直接流通。金門對外物資流通交換，由軍管下的「物資供應社」獨占，金門馬祖成了軍、黨、政官僚、軍公教人員、小商人和小生產者、少數自耕農、以及酒廠、陶瓷廠工人組成的高度軍事化權威支配下，與世隔絕的軍管王國。

四十年來，金門和馬祖是美國反對中國社會主義的遠東軍事基地之一。美國的介入，使國共內戰對立在台海和金馬長期化，金馬和台海的長期戰時狀態，成為國民黨在台灣實施四十年「反共國家安全」體制下高度權威支配的大義名分。

一九七九年，美國與中共建交，美國對台灣海峽由五〇年代的全面干預，轉變為有條件不干預政策。第七艦隊撤離了海峽，《中美協防條約》廢棄，並以《台灣關係法》取而代之。中共宣布全面停止對金門炮擊，並逐步將金門馬祖對岸地區非軍事化，開放為經濟特區。從美國在一九七〇年代初撤出干涉越南的戰爭後，經一九七〇年代末的「低盪」以迄一九八七年世界第二次冷戰的全面緩和化，加上國民黨在八七年宣布解除戒嚴，開放黨禁和報禁，開放大陸探親，以及對大陸「間接貿易」和直接通郵，形勢的變化十分巨大。

但獨占金門、馬祖政治和經濟利益的「軍、黨、政」戰爭軍管體制，卻至今不稍變化。

金門隔日炮擊全面停止的十年來，國民黨在事實上也裁減了在金門的駐軍和肥大的軍黨政組織。花費在金門的國防和軍匯銳減，大量的小商人、小生產者因收入大減而歇業，在金馬的貨幣禁止自由「匯」出，人口逐漸遷出金門。金馬經濟發生了變化。旅居台灣的金馬人開始醞釀要求金馬解嚴、金馬開放化、金馬觀光化以圖復活金馬經濟和社會。

「脫冷戰」的思維

戰後金門和馬祖的歷史，是戰後遠東冷戰過程的縮影。美國霸權以它自己的國家利益，干預他國內政，製造各國民族分斷、自相殘殺，並且和各國的美國附從互相結合，在民族自殘、分斷中獲取巨大利益，阻滯、破壞了他國的自主、團結和發展。

金馬的長期軍事化，是國民黨在台長期權威支配的重大藉口。即使在後蔣氏家族／國民黨在台「本土化」以後的李登輝體制下，李總統也不免在前年出版的《八二三炮戰三十週年》專輯上題辭：「弘揚犧牲奮鬥的精神，贏得反共復國的勝利。」金馬的虛構的冷戰態勢，即使在「解嚴」以後，依然是國民黨支配的「合法性」的條件。

這種冷戰心智的「時代錯誤」的存在，其實還不限於國民黨的「軍、黨、政」結構中，而早已深刻地內化到台灣非黨的反共自由派文化圈，並且集中地表現在最近台灣對北京天安門事件和黃德北被捕拘留事件的反應中。

古典帝國主義的地中海和大西洋時代灰塵煙飛。戰後美帝國主義的大西洋、太平洋「兩洋時代」也正在成為他日黃花。世界正在熱情注視著一個新的太平洋環時代複雜而充滿了矛盾的變化。在亞洲，特別是在充斥著機會與危機的中國，歷史正要求某種「脫冷戰」的思維，克服民族的長期分斷獨立，謀求自主、和平、發展和統一的道路。

初刊一九八九年八月《人間》第四十六期

1　本篇為「等待解嚴的土地」系列文章。

〔訪談〕統獨二派兩敗俱傷

訪陳映真[1]

問：您曾在中文《亞洲週刊》上說，「六四」天安門事件為台灣在野統運造成了一定的傷害和困難。能否請您進一步說明。

答：中國統一運動，是為了要克服國共內戰和美蘇冷戰干涉的歷史所造成的中國民族分裂現實的運動。

一九四五年以後，美蘇在全球展開對抗，一九四七年徐蚌會戰後，國民黨在內戰中節節失利，美國軍政當局為了它們在亞太地區的反共、防共利益和戰略，開始在台灣透過美新處展開迄今尚未停止的台灣的「聯合國託管」、「公民自決」和「台灣獨立」的活動。一九五〇年韓戰，冷戰達到高峰，美國把台灣編入封鎖中國大陸美國反共軍事基地連線。第七艦隊和美台軍事協防，使台灣和大陸的民族分斷固定化。

在美國的帝國主義干涉下，不唯建立了國民黨長期的反共、國家安全威權統治體制，也展開四十年同民族間相互仇恨、猜忌和醜陋的極右反共宣傳。此外，在完全沒有清算台灣親日派反民族殘餘的基礎上，美國在戰後台灣透過基金會、留學、人員交換，長期培養大量親美、反共的知識分子。

在這樣的歷史背景下，台灣形成一股反共、反華的勢力，表現在形形色色的台灣獨立、住民自決，和「統一不能過快」、「大陸熱不能熱過了頭」、「先民主後統一」和「先經濟發展後統一」等反對統一的思想和言論。然而這些言論，基本上是和國民黨一樣以「共匪暴政」、「共匪落後」為理由之一。

「六四」天安門事件，不要說殺了三千人，即使三十個人都是嚴重事態，所以我們為此遊行，發過幾次譴責。國際反共反華的勢力，尤其國民黨(獨台)和其他各種反共、反華、民族分離論者，當然不會放過這個機會，紛紛以共匪殘暴等五〇年代冷戰的詞語，反對中國統一。這當然對台灣民間的中國統一運動帶來一定的、一時的困難和傷害。

不過，具體說來，獨立運動也沒有在「六四」天安門不幸事件中得到巨大利益。台灣民眾對天安門事態深切關懷表現，遠遠超過國民黨反共操作的工具性形式以上，在台灣民眾內心長期沉睡的中國民族感情，不但台獨人士，即統運人士也過低評價了。這是統運人士必須自我批評的。

問：在中共武裝鎮壓了「六四」天安門事件之後，統運人士是否仍主張中國應該統一？如果中共在天安門事件之後攻打台灣，統派人士如何自處？

答：台灣在野統運人士，向來不主張無條件的統一。有人說台灣統派要無條件受中共統一，這是國民黨和分離主義者惡意的中傷。以「中國統一聯盟」為例，它在章程上明白寫著要在民主、和平的基礎上統一，「主張民主運動與民族統一運動同時並舉，反對不講民族統一的民主運動，也反對不講民主的民族統一運動」。

「六四」天安門事件以後，更深刻地顯示民族統一和政治、社會生活的民主化與自由化關係至為密切。海峽兩岸的民主化進程有深刻的互相影響作用。從來以中國民族和民族共同體的構成員，即民眾為民族統一主體的台灣統運，不但不因「六四」天安門事件而卻步，反而應該更積極在兩岸推動民主化統一運動。

「六四」天安門事件後，美國和一些資本主義工業化國家，巨幅度加強了反共反華宣傳和行動。國民黨又重新唱起「消滅大陸共匪」的論調。事實是，迄今尚未看見中共在「六四」以後如所「預料」地「先發制人」，重新祭起反帝、反西方和犯台的大旗，反而是西方和台灣迫不及待地搞干涉、伸黑手，美國當局和美國之音大搞顛覆宣傳和「經濟制裁」……然而，今天畢竟不是一九五〇年代了。帝國主義重返太平洋，重新以重金重兵包圍中國大陸、占領台灣的時代，已經一去不返了。問題不在於中共會不會「犯台」，問題在帝國主義、民族分裂主義和國民黨是否一定要逼使中國人民用武力捍衛自己的獨立和尊嚴。

問：中共悍然以武力鎮壓了天安門事件，如何能相信中共的「和平」統一誠意呢？兩岸間還應該繼續為統一問題談下去嗎？

答：中國民族統一的事業，是海峽兩岸人民的事業。最重要的是兩岸民族共同體有自求解放、獨立和民主和平統一的決心，而不繫於兩岸政權和黨的「誠意」。此其一。

以台灣來說，美國一貫支持國民黨的專制統治，支持韓國、越南、菲律賓的軍事獨裁政策，美國出兵在中南半島、在韓半島打仗，在越南被打敗過，在世界許多地方搞政變暗殺……但台灣的朝「野」對美國從不懷疑它的「誠意」。再就中共而言，一九七六年以後對台灣一切開放、交流的政策，和台灣的回應相比，沒有「誠意」的，恐怕是台灣朝野的獨立派吧。即使到目前，台灣趁「六四」做了不少小動作，對方還是宣稱對台政策不變。

問題是兩岸當局從來沒有接觸，沒有談過。國民黨堅持「三不」，民進黨堅持獨立或自決。對於從來不贊成民族統一的人，「六四」天安門事件只能成為他們堅持民族分裂狀態持久化的理由。

民主和自由是統一的條件和動力。民主和統一應該在兩岸同時並舉。海峽兩岸必須在承認兩岸制度、社會客觀存在與不同的基礎上，探索互相理解、溝通的途徑和具體實踐，逐步往民族統一的現實邁進。

問：一般說，您是支持社會主義的。您支持的社會主義是什麼模式？南斯拉夫？匈牙利？波蘭或者蘇聯模式？

答：即使是資本主義，也因各國不同具體條件而有不同的特點。社會主義也一樣吧。在資本主義霸權長期包圍和打擊下，像中國這樣一個國家的社會主義道路更為艱難。「六四」天安門事件，其實也能看作貧窮國家在爭取民族積累過程的悲辛和挫折。中國的社會主義，恐怕就得從別人的打擊、破壞和自己許多錯誤中不斷去探索和塑造出中國自己的、有民族特點的社會主義吧。

問：在台灣的學生運動有沒有發展的可能？如果沒有，為什麼？

答：只能說有些具體的困難，這些困難在於：

(一)激進傳統的斷絕。一九五〇年到一九五四年，台灣在美國默許下搞了一場徹底的異端撲殺(red purge)，嗣後學生在親美、反共意識形態下受教育，四十年靠攏美國的高等教育，培養大批親美、反共甚至反中國的高等知識分子，使台灣校園一般地保守、親美、反共甚至反中國。亞洲、非洲、拉丁美洲的學運無不以反(美)帝、反買辦、反封建和民族解放為戰鬥旗幟的。

(二)在反共國安體制下，社會、人文科學教育落後、保守和反共化，校園中批判知識和思想極度貧困化。

（三）七〇年代，台灣社會奔向大眾消費社會，八〇年代又走向「國際化」和「自由化」，學生全面物質化和逸樂化、功利化，對民族、政治全面冷漠化。

缺少堅實的學運傳統，缺少政治、人文、思想上的激進主義，現代大眾消費社會下非政治化的傾向，使今天台灣的學運遭到不小的困難。歷史和理論的闕如，使學生無力對台灣的戰後進行必要的清算，也無力對台灣戰後社會構成體做出初步的分析，從而找到運動的意義和方向……。

但這一切問題，責任應該由五十歲一代的人來負。我這一輩人思想、創作、學習和工作不力，不應該責備這一代學生。我們對不起他們……

初刊一九八九年八月《台灣春秋》第一卷第十期

1 訪問：魏可風。

「美軍基地－反共波拿帕國家」的成立

張俊宏「國民黨界定論」的批判

前言

由張俊宏主編，由呂昱、江夏、江迅和呂鯤「協力」完成的《到執政之路：「地方包圍中央」的理論與實際》一書，似乎並沒有引起台灣革新系社會科學界的注意。究其原因，大約是因這本書在知識方面，有很多破綻，很難做正常的討論；二方面，民進黨內部「左」右的論爭方熾，學界善意地不願意淌這個渾水；三方面，大家對民進黨依然不能已於抱著不得已的期待吧。

這篇小文的提出，是充分認識到張俊宏先生這本書的重要意義，即將台灣政治、社會問題提到知識層面上去討論，而不是派性、偏見、情緒的爭吵。我們以為這樣的動機和效果，有下面積極的意義。十多年前，張俊宏先生和許信良先生與其他當時的「中智階級」發表的《台灣社會力分析》，同樣地表現了他的問題意識的正確性——以知識去認識台灣的社會構成體。這問題意識的正確性，不應以他在分析方法、知性系統和語言的比較幼稚、資產階級唯心主義……而受到過低評價。本文的作者，對張先生的問題意識，是尊敬而支持的。

其次這篇文章的提出，也表現了本文作者對民進黨的某種程度的期許。因為我們是從發展的觀點看待民進黨的。我們期待因為歷史的發展，因新生代（如四位「協力」）的參與，因革新派社會科學的初步「解嚴」，因知識、意識形態辯論空間和政治生態的初步擴大，使民進黨即使在資產階級黨的這個不移的本質上，加強它的相對「民主」性和「進步」性。

這篇小文是一系列批判的頭一篇。以後，我們還要對張俊宏先生〈對民進黨的界定〉、〈對台灣運動或台灣結的界定〉提出我們的批評。至於書中其他部分，基本上涉及對台灣國家、政黨、民族分斷諸問題的政治經濟學的認識，不必贅論。

然而，張俊宏先生，已經在不知不覺中，向台灣社會科學界拋出了一個極為重要的問題，即台灣社會構成體的本質、構造、變革運動的方向和性質、變革的主體力量以及被變革的主體……等等。沒有這些討論，台灣的民主化變革運動，就不會成長與成熟，就不會有巨步發展。因此，本文的作者，對於《到執政之路》的出版，在上述意義上，是給予高度評價的。

本文的作者非社會科學界中之人，「書到用時方恨少」，知識錯誤之處，必不勝枚舉，因此文章只意在拋磚，不在爭論，但願引出更多寶玉，心願足矣！

美國基地－波拿帕政權的誕生與肥大

張俊宏先生（以下敬稱「先生」皆略去）不認為台灣的「國家」（即張俊宏所謂「黨國體制」）是台灣諸支配階級的鎮壓工具，因為這個國家機關「高居所有台灣人民之上」，「在決策上超乎所有台灣人民（因此也超乎所有階級），具有高度的壟斷自主性」。而這國民黨「政權自主性」，隨著黨營事業和軍特統治的擴張，再加上阻斷台灣人民政治參與的萬年國會，使台灣資產階級對黨體制決策，充其量只有建議權（而不是決議權）。

戰後台灣「國家」性質的討論，極關重要。從世界戰後史的觀點來看，戰後台灣的國家，早在一九四九年中共國家成立後已告消亡。但在戰後國際關係中，這蔣介石國家的延續，是完全依恃美帝國主義對中國內政強悍干涉，以美國強大的霸權，支撐蔣介石國家與戰後日本籌訂「和約」，與美國自己訂立軍事協防條約，並支持台灣在聯合國安全理事會的席次至一九七〇年初。

國民黨政權被大陸的社會革命打敗，流亡到台灣的第二年，碰到韓戰爆發造成了世界冷戰高峰，使美國全面展開亞太地區反共戰略布署。台灣被選定成為美國反共和反中國的軍事基地。被中國大陸社會革命所否定，流亡到台灣，在台灣完全缺少社會和階級基礎的蔣介石政權，因美國戰略利益而由美國一手培植，在台灣形成與強化，並且成為一個具有高度「相對自主性」的「波拿帕國家」(Bonapartist state)。離開戰後冷戰結構和美國帝國主義，戰後台灣國民黨高度相對自主性國家的形成、存在與發展是無從理解的。

一八五一年十二月二日，拿破崙大帝之侄路易．波拿帕(Louis Bonaparte)發動政變，取得政權，自稱拿破崙三世，並以強大的軍隊、警察、偵探和官僚體制，進行高度個人獨裁統治，使「波拿帕國家」乍見有獨立的，「高居」於一切人民、社會與一切階級之上的「自主性」。對此，馬克思以為，「當資產階級已經失去了治理國家的能力，而工人階級尚未獲得治國力量的時刻，波拿帕主義是唯一的政府形式。」換言之，「波拿帕國家」，是以個人獨裁和國家高度的相對自主性，來「保障資產階級社會的穩定與安全，使資本主義得以快速發展」。

五十年的日帝殖民統治，壓抑了台灣資產階級的成長與成熟自不待言。在日本帝國主義下的台灣勞動階級和階級運動，在三〇年代台灣左翼反帝民族解放運動中有一定程度的發展，但不旋踵而在一九三七年日帝發動侵華戰爭後被全面鎮壓。一九四五年台灣光復當時台灣社會中階級力量的空虛，是美蔣「波拿帕國家」，在經過社會革命重創後流亡來台而能在台灣形成與強化的重要原因之一。至於說它來台的「暴力劫收」云云，只是歷史的表象而已。因為在一九四五年台灣內部條件和冷戰國際關係下，即使美國成功地以武力阻止蔣氏政權流亡到台，並依早自一九四七年開始，美國白宮國家安全會議、參謀首長聯席會議和美國駐台「新聞處」進行的陰謀，成功地建立一個「親美、反共、反蔣」、與中國分立的「台灣人」政權，也必然地是一個反共、親美、高度體制的「美國基地─反共波拿帕國家」。何以見得？答案：李承晚的韓國、麥格塞爾的菲律賓以及中、近東、拉丁美洲附庸美帝國主義的許多反共法西斯買辦「國家」，都是最佳的實例。

美金與槍炮上下齊手的「波拿帕」

一九五〇年以後，在亞洲和非洲、拉丁美洲「自由世界」中廣泛的「美國基地─反共波拿帕國家」的形成，當然與美國帝國主義全球戰略有密切的關係。在這些前殖民地中，資產階級還沒有力量立即「以憲法和議會治國」。而它們的工人階級，在二次大戰反法西斯民族民主鬥爭中，有不同程度的成長。這種情況，當然不是以世界反共警察自命的美國所喜。於是美國一般地採取了這兩個手段，到處建立反共「波拿帕國家」：

(一)以恐怖鎮壓和剷除工人階級民主、民族運動和其他形式的民族解放運動，根本打擊各地工人階級的力量，徹底防止他們確立工人的政治與社會霸權。在土耳其，美國殘酷屠殺土耳其和希臘的民族、民主勢力之甚，甚至引起土、希前殖民主子英國的抗議。在韓國，麥克阿瑟的軍隊會同李承晚殺害了七萬個濟洲島蜂起的韓國農民（一九四八）。在台灣，在美國默許下，五〇年代初，蔣政權在一場嚴酷深入的肅清撲殺運動中殺害了約四千個、長期監禁了約四千個各種真實和冤屈的民主、民族運動分子。五〇年代由美國直接和間接進行的恐怖，是類似戰後台灣波拿帕國家形成和壯大的重要條件。

（二）以巨額軍經援助，以反共、防共的「富國強兵」主義培植和發展親美、反共和獨裁國家的基礎——即對美從屬的各種美式資本主義社會構成體（social formations），和親美土著精英資產階級。

因此，正如同路易·波拿帕高度獨裁、高度顯示其國家對其社會與階級的相對自主性的政權，其實是為它的資產階級和資本本身服務一樣，包括戰後蔣介石國家在內的世界各「美國基地—反共波拿帕國家」的「擬似自主權」（quasi-autonomy），其實也是為美國霸權干涉下，一方面鎮壓亞非拉各地工人階級，一方面培養和發展各當地買辦的、從屬化的、反共的土著資本和資產階級服務的。而這便是戰後不斷地被資產階級理論家誇耀的若干半邊陲經濟獨裁下的成長的實體。張俊宏和他的理論家們所想像的、絕對「超越了一切人民和階級」的國家「高度壟斷自主性」和「政權自主性」，在現實上和理論世界中，是從來就不存在的。

現代國家——資產階級共同利益委員會

特別是在一個資本主義社會中，「國家」具有保證資本積累與生產—擴大再生產這樣一個「構造性的強制」(structural constrains)。在資本主義時代，社會之政治的、經濟的有力階級才有力量對社會與政府施加壓力，以增強和保證自己的利益。而且，一般而言，政治與經濟支配階級的思想與價值，往往與執政者若合符節。因此，馬克思才說「現代國家的管理者，只是處理整個資產階級共同利益的委員會罷了」。在「構造性的強制」下，資產階級國家不能不是資產階級和資本本身的國家。即連路易．波拿帕的王朝、俾斯麥的國家，以及像台灣、南韓這些「美國基地—反共波拿帕國家」，乍見雖有個別皇帝、將軍、軍人、獨裁者、個別黨和集團對其治下人民和各階級有高度「相對自主性」，但終究也是為歷史階段中國家的資產階級和資本服務；為戰後各地反共、親美資本主義的穩定和安全，為其資本的積累、再生產的擴大服務——並且終極地為這樣的國家中的資產階級和資本服務。國家相對自主性和國家的階級工具性，表面上互相矛盾，但在現實上是對立統一的。一切資產階級國家，都以不同比例，不同形式，表現國家相對自主性和階級工具性的、對立統一的性格。

四十年來台灣戰後資本主義的發展，正是在美國的政治、經濟和軍事支配下，支撐一個台灣的「擬似自主性」的蔣氏政權，在民族分斷對立、長期反共國安體制下，以全面的「異端撲殺」，對思想、文化、知識的檢查與壓制，對工人、學生、婦女和少數民族的鐵腕壓迫，透過高度剝削完成苛刻的邊陲資本主義積累和再生產。失去了大陸的所謂「國民黨黨國體制」在「台灣榨取」再多的「資源」，其結果並不是如張俊宏們所想像地匯回「殖民母國」，而是在盡量卻有限地自肥以外，為外國和台灣（不分是「中國人」或「台灣人」）資產階級和他們的資本積累與再生產服務的。至於這個波拿帕國家中「台灣人資產階級」對國家的決策到底是「建議權」、抑「決議權」，其實無關宏旨。馬克思在論及路易．波拿帕國家時說，儘管波拿帕國家獨裁力量龐大驚人，但那「資產階級社會一旦不必為政治操心，卻取得了它自己不曾料想到的發展」。「然而這擬似自主的波拿帕國家，終究還是為它自己以及資本的利益服務的。」張俊宏說國民黨「黨國體制」「在決策上超乎所有台灣人民（因此也超乎所有階級），具有高度壟斷自主性」，其實只是他和四位「協力」的幻想罷了。

而明乎此，張俊宏提出的九個問題：台灣資產階級為什麼管不了中央預算中高額軍事預算？為什麼資本家無權拒絕情治單位派人到企業中的人事單位？為什麼台灣資產階級在大陸開放後，渴望到大陸投資之際，國民黨國家卻仍堅持三不政策？為什麼國民黨中央遲至一九六九年才有一個「台灣人資本家」林挺生進入中常會？……都成了外行人的問題。國民黨國家之「美國(反共)軍事基地—反共波拿帕國家」的性格，使台灣資產階級以自己問政、監督政治、甚至企業人事權的獨立，來換取高度集權的國民黨波拿帕主義為自己的階級和資本的利益服務。

前獨占資本主義→獨占資本主義——《勞基法》階段性任務與目的

張俊宏還問：如果國民黨國家是台灣資產階級專政的工具，為什麼會通過不利於資本家的《勞基法》？如果台灣國家是帝國主義資本的傀儡，為什麼能夠頒布保護主義的立法？

面臨產業升級沉重壓力的國民黨國家，頒布了「國際化」、「自由化」和「制度化」方針，以利勞力密集產業之向資本與技術密集產業蛻變，解決現階段台灣資本主義之資本積累和擴大再生產的困境。為達到此目的，必須頒布《勞基法》，以保障工人勞動三權和其他權益，來淘汰低工資、高勞力密集產業，吸引高科技、高資本密集度、大規模、現代化企業的投資，完成資本的獨占化，而脫離「競爭性資本主義階段」，為進入獨占資本主義做好準備。這是一般資本主義國家在資本主義發展的一定階段中，為資產階級和資本積累及資本的再生產的利益所採取的措施。國民黨國家通過《勞基法》，理論上是要以提高工人的民主權，和開放金融機關和國營企業予私人資本，開放外資外貨進入島內市場競爭，鼓勵大規模企業的設立，互相配套來完成資本的獨占及再編，基本上是為台灣資本主義資本和資產階級服務的！

然而《勞基法》是會受到堅持不肯、或沒有能力使自己的產業升級的資本家所反對的。對於台灣政治前途的慢性憂慮，使大型、高級產業的投資發生普遍躊躇。而大量的中小企業資本，依舊希望依照對人和環境的原始、殘酷剝削的方式完成邊陲資本主義積累。一九八四年的《勞基法》，對於這些依靠低工資、高勞力加工出口輕工業資本，當然是一個打擊。

但是，當馬克思說，國家是處理資產階級「共同利益」的委員會，那就說明：（一）資產階級在具體現實中各有不同的利益，而國家所處理者，只是他們利益之「共同」的部分，即有利於調和階級矛盾、有利於資本的積累與再生產的部分；（二）國家作為階級支配工具的「工具性」和作為獨立於資產階級的「自主性」，是矛盾統一的關係。國家既是資產階級一個辦事的「委員會」，也同時說明了它與全體資產階級間一定程度的「自主」的存在。

最後，在台灣產業無法升級的情況下，國民黨國家就毫不猶豫地不斷地聯合資產階級去「改惡」《勞基法》，不斷地帶頭破壞《勞基法》以維護台灣資產階級的利益。一年來台灣慘酷的勞資鬥爭過程，清楚地證明到列寧所說「國家對工人階級的野蠻壓迫，與資產階級的強大聯合有互相的關聯」是有具體正確性的。更何況任何一個資產階級國家，多的是名實不符的虛假的法律，使勞動者在聲稱保障公民「民主」、「自由」、「權利」、「平等」和「公正」的法律下，受盡被壓迫、歧視和不義的痛苦。事實早已證明台灣的《勞基法》，基本上也是這樣一個東西。

台灣立法院一九八四年通過了《勞基法》這個事實，當然不能推翻台灣國家是台灣資產階級專政的工具這樣一個客觀的事實。

其次，我們來看一看在美日資本支配下台灣的「保護主義」問題。

「保護主義」與全球反共戰略的軍政利益

從一九五〇年的美國對台灣軍援、經援開始，美國對台灣的總政策，是要塑造一個親美的、反共的、美式資本主義的、與共產主義中國大陸長期分離的美國基地台灣。正是在美國的策畫下，從一九五〇年開始，台灣陸續完成了土地改革、土地資本的工業資本化、台幣匯率改革、以美國剩餘棉花發展進口替代的紡織輕工業，乃至於為台灣草擬獎勵外人投資條例，全是在美國全球反共戰略利益指導下，促進台灣戰後半邊陲資本主義積累和再生產的措施。以產業保護主義進行和增進積累，在五〇年代的日本和六〇年代的台灣，是完全符合美帝國主義和美國獨占資產階級當時發展和鞏固對中共、蘇聯包圍圈的反共資本主義化這個戰略目標的。但一九七〇年以後，美國的國力開始衰退，至八〇年代，美國和日本、台灣、韓國間的貿易摩擦，就日益緊張化。強銷美國菸酒，對台強銷美國農產品、畜牧產品，強迫調低匯率，強迫採購美國高價商品和技術、工程，限制輸美配額，正是近一年來美國霸權的獨占資產階級及資本對它的依賴國台灣發揮支配權的幾個明顯的事例。事實是：在一定的歷史時期，美國給台灣軍經援助、開放台灣加工輕工業出口商品到美國市場、支持和鼓勵台灣的保護主義，和在另一個歷史時期對台灣、韓國和日本進行經濟上的霸權干涉，其實都一樣是為美國自己的積累與再生產，以及這積累與再生產的反共政治和軍事服務的！只從表面上看到六〇年代美國鼓勵和支持台灣和其他美國附從國保護自己的產業，把美國的輕工業產品市場開放給這些附從國，就大呼國民黨國家面對美國這樣一個超級巨霸也有相對自主性，不能不說是一個離奇的錯誤了。

張先生的「問題」……

張俊宏提出了上述幾個以為可以使對方難於回答的問題之後，自己為台灣國家在戰後發展的特殊性，做了這樣的敘述：

畢竟，相對於其他第三世界國家，台灣是先因冷戰而納入國際政治軍事體系，然後才在六〇年後進入世界資本主義體系。這種迥異於其他第三世界的歷史經驗，使國民黨政權產生以下兩個特質：

（一）原本靠劫收和暴力霸占所有國家機關的黨國體制，在美國為了圍堵中共的軍經援助下，進一步強化了原已高度壟斷的決策自主性。

（二）由於是在強化了國家力量後，才進入世界資本主義體系，因此，國民黨政權自始即有能力管制外資外貨。由此而衍生的依賴政經體制，並不是一般第三世界國家的資本依賴（國內資本形成中，外資僅占極低比率；並無外債，甚至有大量外匯剩餘），而是貿易和技術依賴，以及對美國外交和軍售依賴。

張俊宏接著說，國民黨國家不因對外從屬化而稍減其「決策壟斷自主性」，相反地，控有公營獨占資本和黨營特權資本的黨國體制，反而位居外國資本和民營資本的交叉點，成為國民黨政權操控兩者的統治籌碼……

馬克思看「馬歇爾計畫」

事實上，以一九五〇年達於高峰的世界兩極對立冷戰構造，對戰後世界資本主義體系的形成和發展，具有廣泛的影響。美國「馬歇爾計畫」，就是把歐洲同時「納入」冷戰下的「國際政治軍事關係」和經濟復興，重建戰後（反共）資本主義的大手筆。日本也「先因冷戰」而「納入國際政治軍事關係」，而後展開日本戰後資本主義發展的。那歐洲和日本，又何以沒有形成高度專制的、具有「決策壟斷自主性」若台、韓政權的「波拿帕國家」呢？馬克思流派的回答，是因為它們的資產階級還具有透過憲法和議會治國的能力。何況這種能力，是刻意經由美帝的援助大力培植，以強化世界反共、防共戰略的歐洲堡壘。

張先生的另一些「問題」……

張俊宏的第二個錯誤，在於不知道許多「第三世界國家」，也是先在戰後的二極對立中被劃進美國的「國際政治、軍事關係」的。東方的韓國和菲律賓，拉丁美洲，這美帝的後院中巴西、墨西哥、阿根廷……莫不如此，但是它們在後來的發展殊異。一九七四年的石油危機把巴西和別的這些拉美國家從「新興工業化國家」的榜上打下去。

張俊宏的第三個錯誤，是認為台灣經濟一直要到一九六〇年中從搞加工出口工業以後才和國際經濟發生關聯。五〇年代初，日本已和台灣恢復了過去對台輸出工業產品、自台輸入米糖等農產品的不等價交易關係。終五〇年代，美國農業、工業、經濟顧問對台灣經濟發展整地作業涉入之深，稍知戰後台灣經濟史者人盡皆知。美國以剩餘農產品小麥助我輸出稻米以增外匯，供我剩餘棉花以利發展進口替代性的紡織資本。五〇年代的台灣經濟，早已和美日經濟（即使時至今日，台灣對外主要的經濟關係亦以美日獨占資本主義經濟圈為主）結成十分深刻的關係，只不過是在一九六〇年代中後世界資本主義分工中，台灣才以肥厚的低廉勞力，使台灣資本和中心國美日獨占資本發生從屬的、垂直分工的關係。

虎父和它的四個犬子

張俊宏的第四個錯誤，是沒有把國民黨國家在「冷戰—民族對立—反共國家安全體制」下對內高度「波拿帕」式的相對自主性，和這個國家對外身分不明、美國附庸、主權不完全、沒有國際發言權……的兩面性，做好清楚的區分。

誰都知道，四十年來，國民黨國家一直是美國的兒子國家。在《中美協防條約》中，國民黨被迫秘密放棄它「反攻大陸」的「權利」。在《中日和約》中，它被美日強迫接受「台灣地位未定」論。從一九五〇年開始，台灣國家依靠美國霸權年復一年保住聯合國安理會中的席位，拴在美國的腰帶上在國際社會中出入。國民黨對美國干涉廣泛的台灣「內政」，包括美國對台政、軍、社會的情報工作、匯率、美國農產品輸入、美國菸酒輸入、強迫性對美採購、軍售問題、「人權問題」、「發展核彈問題」……都成了一道又一道美國套在台灣脖子上的繩索。為國民黨和台灣野黨奉為救生圈的《台灣關係法》，就是一個不折不扣的內政干涉。這是任何真正獨立自主的國家所不能接受的。說這樣的國家，能自主地抵禦來自美國的「外資外貨」，不能不說是一個匪夷所思的創見。

台灣國家，作為冷戰構造下美國的基地和附庸，就規定它不是一個主權獨立的國家。主權上沒有獨立性的國家，就是光譜廣闊的戰後「新殖民地國家」(neocolonial state)的一種。到底台灣是什麼樣一個新殖民地社會，就有待於做出細緻深入的、關於台灣社會構成體的分析，有待以後另文討論。但是，在最後，關於張俊宏一再提出國民黨「黨國體制」對台灣資產階級及其資本、對外國獨占資本的「壟斷自主性」(而不是階級工具性與相對自主性的矛盾統一)，關於台灣對國際資本主義的依賴性質與程度，容我引用哈米爾頓(Clive Hamilton)傑出的論文〈東亞四小虎：韓國、台灣、新加坡的資本主義工業化〉（一九八三）來回答。在總結「四小虎」資本主義工業化的經驗時，哈米爾頓說道：

> 從本質上說，使工業化成為本能的政治條件，是對於工業資本與其他資本、以及工人等雙方進行政治的支配。這並不是說國家成為工業資本直接的政治利益的代表而發展工業，而是主張各別社會底、歷史底基礎，透過工業發展，終極地達成對資本積累最為有力的情況。……在台灣、韓國、新加坡，透過國家，將各種來源的社會剩餘產品做出大規模的動員，從而富裕了民間資本。

事實上，哈米爾頓和許多學者，都指出「台灣國家」（張俊宏所謂「黨國體制」）採取了許多措施，培育台灣戰後資本主義——從而培育了台灣戰後資產階級和他們的資本。台灣以國家強制消毀傳統地主階級，創造小自耕農的農村，增進農村對工業產品的購買力，並以苛酷的手段，使土地及商業資本流向工業生產資本，並以農村的破產為代價，創造大量、廉價的勞動力。此外，美蔣聯手，以輸入美國過剩糧食，協助抑低糧價，從而抑低工資，以增加戰後台灣資本的超額剩餘。此外，嚴苛的反共法西斯政治，嚴密鎮壓工人、農民階級和被汙染社區公民的反抗，使台灣的資本取得超經濟的剩餘。一九八一年，台灣與韓國國家，都以國家干涉，對成衣、纖維工業資本給予各種優惠、扶助措施……哈米爾頓對這種「四小虎」國家和各該地資產階級的聯盟關係，有本質的理解。他說道：

(「四小虎」)國家機關和韓國、台灣的資產階級同盟的諸政權，是受到全能的美國之決定性影響的。

張先生和他四個協力的「認識問題」和問題

認為台灣國家「居外國和民營資本的交叉點(?!)，成為國民黨政權操控(?!)兩者的統治籌碼……具有高度壟斷自主性」(引文中之?!為筆者所加)的張俊宏，真不知何所據而云然。認為台灣對世界資本主義體系的依賴現狀會「改變」的張俊宏的認識問題，應在另文中詳加探討。但哈米爾頓的這一段話，對啟開台獨派「唯心論」的茅塞，應有所幫助。哈米爾頓說：

以對外輸出工業為工業生產基石的經濟發展，雖然全面性依賴於世界政治的趨向，但這政治趨向，則又受到一九六〇年代到一九七〇年代初世界經濟成長的條件所決定。當時的國際政治氣氛，是准許這四個國家之某些特定產業，在全世界生產分配中，把相當一部分歸其所有。(「四小虎」)對國際分工的參與，主要地是以世界支配性資本主義霸強所決定的條件為限制的。結果，這四個國家的工業，除新加坡之外，都大幅度偏重少數幾項消費財工業。

一九七〇年代中後，台灣和韓國的「黨國體制」，都採取了重大決策，發展大規模、資本／技術密集工業，企圖擺脫依賴。哈米爾說道：

但是，由於受到國內市場的限制，要將依賴輸出的現產業予以擴大是困難的。問題不在技術的導入的困難；但關鍵在於是否這四個國家的當地資本，具有把(世界分工中)其他國家的資本擠出去，從而在國際分工中相對地獲得自己地位的鞏固，發展能夠大大地參與世界先進資本秩序的能力。但從當前西方資本在世界市場上所占取的高度優位性看來，(「四小虎」在國際分工中壯大而獨立)這是毫無可能的。

讓我們互相增進互求進步

國際政治經濟學中最初淺的常識，有力地批判了張俊宏和他四位「協力」關於他們反對以本地和世界的階級觀點去看國民黨國家問題的錯誤。

容許我們重申：張俊宏意圖將台灣社會構成諸問題提到知識討論和辯論的層次上來，我們是支持而佩服的。但是，決心取代國民黨「黨國體制」以「執政」的張俊宏和他的同志們，應該在社會科學上再做努力。反對者既無武力，其他資源與國民黨相去遠甚。他們依恃的無非倫理的力量（理想、正義、愛……）和知識。

我們誠懇地希望張俊宏和他的同志們，為台灣的民主與進步，在文化和知識上再加一把勁頭……而此文成於匆促，也敬請張俊宏先生和各方賢俊予以嚴峻的批判，使我們對於台灣、中國和世界的知識，在熱烈又不失對真理的嚴肅中，互相增進，互求進步。

初刊一九八九年八月《遠望》第二十二期，署名趙定一

老是缺席總不是辦法

八月中旬，在日本橫濱，開了這樣一個國際性的會議。

這個會議，除了日本本地各式各樣民間的和平主義、進步主義、女性和環保運動的團體和個人，還邀請了來自亞洲太平洋地區，為和平、民主解放、進步、環境保護、勞動者和農民以及婦女而工作的個人和團體的代表，共聚一堂。

這個會議，是由日本革新系「非政府組織」（NGO）、草根運動家、宗教家、學者和理論學家共同推動，在七月中下旬就在日本廣泛的地帶展開的「二十一世紀人民的計畫」的一個組織部分，以「希望一個和平與正義的亞洲．太平洋」為總綱，探討亞太地區民眾水平上的「另一個亞太地區」（alternative Asia-Pacific）的會議。

第二次世界大戰結束以後，人類被分割在兩大陣營中，依照陣營的價值和意識形態生活起居。而在陣營的邏輯和修辭中，世界充滿了區域戰爭、壓迫、逮捕、監禁、刑殺和放逐。這一切的悲劇，又被陣營化的國家和國際權力，以「科學」、「技術」、「經濟開發」、「富裕」、甚至「自由」和「民主」這些堂皇的簾幕遮蔽，卻實際上在遼闊的亞洲・太平洋地帶，在廣泛的第三世界各國、各民族中，不斷地生產和再生產著兵災、掠奪、周邊化、支配、飢餓、夭死、文盲和大自然的廣闊而迅速的破滅這些陰暗的部分。

然而，當二十世紀接近了尾聲，人們悄悄地注意到一些巨大的變化。

白人中心和白人強大暴力下的南非黑種人民，半世紀來前仆後繼的反抗下，已經引起人類的公憤，南非白人政權，已經無法肆無忌憚地續行對黑種人民駭人的壓迫。在美國霸權猶太種族主義縱容下，以色列對巴勒斯坦人民的殘虐壓迫，受到聯合國大多數國家的強烈譴責，並且公開予尚未建國的巴勒斯坦以國家的承認，打破了只知霸權、領土、主權，而不知有人民的傳統「國家」概念。

貧窮國家的會員國占壓倒多數的聯合國，公開譴責了國際大企業對人類、民族、資源和環境的掠奪。人民革命打敗了美蘇分別在越南和阿富汗的帝國主義干涉。傾耳凝聽，人們可以清楚地聽見全世界弱小者——被壓迫民眾、婦女、原住民甚至兒童反叛蜂起的吶喊。即使連美國也無法控制的，自己的跨國產業對外無窮擴張，已使美國的資本主義產業空洞化，國力日竭。一九八八年戈巴契夫的「改造」主義，表現霸權蘇聯從軍備競賽、干涉和支配的重軛下抽身的創意。

人們在說，瞧，世界在變，而且已經變了。畢竟，變化才是世界基本的本質啊……

善良的人們或者謹慎、或者充滿信心地說，驕蠻地誇言管理、技術、效率、科學、發展、計畫、武力和權力的世紀，已經向著溫柔卻堅定地講生命、生活的信念、母性、兒童、食物、飲水、自然環境、反核、反戰、和平和愛的世紀轉變著……

然而，這些善良的人們可沒有忽視「國際貨幣基金」（IMF）和「世界銀行」取代赤裸的新殖民主義所進行的罪惡。他們批判富國偽善的援助計畫。來自亞太地區的朋友當著日本市民，控訴日本「官方開發援助」（ODA）強化受援法西斯政權、強化受援國的從屬化、強化受援國人和自然的被害。

「人民對人民」的「團結」（solidarity）、人民對人民的「聯繫結構」（network）、超克了國家和國際權力的、民眾水平的、「草根的」（grass root）、「另一種」（alternative）亞洲．太平洋……成了會議的關鍵詞（keywords）。事實上，我好幾次被身軀瘦小、思路清晰的亞洲朋友的演講真切地感動。一種接近宗教性的喜樂、善意、祝福和決意，充滿了會議的每一個過程。不能否認，這是當今生活中罕有的思維和靈魂的淨浴。

然而，「團結」、「聯繫構造」、「另一種」選擇這些話，過去在國外的善意而勇於鬥爭的人們的遇合中也常聽見過。但一旦分開，卻又重歸於無力和孤獨。

世界是在變化，而且已經變化了。但同樣的事實是，國際獨占資本的規律所造成的暴力和深重的壓迫與掠奪的各種國家和國際權力，也依然強大地存在著。沒有人民堅強艱苦的鬥爭以求這構造的根本變革，「另一種」的、人民水平的構造是不可能的。戰略上有世界人民團結取勝的決意和信念，與戰術上充分、具體地認識世界規模的資本與國家／國際的巨大力量，似乎應該分別對待吧。

會議中對強國「發展」和「富裕」所加於世界人民和環境的加害，提出了深入具體的控訴，對附帶險惡條件的大國的「援助開發」的偽善，提出了動人心魄的批判。善良的人民祈求著「帶著人的臉孔」的發展方策，討論著尊重生命、母性、自然，有和平與愛的共存共生的未來。

南非的朋友向我訴說台灣的資本如何支持和延長殘酷的種族隔離主義；尼加拉瓜的神父告訴我台灣為法西斯政權開軍火廠、為恐怖肅清貢獻計謀；菲律賓的朋友告訴我台灣男人在他的國家羞辱他的姊妹同胞……

想到四月在美國加州玻麗那斯的「中國討論會」上，那些醉心於「現代化」、「發展」和美式「民主」、「自由」，卻對「開發」和西方資本主義的內容一無所知的中國大陸知識分子和學生；想到悲傷的「天安門」事件。

啊，中國大陸的朋友應該來的。不論是官方的「現代化」派「智囊」應該來，哭喊著祖國的自由和民主的知識分子應該來，以「台灣經驗」威世驕人的台灣知識分子也應該來一趟的。

一九五〇年以後，有過一段時間，中國（大陸）人民有過人民的國際關係視野，有過第三世界窮人的團結互助觀點，有過重構「另一種」世界經濟秩序的志氣，有過以人的解放為中心的發展概念。世界的窮人、飢餓的人、被掠奪的人們，曾經有一度把改變自己命運的可能性，寄希望和條件於中國人民自力更生的事業。

會議的執行部告訴我，他們邀請過中國大陸的人來。中國的學者缺席了，理由是「避免在會中談論天安門事件的尴尬」。

對於「天安門」事件，亞洲的窮人朋友，是痛心、扼腕多於譴責。有一位窮人朋友說，當天安門內傳來槍聲，悲傷之餘，只能找魯迅的譯本尋找安慰和力量。有幾個朋友告訴我，五〇年代末，「當毛主席還在的時候」，他們如何在中國召開的窮人的會議上，受到畢生難忘的鼓舞。他們說，為了「沒有人的面孔」的開發，引進外國人的技術、資本、商品和思想，它的後果，沒有一個窮人的「國家」力量可以控制。

包括台灣在內的中國，應該重新回到國際「窮」人的社會來。因為橫濱的會議，又一次生動地表現了一個永久的真實：只有物質上貧窮，又不以這貧窮為貧窮的人，才有最富裕、最有創意的心靈，才能對生命、自然、和平的愛，保有永不遲鈍的反應和夢想。

是的，為了共生、團結的人類，世界的窮人是如何熱切而溫柔、真摯地呼喚著中國啊……

初刊一九八九年九月《人間》第四十七期

賭國春秋 1

台灣有錢。而且有錢得不得了。這樣的說法不僅表現在八百億美元的「外匯存底」，表現在「國民所得」突破七千美元，表現在豪遊冶蕩的生活，更表現在瘋狂、畸形的台灣股票市場和「地下投資公司」歇斯底里的投機和賭博上。一個世紀末的「賭博共和國」(Republic of Casino, R. O. C.)在狂亂與失神中形成。

豪賭的條件之一，是有錢。台灣積存的大量外匯，被翻譯成天文數字的新台幣，在台灣內部激盪。然而這些金錢的累積過程和條件，卻說明了台灣資本主義發展歷史的陰暗。

絕大部分的台灣外匯，來自廣泛中小企業低工資加工輕工業出口貿易。在國際分工之中，台灣被決定了以對於工人階級和自然環境的殘酷、徹底的掠奪，完成積累。七、八百億外匯的積存，也同時積存了台灣河川、空氣和土壤的全面汙染和生態系的崩壞；積累了人數愈來愈多、疲乏、貧困、無從改善自己生活和命運的勞動者階級。

以台灣海峽為界的民族分斷，在虛構的「第二次低盪」(Second Détente)下，台灣的政治前途一時無從解決。資本對台灣前途的慢性的焦慮，根本妨害了以技術開發、資本密集和勞動人權相對性提高為條件的產業高級化再編成，使再投資發生猶豫和緩慢化，對外採購高級、昂貴技術、原料和半成品也近於停滯。沒有能力，或者不肯進行產業構造高級化的中小企業，仍然堅持以更酷烈的榨取搞輕工業加工出口。在「只進不出」的狀況，台灣外匯的積增，說明著當前台灣產業體質中的嚴重矛盾。在冷戰分斷的情勢下，台灣資本不以台灣為永久家鄉，隨時伺機逃亡的「難民性」，暴露無疑。

其次，國民黨官僚特權資本，也浸染著國府從內戰歷史中帶來的「難民性」。長年以來，國家獨占官僚產業，依恃其特權，搞超經濟掠奪，使公營企業長期處於腐化、無能、無效率、浪費和無進取性的狀態，無法取得類若韓國的「低次元國家獨占資本」的發展，而向工業構造的巨大化、獨占化、高級化蛻變。

國民黨國家的「難民性」，也表現在四十年來對民眾福利投資的漠視。交通、捷運系統的荒廢，公共住宅建設的怠忽，對公共醫療制度的不加聞問，對弱勢者——即台灣農民、勞動者、婦女、兒童、少數民族、老人和城市貧民的生活、人權、福利之驚人的冷漠，使國民黨國家的社會積累，以弱者和全社會福利的犧牲為代價而肥大化。

最後，「解嚴」以後急速暴露的、過去積存的矛盾，在工人運動、農民運動和環境保護運動中，以及美帝國主義強制壓低台幣匯率下，提高了加工出口產業的成本，造成利潤率和國際市場競爭力的下降，使台灣中小企業部門的再投資明顯地遲緩化。

在今日台灣社會中到處竄流的大量金錢，便是上述諸條件下的產物。

原先以投資的利息形成分取資本所掠取的剩餘的股利，在上述畸形條件下，發展為全島性狂亂的金錢投機。大戶、「保險業」資本、以及「地下投資公司」資本，和台灣黨、政、軍、豪門等特權互相勾結，以人為炒作、操縱和非法「內線」交易，結合大眾傳播，展開了全島規模的金錢賭博，愈演愈烈，把全省四十年來民間小生產者、軍公教人員、小資產階級市民所蓄積的金錢，大量集中在股市和「地下投資公司」的賭局上，興風作浪，上演著驚心動魄的賭戰。

這一場嘯聚數百萬人的賭風，正有效地侵蝕著台灣資本家階級的經營管理倫理。過去二十多年來辛勤創業、精心計算和管理的精神，在投機利益中崩解，關廠停業，轉以投機和僥倖逐利。勞動者或以僅有的小業家庭儲蓄、或甚至典當住屋，從事股票賭博或貪取「地下投資公司」欺瞞性的高利。勤勞成家的勞動「紀律」和「倫理」也在迅速瓦解……

而一場以社會範圍進行的賭博，使賭局中的「老千」們，把大量斂聚的金錢，轉向土地和住屋的哄抬和炒作，使原已嚴重的人民住屋問題更形惡化，住屋的高度集中化，使常人一生中欲求一屋以居的夢想徹底破碎，永無實現之日。

投機僥倖、奢糜豪遊之風，使社會和人的道德體制土崩瓦解。搶劫、殺人、淫嬉的普遍化和生活化，正在嚴峻地腐敗著台灣社會的最深部的肌體。

而一旦狂賭的破綻爆裂而一發不可收拾，數以百萬計的人將成為除了腦力和體力勞動以外一無所有的窮人。台灣社會的財富，在這一場奇賭下完成了重大的兩極化集中。無數真實的和心理的「中產階級」將在一夜之間「無產化」，非生產的、投機貪利的特權和豪門成了不可思議的百千億富翁，卻對台灣經濟和社會生產事業毫無貢獻——反而使二十多年來血汗建立的台灣工業愈益萎頹。

一九七四年第一次石油危機，使當時猶被列「新興工業化國家」之榜的若干中南美、東歐國家，因為通不過苛酷的考驗而落榜為貧困的國家。當美國獨占資本因美國跨國資本的脫離美國國家的控制而使美國本土產業弱質化，日本獨占資本正野心勃勃地準備好要假借實已衰落的美國的虎皮，重新挾其資本和高科技，在亞洲太平洋地區進行國際再分工，將太平洋和亞洲編成它的周邊的時代，與鬥志昂揚的韓國資本相較，在這一場奇賭中，從肌體上腐敗了的台灣戰後資本主義，會不會像當年的巴西和南斯拉夫一樣，一夜之間淪落為「新興工業化經濟體」（NIEs）的落第生，實不堪樂觀。

然而，世界又何嘗不是由超大國家獨占資本充當「老千」的賭場呢？曾經堅持不進賭場，堅持不辭艱難、挫折和失誤頻出地搞自力更生的毛澤東的中國大陸，到了鄧小平體制，因為選擇了投入世界資本主義垂直分工中、低工資勞動力部門的道路，而根本性地動搖了自主自立的、革命的社會構成體，終至引發了充滿矛盾和悲傷的天安門事件。面對日本和美國經營的「號子間」——「太平洋環時代」的虛構和騙局，中國大陸、台灣、韓國和東南亞國家，是要跟隨大國的令人狂亂的「現代化」曲調舞向破滅與從屬化呢，還是要團結起來，完成自己的獨立、統一和解放，共同建設「另一個亞洲」(Alternative Asia)的這麼一個嚴肅而深刻的問題，正在考驗著我們的英知和選擇。

初刊一九八九年九月《人間》第四十七期，署名趙定一

1　本篇為「台灣錢淹頭殼」系列之一。

敬悼統聯名譽主席余登發先生

一個偉大的民眾的民主主義和愛國主義的實踐者

在台灣戰後政治歷史中，高雄縣八卦寮的余登發先生的思想、生活與行動，是一個極為獨特的存在。

早在日帝據台時代，余登發先生就有強烈的抗日思想，並且敢於和日帝官憲拮抗。台灣光復之後，他以草根性政治青年，與當時士紳同被選為參政代表，派赴南京，目睹制憲國民大會混亂的鬧劇，對當時瀕臨解體的大陸政治，有深刻的感受。

回到台灣，面對當時嚴苛的冷戰、戒嚴政治，余登發以個人的力量，在高雄縣形成一股不可忽視的、堅強的民眾的民主力量，與龐大無比的國民黨抗爭數十年，使高雄縣的政治長期「淪陷」在以余登發先生為中心的、草根民主改革主義的運動勢力之中。

在對待政治異議分子極為苛酷的一九五〇年代以次，為什麼獨有余登發能悍然與動輒以「國家安全」為藉口抓殺異己的國民黨對抗，而且愈抗愈勇，勢力愈益壯大，有其獨特的原因：

首先是他的素樸的民眾主義。他畢生相信並且實踐政治要為人民服務的原則。余先生堅信，「天下」要「為公」，不能為私。從事政治運動的人，要「大公無私」；為政者，一定要「勤政愛民」。在光復前不久，社會荒廢，余先生向日本人的銀行貸款，購買了大量在當時無人問津的土地。光復之後，隨著社會的安定化，土地價格漸漲，為他帶來了可觀的財富。余登發先生把土地一塊塊變賣，為民眾造橋、修路、立路燈、興建教室，後來他入主高雄縣政，在財政上備受國民黨打擊之時，他拋售自己的土地，廣泛地大興縣政建設，開放縣長辦公室，讓縣下草根父老可以直接找縣長談事。余登發先生當時完全民間、草根式的愛民、便民的民主主義，為他凝聚了廣泛的民眾力量，為國民黨特務、組織恐嚇、威脅與利誘的攻治所不能敵，所不能破。

其次，余登發先生不是滔滔雄辯，以個人「卡里斯瑪」，或迎合民眾，曲學阿世的人。正相反，他為人拙於言辭，個性耿介剛直。但他的魅力，不來自議論風度，而來自他對待自己的不可思議的嚴謹與儉約，卻對待人民、對待「眾人之事」的不可置信的關切、慷慨。民眾親眼目睹了他怎樣以自己的家財與自己日常的生活，實踐「天下為公」、「大公無私」和「勤政愛民」的原則。戰後台灣政治長期的恐怖與黑暗中，當絕大多數的知識分子或賣身求榮，或噤然避世，當絕大多數的士紳階級在權力所編排的地方派系中輪流獨治民眾的膏血以自肥的漫長歷史中，余登發先生熱愛民眾、堅信民主與正義、堅持政治的品格的風範與實踐，博得了民眾最深的敬佩、愛戴與信賴，終至為巨大、蠻橫、驕狂的權力所不可勝！

余登發先生是老一代台灣政治家具有堅定深厚的中華民族主義懷抱的碩果之一。即使為了實踐民主政治而毅然參加了民進黨，余登發先生幾乎是唯一不憚於在買辦化、反民族化的民進黨中央公開反對台灣民族分裂主義，公開倡言中華民族的和解、團結、和平與統一的人。長年來，我一直凝視這位堅毅、勇敢、熱愛民眾和熱愛民族的老人，在滔滔皆是的反民族浪潮中挺立，心中有極深的敬意。去年四月，中國統一聯盟成立，執委會全票熱烈通過余登發先生與胡秋原先生為名譽主席。事實上，這是事先透過現勞動黨秘書長蘇慶黎小姐與另外一位在七〇年代末民主運動中深受余先生獎愛的年輕作家兼政治運動家到八卦寮去徵詢他老人家意向時，承蒙欣然答應膺任統聯名譽主席的。

去年秋末，我和幾位在地方上與余先生相熟的父老去八卦寮拜望過余先生。當時余先生表示非常想到大陸去看看。他轉述有些他的親友去大陸回來，向他提及大陸上各種肯定性的變化。「我實在很愛去看看。中國人要是人人能以天下為公、大公無私，沒有不強的道理。」他說。問他為什麼不去，他說他還在「保外就醫」之身，估計國民黨不讓他出境。他說有人叫他以出國醫眼為由，從國外到大陸去看看，他不肯答應。理由是「我余登發一生光明磊落，偷偷摸摸的事我不做」。

余登發先生終於沒能在他的晚年，重新踏上他畢生寄與深切關懷的中華土地，悲慘地奇怪地死去。而他所參加的那個平時因他的統一言論視他如笑話、如包袱，粗暴地打斷他在會議上的發言的黨，如今對其死因的追究毫無興趣，卻瘋狂地利用他的慘死為自己在大選年「造勢」。在野政治迅速的荒蕪，令人心冷。

當今之世，有「學問」的人，體面的人，自以為「前進」的青年，都以祖國統一論為老朽，為頑固，為不合時宜。然而，我深知歷史將很快地說明，余登發先生的民眾的民主主義、愛國主義和民族主義，恰恰是這犬儒世代中最進步、先進和具有前瞻智慧的人。

余登發先生是我們台灣之光，也是中華民族精神的化身。我們希望有責者迅速對其奇怪的死亡破案，我們也希望台灣的青年發揚余老先生大公無私的民族主義、民主主義的精神！

初刊一九八九年十月《中華雜誌》第二十七卷總三一五期

支點 1

會議主席，各位尊敬的牧長，善良、虔信的基督的學生們，請容許我向您們敬致謙卑卻親愛的問候。

首先，為了行事上無可改變的衝突，無法參加盛會，我必須向會議表示最深的歉意。在十分有限的引言人中，我占據了一個名額，深為惶恐。我感謝會議對我的好意。

根據研究，從四歲到十二歲的兒童人口中，包括智、肢、盲、聾等殘障兒的比率，占一一·四八%。一九五〇年代，台灣四歲到十二歲的兒童總人口約一百五十萬人，各種殘障兒就有十七萬餘人。可是一九五〇年全台灣只有從日據時代留下來的盲校一所、聾校一所，其收容和教育的盲聾生共三八四人。其餘十六萬九千餘個智、肢和視聽殘障的五〇年代兒童，完全沒有受到國家、社會的照顧和教育。

政府的統計指出，一九六〇年到一九六九年間，受到教育的殘障兒童（主要地是視、聽上的殘障，而不包括智障和肢體殘障）從一五〇九人增加到二六六六人。這種「增加」，如果把六〇年代後期開始的台灣經濟巨步發展的背景考慮進來，則四歲到十二歲兒童人口因台灣社會衛生、經濟條件比五〇年代有所進步而增加，但國家對殘障兒童的照顧與教育，跟殘破困窘的五〇年代相比，卻無有意義的、顯著的改進。

七〇年代國家所教育的殘障兒童數不但沒有因社會進一步富裕化而增加，反而從七〇年代初的二八七九減少到二六四五人。如果七〇年代台灣四歲到十二歲兒童總人口是兩百萬人，殘障兒童按一一・四八％計算，就有二十三萬人。國家對殘障兒童只盡了不及千分之一的責任。一九八六年的統計並沒有特別使關心殘障教育的人感到振奮。外匯存底高達五百餘億的八六年，全省啟明學校三所，收盲生三五七人；啟聰學校四所，收聾生一九五二人；啟智學校兩所，收智障生五二五人；專門教育肢殘生的學校一所，收肢殘生二〇五人。

這粗陋的統計，已經生動地說明台灣戰後資本主義資本積累過程上特殊的冷血性。在國際冷戰構造下，以反共、國家安全、民族相殘和極度專制政治下，台灣戰後資本主義不但得以對台灣的人（勞動者）和台灣的自然環境進行原始的、肆無忌憚的掠奪，以遂行資本的擴大再生產和資本的蓄積，而且台灣「國家」（state）亦以對老人、婦女、殘障者、窮人、兒童等社會弱小者之福利和人權的掠奪（即國家福利支出的過度低下），對交通、公共住宅的掠奪（即國家對交通運輸工程和公民公共住宅投資的怠忽）來蓄積社會財富。到了八〇年代，台灣勞動問題、生態環境問題、社會福利問題、交通運輸問題和公共住宅問題之破綻叢生，其實其來有自。

如果劉俠女士和她同一代的殘障同胞，出生在五〇年代末期或六〇年代前半，她（他）們便是被國家和社會，甚至被教會所遺棄的二十多萬聽、言、智、肢等方面不幸殘障的一代中的傑出、堅毅奮鬥的一人。

三、四十年前，國家冷酷地把二十多萬殘障兒童排拒在教育的福祉之外。其中極少數的幾百人，也只能受到中學程度的教育。三、四十年以後，當飽受社會歧視和遺棄之苦的其中的一人——劉俠女士，奮而欲出來競選立法委員，要為百萬殘障人爭取社會、經濟、文化和政治的正義與權利時，國家卻冷冷地對劉俠所代表的、長期被淹滅在無限的黑暗中的殘障同胞說：學歷不足，礙難取得競選資格！

如果把教養之門對著殘障兒童關閉是第一次歧視、是第一次加害，那麼，今日排除殘障同胞被選舉權，是國家對他們的第二次歧視和加害。

歷史地看來，一個以富裕、飽食驕人的社會之形成，幾乎沒有例外地不能不以社會底邊廣泛的、各種各樣的弱勢民眾這生存權、教養權、勞動權和人權上重大的犧牲為條件的。當我們回憶戰後世界的「成就」，很容易想起這些金光閃耀的詞語：「科學」、「技術」、「進步」、「富裕」、「效率」、「管理」、「發明」、「民主」、「自由」……然而，同樣地真實（如果不是更為真實的話）的是，對於二十世紀後半的歷史，也另有一組形容的詞語來形容這地球另外五分之三人口的處境：內戰、貧困、飢餓、文盲、疾病、夭折、絕望、腐化、民族分斷、帝國主義、新殖民主義、專制、軍事獨裁、超國界資本的掠奪……廣泛的弱小者，似乎永遠在噤默、無告、苦難和絕望中，支撐著不同歷史時代中充盈著酒肉之臭、脹滿了不知饜足的欲望、輝煌著金幣銅錢的光輝的社會。

而在這樣的戰後歷史和社會裡，我們不禁要問：基督在台灣的教會做了些什麼。

也許教會安住在戰後台灣冷戰政治的權力和體制中太久了；

也許教會在有意無意中把冷戰的價值和信仰，毫無反省地當作基督和教會的價值和信仰；

也許教會太少讓飢餓的人吃，太少讓口渴的人喝，太少讓赤身露體的人得以蔽體，太少探望下在監裡的人和臥病在床的人……

也許教會的建築越來越堂皇，卻離開曠野、地窖的集會更遠；也許教會裡體面、富有貲財的弟兄姊妹越來越多，而痲瘋、妓女、瞎眼、瘸腿、長期臥鋪不能起坐的信徒早已絕跡於教會，而他們恰恰是基督在三十年生涯中相與飲食、相與讀經祈禱，對他們講道，為他們解決心靈和肉體生活的各種難題，日夜掛心的人們。

也許不少教會還活在四十年前的中國，明顯或不明顯地祈求回到四十年前的歷史，卻不看世界、歷史和人民巨大的變化在神學上的意義。

也許有些教會棄絕中國和蔑視中國和基督在大陸中國的肢體，如同霸權主義者棄絕和蔑視貧困、落後的另一部分世界，而放任著對於因國際權力、社會制度、地理條件而一時分隔的同胞的歧視和侮辱……當更多的教會以複雜或簡單的沉默回應這歧視與汙辱，他們已經千真萬確地參與了這對於自己兄弟的歧視與侮辱，而不自知……

哦，基督！有什麼比制度性地踐踏、惡待「那最微小的弟兄」，卻又自稱是祢的門徒的，更加殘酷地擴大和戳刺稱磔刑的傷口呢？

因無法更改的行事，不能參加這次可能是戰後在台灣基督教會思想與實踐歷史中具有重要意義的一次聚會，於我是難以彌補的遺憾。當反思的、善良的基督徒，以基督的肢體劉俠女士為焦點相聚，讓我們祈求神聖最真切而深刻的同住，寬恕我們每一個人的小信和罪汙，排卻人的小智和驕慢，從而開始一個深沉、堅實、嚴肅卻滿有恩典與安靜的大反省，並且以這反省為支點，讓基督使力，變動中國的教會……

初刊一九八九年十一／十二月《曠野》第十八期

1 本篇為陳映真為曠野社主辦「關懷弱勢・聲援劉俠研討禱告會」準備之發言。研討禱告會時間：一九八九年十月十四日下午二－五時；地點：台北市新生南路三段九〇號懷恩堂；整理：周昭翡。

為一段被湮滅的歷史要求復權

這一段四十年來被深深埋藏的歷史。
這段歷史無人提起，沒有一本教科書提起，沒有一位學者敢提起，長期以來，這段歷史只是家中的長者以耳語傳下來的歷史。

各位親愛的市民晚安。感謝你們今晚抽空來參加這一次光復後絕無僅有的盛會。在這個盛會中，我們民族的眼睛第一次張開來看過去一段被深深埋藏的歷史。這段歷史就是一九五〇—一九五四年四年中淒慘、孤獨、悲慘、無人提及的歷史故事。

一般人都認為民國三十六年（一九四七年）那個「二月事件」，也就是「二二八事變」裡殺死了很多人，說二二八事變是「台灣人打中國人」的事件，說二二八事變屬了很多人。然而，這樣的說法與歷史的事實並不完全一致。這樣的說法和一般的說法一樣犯了這樣的錯誤，就是一九四七年的二二八事變與一九五〇年以後展開的國民政府有組織、有計畫、長達三、四年之久的大逮捕、大審判、大處決、大監禁的歷史是混淆為一。

國民黨以血腥屠殺回報台灣人民正義的要求

我們該如何正確看待和理解二二八事件呢？

二二八事變發生於民國三十六年（一九四七年），正當抗日戰爭結束不久，當時中國大陸上正發生著非常激烈的變化，國民黨與共產黨的內戰愈來愈激烈。一九四七年那一年可說是我們中國的政治、社會、經濟、金融、文化……即舊中國的一切都正面臨全面崩潰的過程中。台灣在一九四五年回歸中國的懷抱，在日本五十年統治後，一九四五年開始，台灣又開始重編到中國民族經濟圈中。這經濟、社會的來往，使一九四七年的中國動亂自然就感染到台灣——於是台灣社會不安，社會解體，經濟凋敝，民不聊生，政治腐敗，使光復引起的期望逐漸破滅。總而言之，二二八事變對台灣人的經驗，是一個現代化以前，半殖民、半封建的中國大陸社會、文化、政治與現代帝國主義殖民地的台灣政治、社會、文化和經濟的衝擊和矛盾的結果。

二二八事變的意義，是相信已從日帝重軛解放成為自由的中國人的台民，面對自信是平等的大陸同胞和政權，當時台灣解體、混亂、獨裁、腐敗的時政，提出辛烈的批評，要求民主參與，要求改革的運動。不幸的是，前現代的國民黨竟然以武裝軍隊，對甫光復的台灣，對甫回歸祖國的同胞手足，進行殘暴血腥的殺戮和鎮壓。台灣民眾要求政治、社會、經濟和文化改革，要求停止內戰，建設台灣，振興中華的正義、正當要求完全受到蔑視，回答當時求治心切的台灣人民的，竟是前現代的、野蠻的屠殺、掠奪和恐怖！

也是一九四七年開始美國早已預見了國共內戰中國民黨最終的敗北，美國看見中國大陸的社會主義化已是不可避免的大勢。美國干涉主義者於是積極地透過在台灣的美國新聞處，在台灣內部積極向當時本地的士紳階層推銷四種包裝不同、其內容一樣的貨色，即(一)台灣交聯合國託管；(二)以麥克阿瑟領導的聯合國軍隊占領台灣；(三)台灣住民自決；(四)台灣獨立。這些資料事實，美國的國務院早已經解密公布(在梁敬錞的書中也有刊載)。

美國積極推銷台灣獨立

各位市民：當時這些措施，絕不是因為美國人對「台灣人」特別愛護。其實，美國人所關心的不是台灣人，而是台灣這塊戰略島嶼。美國人意圖在中國全面解放後，將台灣霸占，作為美國封鎖中國大陸的反共軍事戰略基地，因為，台灣既是中國的領土，如果不千方百計的使台灣獨立，使台灣脫離中國的主權，美國如何有權去「保護」一個不屬於它的土地呢？因此，從一九四七到一九五〇韓戰爆發前，美國在台灣千方百計地推銷託管論、軍事占領論、住民自決論和台灣獨立論等方案。各位，所謂台灣住民自決運動和台灣獨立這些名堂，絕不是現在才有的，早在一九四七年二二八後，就開始了，只不過這個運動並非由台灣推動的，而是由美國佬在進行的。但是當時美國推銷的這筆生意可說完全失敗了。

我們從一九五〇年一位著名的台灣作家楊逵所發表的《和平宣言》就可以得知。《和平宣言》是要求各種政治改革、經濟改革、文化改革的宣言，其中有一項就是旗幟鮮明地反對台灣託管論、反對台灣獨立論。《和平宣言》說明：(一)當時美國確實有推銷台獨的事實；(二)當時的台灣人有志氣、有民族志節，即使經過了悲慘的二二八事變，被國民黨虐殺、鎮壓的狀況下，也不願意搞「獨立」，不願換個主子來管。各位，如果今天美國人親自在台灣推銷自決、推銷獨立，有一天真正搞公民投票了，不過在選項上除了統一、獨立兩項，再增「台灣成為美國一州」，或「台灣成為日本一縣」！有朋友說，台灣可能開出的結果，願意讓美國或日本管的會超出統一或獨立多得多，這實在是因為今天我們台灣人，比當年在民族問題上沒志氣多了。

一九五〇年的韓戰爆發對全世界是一個非常重要的歷史符號。在人類的歷史中，從不曾以地球規模一分為二、非楊即墨，從一九五〇年韓戰爆發後，全世界分成兩個勢力範圍，一個是以美國為首的，另一個是以蘇聯為首的陣營。以美為首的多是資本主義國家，以蘇聯為主的國家都是主張社會主義的國家。然而早在一九四七年時這兩個勢力範圍已經逐漸在形成中。在土耳其、希臘、中近東，年輕氣盛的美國代替了老帝國主義英國成為世界的警察。二次大戰後，當中東的社會主義、民族解放的力量蜂起，卻橫遭美國政府、軍隊的殘酷屠殺。進步的知識分子、要求進步的人民、主張民族解放的知識分子，被大量屠殺的程度甚至連原殖民統治者的英國都不得不為之抗議。

我們不可忘記，也是從一九五〇年起台灣開始了全面性肅清政治異己分子。從一九五〇—一九五四年三、四年中，國民黨槍殺了近三千人，並有幾千人遭到監禁，其中被判無期徒刑者在三、四年前才釋放出來，換言之，他們從一九五〇年代初坐牢一直到一九八〇年才獲釋，他們在孤獨的綠島度過三十多年的歲月。像如此殘酷的虐殺，非法的逮捕、審判，非法的屠殺與監禁的歷史，卻長期的、有計畫、有系統地湮滅。但是只有台灣才有這麼殘暴的反共屠殺嗎？

韓戰爆發美國在全球進行反共屠殺

在一九四七年的二二八事變中，台灣人民犧牲了計一萬多人，然而，在一九四八年，韓國的濟州島的農民，為了追求社會主義的韓國而蜂起，遭到美國麥克阿瑟率領的聯軍與李承晚軍隊的武裝鎮壓，竟屠殺了八萬人。這對八萬農民的屠殺，也一直被埋沒到一九八七年韓國民主化運動後，才由許多秘密長期研究的學者公諸於世。這一段歷史正是由表面上標榜民主、自由、人權的美國及其傀儡在全球範圍內所共同犯下的滔天大罪。

長久以來，我們始終把美國視為台灣民主的救星，被國民黨逮捕時，都急著找美國爸爸來維持正義，主持公道。但正如前面所言，屠殺近東民族解放者、進步知識分子、幾近屠城的八萬韓國農民的，正是我們所以為正義、自由民主和人權的代表者，美國帝國主義！直到今日，美國帝國主義在亞洲、中南美洲，往往與當地軍事獨裁者結合，以撲殺當地有民族尊嚴、追求各民族解放的進步知識分子、教授、醫生、律師、農民與工人。這些反帝民族解放運動者，直到今天為止，仍受到美國與當地的反對派勾結起來的權力橫加違法逮捕，使他們大量行蹤不明，直到今天在中南美洲還是層出不窮。一位著名的電影導演葛．加不勒斯在其名著《失蹤》（Missing）中就有令人刻骨的紀錄。「失蹤」，也就是行蹤不明，就是被反共軍事獨裁情報機關秘密逮捕和處決。這也是一九五〇到一九五四年在台灣發生的故事。

二二八事變以後，台灣的知識分子、青年人面臨了極大的苦悶與徬徨、失望。

台灣人與中國人為中國民族解放而奮鬥

因為在日本殖民統治下受壓迫的台灣人民，切切念念的是幻想著慈祥、美麗的祖國母親。哪裡知道，現實上卻來了一個凶狠、殘暴的「虎姑婆」似的祖國。人們想：這哪裡是我朝夕思念的祖國？是的，人們在二二八之後，確實曾面臨過如此的徬徨。今天有人說二二八是「台灣人反對中國人」的歷史。可是他們是不知道，這一段歷史的真正事實。

台灣人確是有一段徬徨的時刻，但是這段徬徨時刻台灣有志的青年更深刻的探索並認識了當時中國的深刻變化，他們開始理解到中國除了腐敗的蔣介石以外，還另有一個人民的新生力量。蔣介石原來是被全中國人民在一場革命中唾棄的政權流亡台灣的，因而一九四七年起正是重新覺醒的台灣人開始奔走於中國民族解放的路途。這時，台灣人與全中國人民一樣選擇了社會主義作為解放中國與台灣的唯一有效的路徑。正因為如此，所以在一九五〇年起那麼多台灣人被以「赤色奸匪」的罪名逮捕、處決。

一九五〇年起，美國第七艦隊悍然封鎖台灣海峽，干涉中國人民的革命。美國對台各種「援助」，各種顧問人員來到台灣。美國不是號稱最注重人權、最講求民主的國家嗎？為什麼在面對五〇年代初國民黨的大逮捕、大屠殺中卻保持了優雅的緘默呢？

當時有八千名最優秀的在台灣的中國人，不分本省、閩南、客家、原住民和外省人被逮捕，三千名被槍殺。外省人中，甚至抓到了總統府與國防部裡面去，各位市民，在五〇年代的大逮捕中，是沒有省籍差別的。沒有台灣人與外省人的差別，甚至沒有國民黨與黨外的差別，這就是一九五〇年代大屠殺的本質：一個腐朽落後反動的階級，鎮壓全中國被壓迫人民的本質。

五〇年代大屠殺沒有省籍差別

一九五〇年代的大屠殺恰恰成為美國日後對台灣在政治、經濟、文化各方面廣泛支配的歷史的開始，直到今日，為什麼許多台灣善良的百姓會視美國為救星，為自由民主人權的促進者與守護神這樣一個假形象？正是從一九五〇年以來美國經由各種廣泛的人員交換計畫、合作計畫，我們的教科書從日文變成了洋文，我們有許多專家與留學生在美國受訓，而進行了全面、長期的美國化改造之緣故！所以今天台灣幾乎成為全世界唯一對美國與日本帝國主義毫無批判的地區，各位這是何等的恥辱呀！

無人敢提起的歷史

在五〇年代初期為中國民族解放運動而犧牲的人，正因為他們有骨氣，是具有中華民族氣節的中國人，為了打倒帝國主義和封建主義，為了不願繼續做帝國主義的奴隸，所以慷慨赴死。然而這段壯烈英勇的歷史長久以來被國民黨蓄意掩蓋，這段歷史無人提起，沒有一本教科書提起，沒有一位學者敢提起，長期以來，這段歷史是家中的長者以耳語傳下來的歷史。各位市民，有多少家族，因為父親、大哥、叔叔被抓走，一直到六〇年代只能以鹽佐飯；有多少農村村落中，大量逮捕，造成了整整一代堂兄弟的斷絕；這樣的事離開現在不久，是還可以調查對證的。尤其是桃園、新竹、苗栗一代的貧苦的客家庄，他們慘烈的犧牲到現在還可以查。許多家族的系譜中找到顯明的傷痕！

活生生的歷史是禁不了、封不住的

今天我們在這兒為五〇年代白色歷史翻案，並不是為了控訴國民黨，我們今天重新審判這段歷史的意義，是要大家知道，中國在帝國主義霸權干涉下，將中國分裂為二，同是中國人，隔著海峽，卻被外國指示下，互相詛咒、謾罵、怨恨、懷疑。中華民族共同的智慧、技術和創意，不但無法相生相加發揮更大的力量，反而相剋相消。在冷戰反共意識形態長期支配下，認美國之賊為父，發展了嚴重的反民族、非民族條件。今天，一部分公開否定自己中國的血源！企圖為外國霸權服務，把中華民族之分裂永久化！竟視作為中國人為羞恥，甚至取笑中國人和中國文化。我們無意攻擊某一些政治派別，只是不知當後代的子孫他們面臨這個時代的言論時，我們要如何來解釋這段無法解釋的歷史。台灣人在一九五〇年代初為了中國的尊嚴，為了中國的出路，勇敢、激烈的參加了中國的解放、改造與變革，與全中國人民選擇在社會主義共同的道路。台灣人不容忘記這一段光榮、正確、勇敢的歷史，並且要發揚光大！

這確實是在說陳年往事，一段久久無人提起的往事，但對我們而言卻是比太陽、石頭更實在的歷史事實，在那五〇年代風潮當中有幸不死的一代，現在雖已頭髮蒼白，目前都在座，等下將與大家見面。讓我們活生生的認識這段禁不了、封不住的歷史事實！[1]

初刊一九八九年十二月《遠望》第二十五期

1 根據原刊篇末編者說明，本篇為作者於一九八九年十月二十四日在大同區公所禮堂舉辦「重審五〇年代『白色恐怖』」之演講詞。

釣魚台——爭議的構造

十月二十四日保釣遊行的隨想

九月二十五日，台灣漁船「源盛一三六號」在中國領土釣魚台周近捕魚，上午九時許，船員看見日本海上保安廳的巡邏艦「東京一二四號」快速向他們馳來。源盛號只好掉頭逃跑。這早已不是第一回了。當政府只會在嘴皮上說釣魚台是中國的領土，卻從來不能以國家武力保衛宜蘭、蘇澳的台灣漁民在釣魚台漁場上作業權和安全時，源盛號除了跑，還能做什麼呢？

日本巡邏艦很快地逼近了源盛號。有一個日本海上保安官登上巡邏艦放下來的小艇、準備攀登源盛號，卻毛毛躁躁地掉進了大海。源盛號船長林進才立刻停俥，深恐落水的日本人被漁船的螺旋槳打成肉糊，他並且拉他上了漁船。

落湯雞似的日本海上保安官被善心的台灣船員拉上漁船，忽然不由分說地掄起警棍凶猛地打傷了包括船長在內的四個台灣船員，並且簽發了中日文印成的「警告書」，警告台灣漁船不得在「日本漁業水域中」作業！

日本人可以對台灣人拳棒交加的時代是有過的。那可是從一八九四年到一九四五年漫長的日據時代。在偽滿，在抗戰期間陷日地區，中國人吞恨含怒，讓日本人任意拳腳相加那段日子，如今六十歲以上的中國人全都記得。可有誰知道，日本敗戰後都四十好幾年了，台灣的中國人依舊要去挨日本人的binta、yota（左右開弓刮耳光），依舊看日本人找上中國人的門檻還得逃跑……

這究竟是個什麼道理？

要講這個道理，就得打二次世界大戰以後一段奇異的歷史講起。

一九四五年，日本打敗，大戰也結束了。但是早自一九四七年開始，在希臘、土耳其、中近東，在中國大陸，在印度半島，在朝鮮半島，美蘇兩個霸強之間展開了無法調和的鬥爭。一九五〇年，韓戰爆發，冷戰達到高峰，美國在廣大的遠東太平洋地區築構強大而綿密的反共軍事戰略基地網，對共產化的古老亞洲大陸進行北自阿留申群島、南迄菲律賓群島的封鎖和包圍。其中，琉球群島便是這「半月形」封鎖線中央重大軍事基地所在。而釣魚台列嶼，也就被美國軍事干涉主義者列為附冀於琉球基地的一個軍事作戰訓練場！

一九六〇年代末，美國急欲脫出越南戰爭的泥濘，想出了「越戰越南化」和「越戰亞洲化」的金蟬脫殼之計。在六〇年後半開始快速資本主義高級化成長的日本，被美國視為它在亞洲最忠謹的隨從。一九七〇年，美國為了培植日本為美國在亞洲的反共代理人，將琉球「歸還」日本的同時，暗中也將中國領土釣魚台一併送給了日本！

美日之間私相授受中國領土釣魚台的道理，就是美國為了它自己反共戰略上的國家利益，欲培植日本，便利美日獨占和支配亞洲太平洋地帶的道理！

為了服從這冷戰構造的利益和邏輯，中華民國政府只能嘴皮上主張釣魚台主權，在事實上卻出賣了自己的主權和領土，在一九七〇年引起在北美港台留學生的憤怒，而發展為具有重要思想史意義的「保釣愛國運動」。

日本「海上保安廳」在狠狠打傷了台灣漁民之後，還威風八面地開了一張警告書給被打得頭破血流的林進才船長帶回台灣：

警告書

一九八九年九月二十五日

國籍：台灣

船名：源盛一三六

職稱姓名：船長，林進才

爾於一九八九年九月二十五日九時左右，在北緯二七五度四四・五分，東經一二三度十八分的日本國（漁業水域）內，違反了下記法令，此次給予警告，（今後）立即改正。

違反概要：一九八九年九月二十五日九時十分頃本巡視船於釣魚島周邊海域巡視警戒時，認出台灣漁船「一三六源盛」於上開時日及地點從事延纜操業中。

違反法令適用條款：關於外國人漁業之規定，第三條。

日本國海上保安廳海上保安官：上原廣勝（印）

一九七〇年以降，日本人在釣魚台插日本旗，蓋燈塔，日本海上保安廳的巡邏艦把釣魚台認真地當成日本領土，日日夜夜巡守，驅逐甚至毆辱台灣漁民。日本侵占中國領土釣魚台，從來是當真的。而且，從這次毆打台灣漁民的恁忞狂暴，表現出日本對包括台灣漁民在內全亞洲人的傲慢與輕蔑。

傲慢與輕蔑？日本人他們憑什麼？

其實，這也有一番道理的。戰敗的日本，利用美蘇對立的態勢，依附美國，無視在大陸億萬流血抗日的中國人民，以不承認台灣歸還中國為條件，悍然和美國共同炮製「台灣地位未定論」，交換對中華民國的承認。南韓、泰國、菲律賓、印尼……這些在二次大戰中和日本結下深仇血恨的民族，都為了服從美國反共戰略利益，不但不能也不敢在戰後對於親暱地坐在山姆大叔大腿上撒嬌的日本，嚴峻地追究其戰爭責任，反而千方百計，免除日本戰爭賠償，討好昔日仇敵日本。日本戰後恃依美國霸權而驕的歷史，造成日本這些根深蒂固的觀念：日本從來沒有打敗給中國，打敗給任何亞洲國家；日本只輸給西歐強國美國。這種「沒有在亞洲打敗過」的驕傲，成為閣僚靖國神社參拜事件、藤尾暴言事件、教科書修訂事件最深層的心智基礎，當然也是這次對台灣源盛一三六號船員拳打腳踢的心智基礎。戰後歐洲對納粹德國時代法西斯暴行持久、深刻的批判，造成一個嚴肅的人文生態，深刻教育了(西)德。在對待法西斯歷史問題上，德國真摯而具有深度的自我批評態度，和被東亞美國附庸國家阿諛奉承的日本對戰爭責任的耍賴、傲慢，恰成強烈的對比。

然而，儘管韓國、台灣、泰國、印尼、菲律賓各反動附庸政權不惜踐踏民族尊嚴以爭大自利，但非政府的、人民的水平上，除了台灣，都表現出凜然不容稍侮的抗日、反日、反帝的氣節與實踐。可以這樣說，台灣是全世界唯一在戰後新殖民主義支配下，不分朝野，絲毫沒有反帝民族主義的地方。十月二十四日的保衛釣魚台遊行，百數十的隊伍中，絕大多數是六十以上有過抗日鬥爭體驗的台灣省人士和身經抗日民族戰爭的外省籍人士，只有十數個年輕的大學生，跟著隊伍呼喊「保衛釣魚台」、「日本帝國主義滾出釣魚台！」的口號。台灣的非民族化和反民族化，毋寧是新殖民地半邊陲資本主義的台灣社會的發展，和自然環境、原住民、婦女、兒童、文化等重大破壞同時付出的巨大代價吧。

一九七〇年的保衛釣魚台運動，值我身在囹圄，未嘗親逢其盛。十九年後，我在新的保釣示威隊伍中走上秋初的台北街頭。對於許多有見識、有學問的人，這人數不為多、年齡比較大的隊伍，恐怕是一列「頑固」、「落後」甚至可笑的隊伍吧。然而，對於我，尤其在民族問題上，他們是進步的、徹底(radical)、有懍懍的民族尊嚴和主體性的人。我從內心尊敬他們。

初刊一九八九年十月三十日《中時晚報・時代副刊》

莫那能

台灣內部的殖民地詩人[1]

遠遠在漢族到台灣移民和開拓之前，馬來．波里尼西亞系的台灣原住民就在台灣生活了兩千年。學界甚至猜測宋淳熙年間（一一七四—八九）侵擾福建泉州的「毘舍耶」人，其實就是來自台灣島上的雅美族。明鄭率大量漢人據台屯墾以後至清代，漳、泉、潮、惠之人大舉對台移民，展開了漢人拓殖者對台灣原住民苛烈而貪婪的土地掠奪。從原住民的立場看來，漢人在台灣的開發與拓殖的歷史，是漢人對台灣少數民族劫掠、欺騙、壓迫和統治的歷史。

漢人據台開發以後，依漢人中心主義的歧視，把位在平地與漢人通往的原住民稱為「熟番」，而把與漢族對抗退守山地的原住民稱為「生番」。清廷雖劃界而治，但漢人和原住民間土地、水源、資源的掠奪與反掠奪的鬥爭從未平息。日帝領台，在官書通稱深山內的原住民為「高砂族」，住在平地者為「平埔族」，但設「理番」機構施行差別管理。在日帝禁山封山政策下，嚴限漢族人與原住民之間人員、物資上的往來，而由日本警察與日本帝國主義資本，直接對原住民地區內進行重勞役和自然資源的殘酷掠奪，引起「霧社事件」和「牡丹社事件」，震動國際。

一九四五年，台灣光復。一九六〇年代之前，國民黨以(一)「山地保留地」體制「保障」山地原住民族的界域，防止漢族系人民對山地的滲蝕；(二)以「山地管制」警察體系，防止和撲滅漢族系和原住民系左翼民族解放組織與人員對山地社會的滲透。

一九六〇年代中期以後，隨著台灣經濟由輸入替代產業向加工外銷產業轉換，闊步擴張的戰後台灣資本主義，衝破了上述兩項禁令，使廣泛的山地民族共同體經濟受到根本性的衝擊，而迅速崩解，並以中心—邊陲的關係，組織到台灣漢族資本主義經濟體系中。

商品和商品經濟強力地向山地浸透。電視網和山地社會中商品販售末梢點(雜貨店)快速地刺激了原住民消費欲望，貨幣作為購買商品的媒介，根本改變了民族共同體的半採集漁獵、半定墾經濟。為了入手所需的貨幣，原住民典賣他們僅有的、最原始的商品：男子的肌肉勞動和女子的肉體。

於是，在一九六〇年代後期以後，山地原住民民族共同體的社會組織和經濟系統快速解體。山地文化、價值、道德和社會紐帶分崩離析。

崩潰的部落渙散，原住民流徙到陌生、緊張的平地城市。男子向台灣社會最底邊的肌肉勞動層淪落，成為建築零工、遠洋漁船上的半奴工、皮革工、捆工和日傭零工……這些毫無保障和福利的行業，並且受到漢族資本、「介紹所」與漢族工人的歧視。而女子則大量地被平地性工業所吸收。在六〇年代招待美軍的場所、七〇年代招待日本商人和觀光客的酒館和八〇年代的色情場所，到處可以看到輪廓鮮明、眼大鼻峻的原住民婦女。而未成年原住民少女經由人口販賣系統大量沉淪在奴隸妓女市場的悲慘情事，成為八〇年代中期後駭人聽聞、卻為社會置若罔聞的人間蹂躪。

原住民男性所受的層層盤剝。原住民女性的發展和民族母性的保障，因畸型的省內為國際性工業的摧殘而受到嚴重的傷害。漢人的移民與支配，阻斷了台灣原住民發展自己文學的可能性。沒有文字，民族的語言和文化的發展停滯，民族的智慧、創意和經驗無從積累、發展與創新。

隨著平地漢人輕工業加工出口資本不斷擴大再生產的運動，山地社會和經濟不斷地崩潰和貧困化。從政治經濟結構看來，台灣原住民九族，在民族上和階級上，是全稱的被壓迫者，是台灣資本主義在島內的殖民地人民。台灣原住民當前最迫切的需要，是一個不折不扣的、向台灣漢人資本和外國資本爭取解放的民族解放運動！

台灣九族原住民族，因在全民族規模的解體、貧困化、挫折、傷害和流亡的條件下，像第三世界殖民地人民一樣，在民族的集體心靈中沉澱著大量的恨、憤怒、怯懦、逃避、焦慮、自卑和恥辱這些情緒。這些情緒，尤其是沒有行動和語言的宣洩情況下，像劇烈的毒汁，毒害、侵蝕著民族的心靈。

法國哲學家沙特在論及法屬殖民地阿爾及爾人民的反法國殖民地民族解放鬥爭時說道，殖民地阿爾及爾人民心靈在殖民主義壓迫體制下的深沉傷害，不能不在對法國殖民主義遂行暴力抵抗中，取得民族心靈痛切傷痕的痊癒。而法國人民，也必須在阿爾及爾人民忿怒的反法暴力中，照見了作為殖民者的自己的罪惡。被壓迫者的憤怒與暴力，成為被壓迫者雙方解放的契機。

不論在行動上和語言上，一九六〇年代後面臨全面解體、貧困化、疾病、文化頹滯的台灣原住民，一直沒有強有力的反抗與批判。在八〇年代組織起來的若干台灣原住民追求民族認同的組織和若干服務性、福利性、社工性團體，基本上是溫和、懇願、服務、輔導的性質，從來沒有提高到民族解放這個水平，去反省、探索、批判與實踐。在文學方面，由於沒有民族自己的文字，用漢語寫原住民生活與問題的作家，人數很少，作品自然地不多。而在思想上具有民族解放認識的作家，更不多見。

而排灣族盲詩人莫那能，卻堪稱為台灣原住民民族解放運動第一個詩人。

莫那能，一九五六年生，台東縣達仁鄉排灣族人。由於少年時代長期營養不良與沉重勞動，一九七八年開始罹患弱視。他的家族長期受到貧困和疾病的侵襲。他的親妹被人口販賣者拐賣淪落時，莫那能抵死四處營救。他的視力至今已完全喪失。目前以按摩維生，與一九八八年結婚的賢慧盲妻張屏華相依為命。

作為台灣少數民族詩人，莫那能有多方面極為突出的特點。

第一，莫那能是第一個大量文字作品上敘寫台灣原住民族集體心靈深部沉積的抑鬱、怨恨、忿怒和自卑……這些被殖民者心中各種創傷的詩人。

> 請不要想起，
> 那荒遠的高山上
> 殘破的家園，
> 作妓女，失去子宮底
> 妹妹的哀怨
>
> ——〈遺憾〉

> 不忍觸摸的悲慘的過去，
> 無法理解的自卑，無奈的今天，

以及沒有仰望的未來。

……

學會奉承、

也學會了自卑。

學會了逆來順受的性格，

也學會了忍受牛馬般的生活。

……

血汗遭到剝削，

生命沒保障，

自尊被侮辱損害！

從「生番」到「山地同胞」

我們的姓名

漸漸地被遺忘在台灣歷史的角落

——〈燃燒〉

……
自卑的陰影
在社會的邊緣侵占了族人的心靈

——〈恢復我們的姓名〉

來，乾一杯
喝完這杯恨酒
卻無法嚥下胸中的愁怒
……
和著全族無言的憤怒
流盪在寂寞的杉木林
流盪在無告的天邊

——〈來，乾一杯〉

如果你是山地人

就引動高原的聲帶
像拚命咆哮的浪濤
怒唱深絕的悲痛
如果你是山地人
就展現你生命的爆烈
像火藥埋在地底
威猛地炸開虛偽的包裝

……從漢人的欺詐
到日本的壓迫
交織著
奴隸的悲哀
……
自卑、痛苦

——〈如果你是山地人〉

刺在你絕望憤恨的心上

——〈山地人〉

其次，莫那能抒寫了在沉重的民族壓迫下台灣原住民黑暗、煎熬而苦痛的心靈。不止於此，莫那能把那積累的民族悲恨，一以爆發性的、要求解放的吶喊，二以將自己向更高、更大的境界昇華，來抒發被侮辱和踐踏的民族心靈根部的苦痛。詩人這樣吶喊：

只要太陽還升起；
只要高山還聳立；
只要大河還奔流，
被迫離鄉背井的
失散顛沛的民族，
終要憤然崛起！

——〈為什麼〉

再次，更多的時候，莫那能總是以召喚民族往日的尊嚴、光榮和驕傲，以崇高的愛、理想和希望去更新和激勵民族的靈魂。

流落異鄉的遊魂
快快歸來吧
……
站在流血和死亡的路頭
還能仰首高歌的故鄉
被工作和屈辱重壓
還得挺直腰桿直視生活的故鄉
……
想到我們山地人
太陽的孩子
雲海的子女
百步蛇般的威猛

……
讓我們的憤怒變成雷電
照亮靜默的部落
讓我們的眼淚變成春雨
滋潤山芋和小米田
讓我們的交臂變成彩虹
給山地人架上一座
通往故鄉的
美麗的橋樑

謹慎地捧起
我們重新煮沸的血液
記起我們的歌
我們的舞

——〈來，乾一杯〉

一九八九年十一月

我們的祭典
我們與大地無私的共存傳統

——〈來自地底的控訴〉

我要重新在大地上
站立，
為少數民族的未來命運
拚著這一身肉軀
讓這一顆燙熱的心，
無私地燃燒！

——〈燃燒〉

並不曾受過良好教育的原住民盲詩人的作品，另一個令人矚目的特點是，他不只在詩篇中表現出他的忿怒和他追尋救贖和解放的情感，而表現出他對於當前台灣少數民族諸問題的認識。他嘲笑和批評台灣原住民中的「精英資產階級」（elite bourgeoisie），為了自己的私利，甘為漢族權力所有，為其妾僕(〈注你一支強心針〉)；他為台灣原住民面臨的種族滅絕、文化的解體、全民族的奴隸化疾聲抗議(〈山地人〉)；他特別為原住民被驅迫淪落，受到平地性工業的殘酷剝削憤怒地指控(〈百步蛇死了〉、〈一個冰冷的凌晨〉、〈鐘聲響起時〉、〈遭遇〉)。莫那能也寫原住民男性向台灣戰後資本主義社會最底層沉淪、呻吟的生活(〈流浪〉、〈來，乾一杯〉、〈為什麼〉)；也為原住民所賴以生存和勞動生產的基地——自然環境被貪欲的漢人資本摧殘而發出怒聲(〈失去青春的山〉)，抨擊駭人聽聞的東埔挖墳事件(〈來自地底的控訴〉)。莫那能批評漢人和日本人都強迫原住民輸誠效忠，使原住民喪失民族主體的認同；批評漢人對原住民的歧視與傲慢。尤其是當他站在台灣原住民族的立場，向福建人主義自決論和傳統主義的中國人論提出銳利的批判與質對時，莫那能其實是在為台灣原住民舉頭問天，強烈地要重建民族解放運動所必要的民族主體性和民族自我認同(〈回答〉、〈這一切，只是個開始〉、〈燃燒〉、〈恢復我們的姓名〉、〈來，乾一杯〉)。詩人莫那能的問題意識，來自他那幾乎無從置疑的、自己的悲辛艱困的生活。在絕望、忿怒、貧困和惡疾連番打擊下，含著熱淚，咬緊牙關生活中思索和創作的莫那能，讓今日不斷嚴重化的原住民族問題，深刻地教育和啟發了他。

關於莫那能在藝術性方面的成就，有三個方面值得注意：

首先，由於他在台灣山區的大自然中長大，所以他的詩中常有台灣漢族系城市詩人所難於有的遼闊、恢宏、強大的形象的思維。

像一隻失去草原的麋鹿
闖進亂岩密布的獵區

——〈無光的世界〉

在秋蟬頌夏的歌聲中
芋頭已累累碩大
田間的小米也翻起了鼓鼓的金浪

——〈歸來吧，莎烏米〉

只期待兒子的身體像大武山般地健在
也指望著女兒的日子像立霧溪般地順暢

——〈雕像〉

讓眼睛有黑白的分明
讓耳膜有高低的聲浪
讓鼻子聞到土地的芬芳
讓皮膚感到陽光的溫暖
讓雙唇流出和平相親的歌唱

站在大武山的奇巖上
高唱威猛的獵歌
……
讓我們的憤怒變成雷電
照亮靜默的部落
讓我們的眼淚變成春雨
滋潤山芋和小米田
讓我們的交臂變成彩虹

——〈鵲兒，聽我說〉

給山地人架上一座通往故鄉的美麗的橋樑

——〈來，乾一杯〉

這些比較開闊、曠朗的形象，加上莫那能所獨有的激憤、悲傷、祈禱和溫暖而又堅定的期許、希望和激勵，構成一種強力動人的內在的力量，使他的詩篇產生一種第三世界被壓迫民族的解放的文字中所常見的，混合了尊嚴、力道（punch）和解放的熱情的獨特創意。

雙眼失明的排灣詩人莫那能，也是一個聲音宏厚的歌人。他善於即席即興唱出自己已經寫出的和還在醞釀中的詩篇。只要從前此引用過的他的許多詩行，讀者已能充分感覺到他對漢語韻音的敏感。每次讀到他一些諧音應白然的詩行，為了他的早盲而無法從更多更廣的閱讀中，更好地發展他在語言音樂性上的才華，和他那特別發達的耳朵與感性，就不能不感到心痛和悲傷。

莫那能是台灣的詩人中，很少數幾個寫較長的敘事詩的詩人之一。他的長詩，依我看，以二七七行的〈來，乾一杯〉寫得最為感人。敘事者聽說童年好友卡拉白打遠洋船上回來，特地回到山上的故鄉去相會。一路上，敘事者回想童年種種，卡拉白生性調皮而叛逆，漢人的同化教育體制根本不適合像卡拉白這樣的孩子，屢遭老師責打。國中還沒畢業，卡拉白去幹苦力。十七歲就跟遠洋船當捕魚工，二十歲回到山上等當兵，暢談他遊歷七海打架嫖妓的經歷。他的母親嫁了三個丈夫。第一個被林班的巨木壓死，第二個喝酒醉死在山溝裡，第三個是個「剛領退伍金的支那」，串通了外人賣掉他的大妹。他的弟妹四散，大弟幹苦力，二妹、三妹在工廠裡幹苦活。詩人於是說：

難道這就是我們族人的命運
死亡、流離
賣身、賣力氣
我們的生命比山芋還不如
至少山芋還有一塊泥土
在那裡容身
在那裡生生死死

而當敘事者趕回山上，才知道回到家的是一盒卡拉白的骨灰。卡拉白在南非開普頓被人謀殺。敘事者悲嘆台灣原住民族悲慘的命運：男為奴工、女為娼妓，「山地人只剩下身體和歌／像野豬和麋鹿／在平地被人圍剿、販賣」。這首長詩的結尾，血淚的詩筆陡然揚起，以「讓我們的憤怒變成雷電／照亮靜默的部落／讓我們的眼淚變成春雨／滋潤山芋和小米田……」這形象曠朗的句子結束。

〈燃燒〉是莫那能的另一首長詩。這首長達二五一行的詩，與其說是「敘事」莫若說是「說理」的詩。在人類的早年，各民族都有過以詩論理的傳統。現代的莫那能卻採取了以詩為論說的形式，令人驚奇。〈燃燒〉裡說的道理很多。但其中最引起我注意的，是原住民族認同的問題。國民黨的教育，說原住民是中國人。詩人反駁道：

長江黃河的乳汁
未曾撫育我，
長城的胳臂
未曾庇護我，
喜馬拉雅山的高傲
也未曾除去我的自卑，

……
幾百年來，
我像個孤兒，
任人蹂躪、踐踏
任人奴役、侮辱
……
中國對我
既沒有生育之恩，
也沒有養護之情，
要我屬於中國，
這是太大的不公平。

對於橫施漢族中心同化政策，任平地漢族資本主義肆無忌憚地戕害山地社會、文化，使台灣山地九族處在民族滅絕危機中的漢族政權，詩人發出這疾厲的控訴，是正義而又準確的。但台灣原住民詩人對於人為民族之本，個別人的權利與尊嚴是國家與民族的根柢，以及中國之為多民族統一的國家的認識，竟遠遠超出時流之上。詩人說道：

無數小溪匯成巨大的聲音，
它叫大河。
無數民族匯成巨大的聲音，
它叫中國。
我是少數民族的一支，
我是人民，
我是小溪，
有了我，
才有中國。
政權，請你退去，
土地才是我的母親；
政權，請你閉口，
母親不是壓迫的藉口。

詩人莫那能的天才，還表現在別的作品上。〈百步蛇死了〉用花街上壯陽藥酒中泡著的百步蛇、原住民圖騰的百步蛇，以及淪落花街的原住民雛妓，在短短幾行中，寫出揶揄和痛苦（irony and agony）。他的情詩溫柔、喜悅，充滿了大自然的清新的歡愉（〈歸來吧，莎烏米〉）。他寫受人凌辱的妓女，並不全是憤恨嘶喊。「從北拉拉到南大武」的陽光、山中教堂的鐘聲、母校的老師、鞦韆、蹺蹺板、同學的歡笑聲可以在被囚禁娼院的小妓女的腦海中不斷地成為安慰的回憶（〈鐘聲響起時〉）；老屋的小床、為盲人讀文章的大學生、盲人重建院前的梔子花的香味……可以和女按摩師恐怖羞辱的體驗重疊出現（〈一個冰冷的凌晨〉）！

如果一定要在台灣生活中找「民族壓迫」的問題，那恰好不是什麼「中國民族」對「台灣民族」的壓迫，而是包括了「中國人」和「台灣人」的漢族對台灣原住民族的壓迫。台灣原住民地區，是台灣漢族系資本主義在台灣內部的「殖民地」，而原住民族人民，是台灣內部的殖民地奴隸！排灣族盲詩人莫那能，正是這殖民地和她的被壓迫人民的詩人。莫那能，是半邊陲資本主義城市「國家」內部的、邊陲殖民地的詩人！

只有在個人和他的全民族受到像莫那能那樣悲慘的壓迫與掠奪的人，才能寫出這樣的詩篇。當台灣的漢民族政權的殖民者，一時還看不見被壓迫台灣原住民燃燒著仇恨與憤怒的凶光的臉色，莫那能悲憤、正義、富有解放的熱情與想像的詩，正若沙特所說的鏡子，照見了漢族的殘暴、冷酷、貪婪的歷史和每一個在台灣的漢族系人民介身其中的、民族壓迫的「共犯構造」。

不能用自己民族的語言寫作，當然是很深刻的悲哀吧。但是，在現階段，掌握更好的漢語，寫出促進台灣原住民族解放運動的文學作品、宣傳和論文，有戰略戰術的重要性。莫那能的詩，將不但要教育和啟發無數追求民族的自由與解放的台灣原住民族人民，也將深刻地教育和鞭笞更多良心的台灣漢族系人民，共同為再建在台灣漢族與各族人民平等互敬、和平相處的新的倫理和結構。

以無上的喜悅，以此小文，祝賀我的朋友，台灣排灣族傑出的詩人莫那能第一本詩集的出版。我也要向「阿能」身邊的一些為他整理、記寫詩篇的朋友致謝。沒有他們的協助，我們就無法從詩人的口誦背讀中讀到這麼動人而強力的詩章……。

初刊一九八九年十一月晨星出版社《美麗的稻穗》（莫那能著）

1 本文所引述詩句，依據莫那能《美麗的稻穗》（人間出版社，二〇一〇年五月）校訂。

三點意見[1]

(一)這次的選舉顯示台灣政治、思想和文化的全面右傾化。朝野兩黨表現出在國際關係上的親美政策，在政治關係上表現出中度到極端的反共和反中國，在兩岸關係上表現出從口頭統一實欲保持民族分裂的一派到公開、明確主張台灣與中國大陸間分裂狀態的長期化。這種右翼思想還表現在台灣當前資本主義極度破壞人、自然、倫理體系之際，朝野兩黨鮮有提出生態保育、婦女和兒童的安全、反核、和平，以及工人和農民的人權、工作權以及爭議權的保障。少數幾位懷有中產階級綠色政治理想的候選人在選戰中敗北。無數的「自由派」、台獨派學者，基本上為這大右傾運動喝采助陣。

(二)這次選舉，不但使朝野兩黨的同質性更明顯化(儘管它們為爭政權而有激烈的競爭)，也使在野黨務實的和激進的台灣獨立運動納入了台灣政治體制。敵人逐漸成了朋友，反對者向同盟者發展。一個親美的、非共的、反共的、與中國分斷的台灣在爭吵中形成。美國戰後對台政策正在收穫最理想的結果。然而這一切似乎無法克服其時代錯誤的限制。

（三）台灣獨立運動，會不會在加工出口產業的停滯化、利潤率的下降，在躁進的小資產階級鼓舞下，以台灣沙文主義和反華運動，發展成以極端反共、反華的形成表現出來的法西斯運動，值得關注。

初刊一九八九年十二月五日《中國時報・人間副刊》第二十七版

1　本篇為「打破政治禁忌・重整遊戲規則：文藝界看本次大選」專題文章。

歡迎分裂四十年後第一位來台的大陸作家——劉賓雁先生[1]

劉賓雁先生、朱洪女士，各位貴賓、各位來賓、各位女士、各位先生：

首先，我們以歡迎、熱烈、親愛的心情，歡迎中國大陸著名報告文學作家劉賓雁先生。

劉賓雁先生是當代我們民族和民眾最優秀的作家之一。我和其他的台灣文學界人士一樣，大約在十年前，在台灣某一個報紙副刊上讀到了著名的報告文學作品〈人妖之間〉而認識了劉賓雁先生。他以對中國民族和人民最深切的關懷和忠心，刻畫和揭露了中國大陸社會主義國家（state）的陰暗部門：官僚權威主義、權力和物質利益的糾結、貪汙、腐化、黨群關係的壓重異化等等。毫無疑問，他也以對於中共黨所寄託的期許，鞭策和批評了中共黨的腐敗、扭曲（disformed）的部門。然而，劉賓雁對中共的期許，自來有一個更高的前提，那就是苦難中國的民族和人民的利益。

劉賓雁這種為弱小者、為社會與政治底層的人民代言的精神，正是中國知識分子和文化歷史中較為重要的傳統，更是中國近、現代文學的主流精神。

早在四〇年代，少年的劉賓雁為他所熱愛的民族和人民，一步步走向了爭取中國民族解放和國家獨立的革命。一九四九年，劉賓雁所心屬的革命取得了勝利。一貫熱情、樂觀、相信人的善意的劉賓雁，很快地把他犀利的銳筆，對準了方才萌芽的他所熱愛的革命中黨官僚體制的錯誤與黑暗，而遭到嚴厲的鎮壓和批評，長期受到政治上、創作上的壓抑。一九七九年，黨公開承認了對他長期「未改」的錯誤。劉賓雁在讓帽子摘下來的不旋踵間，又以他一貫的熱情、樂觀和對於人的善意的信賴，寫出了一篇又一篇震撼了全中國的報告文學。遠遠在那個黨和社會在最近開始注意到官僚集權主義所造成的官倒、腐敗不正之風以前，劉賓雁早已對黨、人民和民族提出了警告：革命中的陰暗部門，正在以它自己的規律擴張著等。

八〇年代初，大陸「改革開放」所付出的社會代價不斷地擴大成一九四九年以後罕見的社會矛盾。作為一個共產黨人，劉賓雁先生對於黨的忠誠和對於民眾和祖國的忠誠之間，產生了不難於想像的矛盾與痛苦。題為「第二種忠誠」的報告文學之中，他宣告了革命者在與革命產生異化時代的新的道德：當對於人民和民族的忠誠高於對黨的忠誠的選擇時刻，革命者選擇對於人民的忠誠。

今年四月，我和劉賓雁先生相會於美國加州。我感受到中國大陸知識分子在思想、意識形態以及在世界「東西」、「南北」關係中自我定位的令人驚異的迷茫與不安。加州一別，發生了誰都未曾逆料到的北京六四天安門事件。這爭論紛紜、複雜而悲傷的不幸事件，畢竟把劉賓雁推向至當面中共權力相對立的地位。

劉賓雁先生於是變成了政治流亡人，離開了他所熱愛的中國大地和中國民眾。

今天，他翩然來到台灣，中國的另處一塊土地，中國人民的另外一個家鄉。正如劉賓雁先生在報紙上說過，台灣的風土，和大陸竟是那樣的類似。前幾天，劉賓雁和十幾二十位台灣作家會面。當時彼此雖是四十年第一次在台灣遇見大陸作家，但是現場中那親人、朋友、同僚似的自然的感情流露，至今難忘。是的，劉賓雁先生是祖國分裂後四十年第一個跨越海峽的阻隔來台灣訪問的作家。在這個意義上，我們今天的餐會，就增添了一層文學、文化歷史的意義。

各位貴賓、各位來賓、各位女士、各位先生：

容許我代表大家，以同胞、親人、兄弟、骨肉的摯熱親情和喜悅，歡迎我們民族傑出的作家劉賓雁先生和朱洪女士！

初刊一九九〇年一月《中華雜誌》第二十八卷總三一八期

1 一九八九年十二月二十四日，中國統一聯盟為劉賓雁舉辦歡迎餐會；本篇為陳映真在餐會上之致詞。

迎接一個新而艱難的時代

這一本集子，是王墨林近年來關於台灣舞蹈、戲劇尤其是小劇場、民族劇場和民眾劇場等所做評論文章的集合。戰後四十年來台灣劇場、舞蹈一般地受到親美、保守、反共的勢力所支配的生態系統上，王墨林比較上是「根本性的批評」（radical criticism），有不能忽視的現實意義。

單就劇場而論，日帝時代台灣「新劇」運動的歷史就從來沒有受到應有的重視。抗日戰爭開始，日本帝國主義的「皇國論」強制性地役使「新劇」和當時台灣民間劇場在過程中的鬥爭，也至今無人聞問。一九四五年到一九五〇年，台灣劇場很快地參與了當時的階級解放運動，卻不旋踵而在美國支持的大肅清（red purge, 1950-1954）中完全潰滅。

在大肅清後血腥的土地上，經由「美國文化中心」、「夏威夷東西中心」，美國向台灣輸入沒有歷史、沒有人和生活的現代主義，形構了戰後以麥卡錫主義下的反共・美國崇拜為中心的冷戰文藝體系。西歐實驗主義的、前衛主義的、超現實主義和各種形式的「現代派」，竟在台灣五〇年代噤默的逮捕、酷刑拷打、槍決和長期監禁風急雷動的法西斯肅清中熱烈、時髦地上演。然而第一次大戰後具有鮮明的革命意義的，旨在顛覆資產階級虛偽、殘酷價值的各種「現代主義」，在戰後冷戰歷史中，尤其在第三世界，實際上卻起到湮沒和弱化並進一步鎮壓酷烈的民族鬥爭和階級鬥爭的巨大作用。

而在「現代主義」之外，國民黨文工組織，受到一九四九年以前中國社會鬥爭失敗經驗的影響，從它的敵人中共，在形式和技術上認識了抓住劇場運動的重要性。一九五〇年以後，台灣劇場受到最嚴苛的「安全」監視。中國三〇以迄四〇年代民族·民眾劇場充滿活力的傳統在台灣中絕。國民黨黨、軍文工團體包辦了台灣劇運。除了極少的例外，舞台在台灣長期成為冷戰反共政治最沒有才華的庸妄。

迂迴的留美派親美、保守的反共劇場，和直言不諱的黨軍文工團的反共劇場，表面上互相不通聲氣、互相猜忌，但實際上都為戰後台灣的冷戰意識形態服務。它們都基本上在中國民族分裂的歷史和結構中，表現了美（日）獨占資本和台灣朝野買辦資產階級共同的價值，從而為買辦主義、反民族主義和反民眾主義的意識形態搞宣傳和辯護的。

王墨林的評論，是基本上針對這久待清算的「台灣戰後」的初步回應。這「根本性批評」沒有來自當前台灣的學院戲劇圈，而來自與學院體系無關、完全依仗刻苦自學的王墨林，是有歷史意義的：台灣學院戲劇圈受到法西斯主義和買辦主義重重限制，在創作和批評上完全失去了生殖和發展的能力。

然而，戰後四十年台灣對於「表演藝術」、劇場和舞蹈的有系統的調查研究，以及以這調查研究為基礎的批評和反思，和以這調查、研究、反思和探索為基礎的理論的建設，還有待王墨林和其他進步文藝工作者進一步做大量的工作。

如果把戰後台灣資本主義的性質定性為「新殖民地．半邊陲資本主義社會」，那麼包括戲劇在內的當前台灣文藝工作的性質，也許就是對外的反帝．民族解放運動和對內的「民眾的民主主義」運動吧。而所謂民眾，在當前歷史中應該包括哪些在目前社會構造中受害最深的階級、階層和團體，也是「民眾的民主主義論」急待解決的問題。然而，如果沒有類如反帝．民眾民主主義的構造的視野，再「政治傾向」化、再「激進」的劇場，在創作、演出上就不能不是缺去焦點，沒有清晰的世界觀和歷史觀的即興式的「後現代主義的」表演。一九八八年，台灣四十年反共戒嚴體制在相應於台灣和日本間企業內部國際分工的強化而「意外」地獲致一定程度的技術升級和對美市場浸透力的總形勢而解除之後，台灣政治和文化，在外表上以擬似激進的形式上，暴露了台灣戰後文化在新殖民地．半邊陲資本主義發展過程所積累的反動．親美．保守．反共和反中國的超級保守主義本質。「擬似」激進的小劇場的本質的冷戰結構內化的政治傾向就是很好的說明。

極力痛陳台灣國家和資本對台灣文化的支配和侵蝕的王墨林，當然指出了當前台灣文化、文藝的核心時弊。但歸根結柢，王墨林和包括我自己在內的他的朋友們，終於需要對於台灣資本主義社會在當前中國民族分裂歷史網絡中的本質，做一次科學的釐清和理解的工作。沒有目標、方向、路線的批判，就難免於「無的放矢」。一定的社會構造體，就有一定的矛盾構造；有一定的變革對象體、有一定的變革主體勢力、有一定的變革性質定性，從而有一定的變革運動的戰略。否則就相反。

尤其重要的，是因為「變革焦點」的不在，而把批評、批判和團結、聯合永遠地對立起來。王墨林的林懷民批判，就比較上沒有善於從林懷民個人歷史和客觀社會上，歷史地、發展地、階級地、從而辯證地認識和分析。對林懷民和任何其他個人、任何運動都應該不只看一時，也要看全程，比較科學、客觀地看待。因為只有這樣，才能在批評和批判中同時創造團結和聯合的條件；在聯合與團結中同時善於以批評和批判去更新和強化或者擴大團結與聯合。

一九八九年底的大選，形成並出現了一個新的、由美(日)獨占資本和官僚、買辦資本以及新殖民地·半邊陲資本主義社會中民間買辦精英資產階級重編的權力中心。反對新殖民主義、反對買辦和官僚資本的獨占化的變革，已經更為鮮明地提到歷史發展的進程。歷史要求進步的文藝隊伍有明智的戰略。王墨林的這本書，是一九九〇年代啟幕後，一個新的文化變革運動開展的序章。然而大量的反思、探索和理論建設的工作，等待著像王墨林這樣一個具有徹底性遠見的年輕一代的批評家和創作工作者去完成。

我以喜悅的心情迎接王墨林這本集子的出版，和這本書的出版所宣告的新的、艱難的時代。我和讀者一樣地感謝王墨林在漫長的荒廢歲月中一點一滴積累起來的工作。

初刊一九九〇年一月稻鄉出版社《都市劇場與身體》（王墨林著）

中國統一聯盟大陸訪問團抵京聲明

一九八八年四月「中國統一聯盟」在台北成立以來，至一九九〇年二月十五日的今天，第一次正式組團訪問中國大陸。

我們懷著喜悅和激動，抵達中國著名的故都北京，因為海峽兩岸，都是一切中國人的祖國。分隔四十年以後，歷史終於緩慢、卻堅定的打開了中華民族恢復和平、團結與統一的門扉。我們和全世界中國人民一樣，堅決地要讓這扇門扉越開越大，永遠不允許它重新關閉！

中國統一聯盟以這些共同的宗旨結盟：

終止國土分裂和民族分離的悲劇；

實現國家的民主統一，促進民族內部的和解、團結與和平；

建設民主、富足、統一的新中國；

再造進步的、現代的、中國的新文明；對世界和人類進步、和平、正義與發展，做出中國人應做的貢獻。

當然，我們理解：中國的分裂，和分裂的韓半島、分裂的東西德一樣，是戰後兩大霸權對峙拮抗的冷戰所造成的不幸後果。

如今，四十年漫長冷戰構造正在快速崩解。面對迅速重組的二十一世紀，海峽兩岸，都正面臨著空前的挑戰與考驗——

一個政治、文化和經濟上統一的歐洲正在竄起；東歐社會主義運動在第三波的構造改革中，進行著社會主義新的蛻變；美國霸權正在經歷著相對性的衰落；一個充滿強烈企圖心的日本，正執拗地擴大它的力量；而一個新的國際分工和發展的可能性，正在亞太盆環逐漸加溫。

這些「後冷戰」歷史的開展所帶來的深刻、巨大而迅速的變化，產生了許多全新的課題，也留下不少古老有待解決的問題，都要求一個新的思維、新的啟蒙和新的探索運動。

而這「後冷戰」的發展，也迫切的要求海峽兩岸和全世界的中國人，及時拋棄冷戰價值、邏輯和心智，以新的思維，重建以中國民族和人民為主體的新視野，去思索在新世紀、新亞洲和新世界之中的中華民族的前程。

近幾十年來，曾經有若華倫斯坦、保羅·甘乃迪和湯恩比這些文化和思想界的巨匠，都曾為二十一世紀的中國，應許過光榮、偉大的前景。雖然這些對中國未來充滿了善意和期許的論證，並不保證其必然實現於未來，但如果統一的歐洲離不開統一的德國，那麼一個新的、和平而充滿發展機會的亞洲，也不能缺少統一、和平與發展的中國和朝鮮半島。

而中華民族的統一化，正是中國走向團結、和平、發展與重建最為基本的條件。世界現代史新而明顯的奔流，已經把我們民族真誠的和解、和平、團結與重建的課題，以無比的急迫性，提到全民族的行事日程上來，要求兩岸和全球的中國人以全新的思維，更明智而面向民眾的經濟和政治體制的改造，去回應歷史的考驗。

就在這樣的歷史時刻，中國統一聯盟二十七個團員，以同胞、親人的溫暖感情，以兄弟、骨肉的深刻關懷，從台灣踏上分斷四十年的、父祖的大地。當「中國往何處去」這個問題，以新的內容，在新的歷史文脈中重新提出，我們對於克服民族分裂的歷史和促進中國再統一的課題，倍覺迫促。因此，我們以最大的熱意和真誠，期盼和大陸朝野各界先進賢達，進行真實、誠意、坦率、深入的會談、溝通與交流。

最後，容許我們代表「中國統一聯盟」全體盟員和台灣一切關心祖國和平、民主統一事業的同胞和朋友，向大陸各界同胞敬致新春的祝賀與問候。

中華民族的和解與團結萬歲！中國的民主、和平統一萬歲！全世界中國人大團結萬歲！

一九九〇年二月十五日

初刊一九九〇年三月《中華雜誌》第二十八卷總三二〇期

中國統聯訪問團與江澤民的對話錄 1

二月十九日下午，人民大會堂福建廳裡不斷傳出陣陣掌聲、歡笑聲。自五時三十分開始，中共中央總書記江澤民和以台灣著名作家陳映真為團長的中國統一聯盟大陸訪問團的二十七名團員，在親切、輕鬆的氣氛中做了一個小時的交談。會見結束後，江澤民總書記對採訪這次會見的記者說，我今天主要是與同胞們拉家常，海峽兩岸同是一個根，我們沒有理由分裂和對立，沒有理由不實現統一。兩岸同胞應不計前嫌，採取向前看的態度，多為中華民族的未來著想。

江澤民總書記和訪問團的這一席談話，道出了海峽兩岸人民的共同心願。下面是記者根據本人的筆錄整理的談話內容摘要。

江澤民：我首先歡迎各位的光臨。你們中有人過去曾來過大陸，也有的是第一次來。對於各位的到來，我們都表示歡迎。同時，我們也歡迎台灣各界人士、各個團體今後都能來大陸看看。按照我們兩岸共同的風俗，還是先聽聽各位客人的高見吧。

陳映真：我們來到大陸將近一週了。經過這幾天的訪問、座談，我們最深刻的感受是：由於兩岸分離太久，雙方實在有必要互相往來，增進認識。多少年來，祖國大陸對於台灣的許多同胞來說，只是地理書上的名詞。當我們踏上分離四十年的父祖的大地之後，才真正感受到一個真實的中國，一個歷史悠久的中國，一個到處充滿活力的中國。今天，時代潮流的發展，為我們民族的統合和振興展現了一個無限光明的前景。海峽兩岸應當早日實現健康、雙向、平等的來往，把中華民族的智慧和創意重新統一起來，共同為國家的富強、和諧、民主，為世界的進步和發展做出更大的貢獻。

江澤民：陳先生講得很好，我贊成你的意見，陳先生祖籍是哪裡？

陳映真：我是福建泉州安溪縣人，在台灣我是第八代。

江澤民：我已聽不出你有福建口音，你的普通話說得比我好，我還帶有揚州方言的尾音呢。

陳映真：台灣的居民分為幾部分，較早的移民主要來自廣東、福建，一九四九年以後去的就來自於大陸的許多地方了。

江澤民：泉州你去過嗎？那裡太漂亮了！

陳映真：這是我第一次回大陸，我是準備回祖地看看的。

江澤民：泉州的開元寺，曾有一個很有名的和尚，他的詩詞作得很好。

我們都是中華民族的子孫。我到中央工作以後，從整體上對一些問題做了些研究。我感到「中華民族」這個詞，比我們過去常講的「炎黃子孫」的概括性更強，它包括了我們國家的各個民族。

中華民族五千年的歷史，是海峽兩岸的同胞和全世界的中國人都應該引以為豪的。我是搞工程技術出身的，不像陳先生是搞文學創作的，但我也是個文學愛好者。

中國是個歷史悠久、文化燦爛的國家。各地都有不少文物古蹟。我的家鄉揚州就有不少。唐朝詩人杜牧的詩「二十四橋明月夜，玉人何處教吹簫」，寫的就是我們揚州。我小時候一直找這二十四橋，直到昨天晚上，家鄉來人告訴我說，這二十四橋如今已經恢復了原貌。如果大家有機會的話，希望你們到揚州看看。至於北京、西安、杭州……名勝古蹟數不勝數，這些都是我們的祖先創造出來的燦爛的文化遺產，我們應該引以為豪。

中國的文化傳統對我們每個中國人的影響是很大的。譬如，小時候讀的如王勃的〈滕王閣序〉：「豫章故郡，洪都新府；星分翼軫，地接衡盧……」如今五十年過去了，但出口就能背出來。從我本身來講，從小念《三字經》，受孔孟之道影響；中學以後基本上是受英美文化的教育；後來我參加了革命，開始接受了馬列主義。我們的觀點是：要弘揚我們的民族文化，但也要積極地吸收世界上一切優秀的文化思想。

民族文化已經融化在我們的血液中，隨時隨地影響著我們的感情。譬如我年輕時喜歡玩樂器，我感覺小提琴、鋼琴比中國民樂進了一步，其音域比較寬廣。可是過去我在國外時，一聽到京胡，如二黃導板，就有一種思鄉的情緒；一聽到劉天華的〈良宵〉、阿炳的〈二泉映月〉，就油然想起了祖國家鄉……這是很微妙的感覺。

中國人有很強的自尊心，從來不屈服於外來的壓力。這是中華民族的優秀品質之一。抗日戰爭以前，中國的四萬萬同胞被視為一盤散沙，人稱「東亞病夫」。抗日戰爭使全體中國人民團結起來了。偉大的音樂家冼星海的《黃河大合唱》，表現了我們民族抵抗外侮的共同精神，氣勢磅礡，令人振奮。

在揚州城外梅花嶺，有民族英雄史可法的衣冠塚。塚前有一副對聯，叫作「數點梅花亡國淚，二分明月故臣心」，就很能激發人的民族自尊心和愛國熱情。

我有時也看一些台灣的電影，有些片子拍得還是不錯的。你們的文學作品我也看了一些。可以看得出，兩岸儘管隔絕這麼久，但是相似之處還是很多的。

我講這些，無非是想和各位同胞拉拉家常，說明我們是同一個根，我們沒有理由分裂和對立，沒有理由不統一起來。

去年一年，國際形勢發生了很大的變化，一些人認為，這一系列變化可能會對中國大陸產生很大的影響。今天我可以坦誠地向各位談談這個問題，因為我們是同胞嘛。國際間的一系列變化，如果說對中國一點影響都沒有，那是不實事求是的。但是，應該說並沒有特別大的影響。中國完全可以保持安定。為什麼呢？最主要的一點是中國共產黨在戰鬥中成長起來的，是在同一系列「左」、右傾錯誤路線鬥爭之中成熟、壯大的；其二，中國人民解放軍是在中國共產黨的絕對領導之下的，身經百戰，久經考驗；第三，中華民族的優良傳統之一，就是不甘屈服於任何外國勢力的干涉和侵略；第四，經過十年改革、開放，大陸的經濟實力大大增強，人民的物質文化生活有了很大的改善，人心思定。這是中國大陸穩定的最基本的因素。

目前我們黨和政府的目標，就是政治上安定團結，經濟上穩定發展，首先要人民能夠安居樂業，才能國泰民安。同時，特別要重視發揚中國共產黨同人民群眾保持血肉聯繫的優良傳統，加強同各民主黨派的團結和合作。也就是說，要充分發揚民主，密切聯繫群眾，注意聽取群眾的意見和呼聲。

在國際事務中，以和平共處五項原則為基礎，同各國友好往來。中國決不把自己的意識形態強加於人，決不輸出革命。我搞我的社會主義，你搞你的資本主義，誰也不要干涉誰。

對於兩岸統一問題，我們有一個基本方針，就是「一國兩制」。從政治上講，我們可以在一個國家裡實行兩種不同的制度。大陸實行社會主義制度已經四十年了，這是大陸社會發展的必然選擇；台灣是資本主義制度，你就搞你的資本主義好了。《香港基本法》（草案）剛剛完成起草工作，各位從中可以看到，我們對香港的態度很明確，就是香港回歸祖國之後，仍然保持資本主義制度，保持穩定和繁榮。我在上海交通大學唸書時有一個同學，他目前在香港辦一家企業，辦得很好。去年年初，我在上海和他見了面，雖然我是共產黨員了，他是香港企業家了，但並不影響我們的交往，故友重逢，分外高興，回憶往事，歷歷在目。

應該說，海峽兩岸實現統一有很好的基礎，其一，我們是統一的中華民族，兩岸人民都是中國人，都希望統一；其二，兩岸可以在一個國家的前提下，實行不同的制度。

在兩岸關係上有一個問題，就是關於使用武力的問題。去年九月二十六日，中共中央政治局全體常委舉行中外記者招待會，這是我出任總書記之後舉行的第一次記者招待會，當時有一位來自台灣的記者，她提了一個問題，就是中共是不是可以放棄對台灣使用武力。我坦率地告訴她，我們不能做這個承諾，但是我們要努力以和平方式解決兩岸統一問題。不做這樣的承諾，是針對外國干涉勢力和分裂主義分子的。我相信台灣同胞只要把其中的道理弄清楚之後，也就不會有反對的理由。今天見到大家，我想起了曹植的〈七步詩〉：「煮豆燃豆萁，豆在釜中泣，本是同根生，相煎何太急？」我們是骨肉同胞，為什麼要相互仇恨、相互對立呢？何必要動干戈呢？大家回想一下廖承志先生生前寫給蔣經國先生的那封親筆信，其中引了一句詩：「度盡劫波兄弟在，相逢一笑泯恩仇。」今天重讀這封信仍然覺得感人肺腑，可以看出中共方面對於和平統一是很有誠意的。中國有句話，叫作不計前嫌。兩岸同胞應該採取向前看的態度，多為中華民族的未來著想。

很抱歉，今天剛一見面，我就講了這麼多話，但希望你們能理解我由衷的的同胞之情，我所講的完全是肺腑之言。由於長期分離，海峽兩岸同胞需要相互了解，有了相互了解才能建立相互信任。

陳映真：非常高興能聽到江總書記這麼多的高論。海峽兩岸都屬於一個中華民族的共同體，我們要共同分享民族綿長光華的歷史和文化傳統，也要共同承擔民族未來的榮辱與興衰的責任。

在兩岸交流和國家統一的問題上，台灣方面需要做的事情非常多。幾天來，我們幾乎在所有接觸到的大陸單位裡，都聽到要求促進兩岸雙向、健康、平等來往的呼聲，其迫切性比我們想像的要高得多。今天下午在中央民族學院座談，了解到一些從事台灣少數民族問題研究的專家，由於不能到台灣去做實地考察，所以只能做些歷史的研究，他們非常希望能到台灣去做調查。因此，中國統一聯盟希望今後在促進兩岸經貿、文化、學術等雙向交流方面做些實實在在的努力。台灣在政治上有些顧忌。溝通渠道，不一定馬上談政治，在可能做的方面我們一定盡最大的努力。

目前兩岸互動因素很大。大陸打個噴嚏，台灣就可能發燒；台灣有什麼動作，大陸也很注意。我認為，大陸、台灣有一批很可愛的知識分子，在困難的條件下為祖國做貢獻，任勞任怨。團結好他們，對台灣的觀感會很好。江總書記是非常開明的人。我還想提出我們搞統一運動的非常關心的大陸推進廉政建設的問題。

初刊一九九〇年三月十九日《瞭望週刊》（北京）
另載一九九〇年四月《中華雜誌》第二十八卷總三二一期，一九九〇年《四海——港台海外華文文學》（北京）第四卷第四期
本文按《中華雜誌》版校訂

1 對話日期：一九九〇年二月十九日。根據《中華雜誌》編案，本篇初刊於《瞭望週刊》，原題〈江澤民與台灣「統聯」訪問團共話祖國統一〉，《中華雜誌》轉載其全文。《四海——港台海外華文文學》版題為〈共話祖國統一：江澤民總書記與台灣著名作家陳映真先生的談話〉。

中國統一聯盟大陸訪問團離滬返台記者會紀實[1]

編者案：中國統一聯盟大陸訪問團於結束訪問活動前夕，特於二月廿五日晚間假上海市錦江飯店舉行記者招待會，會前由訪問團團長陳映真先生發表《離滬返台聲明》，隨後接受在場的大陸和台灣各傳播媒體記者女士、先生的自由發問，並做回答。以下即為該次記者會的全部內容。記者會歷時約兩個小時。

記者（上海解放日報）：請問您對「台獨」運動的看法？對今後海峽兩岸的對等交流有何想法？

陳映真：「台獨」運動其實不是近年來才有的。台獨問題，是二次大戰後冷戰國際關係的一個重要環節。大約在一九四七年徐蚌會戰（「淮海戰役」）後，美國當局就預見了國民黨在中國內戰中的失敗，立刻深具「遠見」地計畫如何干涉台灣海峽，使台灣成為封鎖社會主義中國大陸的軍事戰略基地。這樣的戰略計畫早就被提到美國白宮、國家安全局、和參謀首長聯席會議等等政、特、軍單位的議事項目中。從那時開始，美國便開始在台灣島內向台灣士紳推銷這數種主張：

(一)台灣的聯合國託管；

(二)經過「公民投票」決定台灣的前途；

(三)台灣獨立；

(四)麥克阿瑟的「盟軍總部」暫時軍事占領台灣，就好像盟軍在戰後占領日、德那樣。

因此，其實早在一九四七年，就開始了這類分裂中國計畫，不斷地向台灣士紳階級販賣這些主張。可是當時的台灣人民顯然民族氣節比現在高，即使是經過一九四七年的「二二八事件」，民眾對國民黨極為失望的時期，他們也不願接受這種新殖民地化的安排。根據事後解密文件顯示，後來美國人在台灣開了一次情報會議，公開訓令停止繼續在台推銷「聯合國託管」主張，理由是：「台灣人排外。」下面一句是：「但台民在二月事件後有很強的反蔣情緒，應利用其反蔣情緒煽動台灣獨立。」

總而言之，到一九四九年之前，美國早已千方百計想要在國際法律上使台灣脫離中國，真正原因是必須台灣跟中國分裂，美國才有藉口來防衛一個不屬於中國的島嶼。

一九五〇年韓戰爆發了，局勢有了根本的改變。美國就轉而積極支持擁有數十萬軍隊的國民黨政府，以美國的國際力量叫中華民國代表全中國，且使她在聯合國保有安全理事會席位達廿多年，也在聯合國各國際組織上獲有席位，並且跟日本訂立《中日和約》，亦與美國訂立《協防條約》，逼使國際接受「台灣地位未定」、「台灣與大陸分裂」的美國立場。一九五〇年以後，美國對台灣採取之「兩手政策」，公開的一面是承認中華民國代理全中國。今天台獨攻擊的所謂「萬年國會」，實際上是美國支持中華民國代表全中國時所不得不存在的一個體制。另外的一面，就是搞「一中一台」、搞「兩個中國」以及支持海外「台獨」運動。

一直到一九七〇年代末期，美國跟中國大陸正式建立外交關係，在相關文件上承認「台灣是中國的一部分」、「中國只有一個」等等，公開說的一直是反對台獨，但是舉世皆知，美國的另一隻手一直在支持形形色色的台獨運動。因此，戰後的台獨運動，離開戰後的冷戰的政治、經濟和國際關係，是不能夠充分理解的。

在另一方面，從台灣社會來看，一九四五年，台灣的經濟自日本帝國主義的經濟圈得到解放，重新組織到中華民族的經濟圈內。但僅僅五年，到一九五〇年，韓戰爆發，美國第七艦隊封禁海峽，兩岸關係開始對峙，兩岸往來遂告斷絕，台灣經濟再度離開了中華民族的經濟圈，編入了以美、日為中心的世界資本主義經濟圈。久而久之，在精神和情感上，就有了分離主義意識形態的物質基礎。

再次，兩岸民族分裂對峙的現實，造成了一個極端親美的、極端反共的高度權威性國家安全體制。在這體制下進行長期極端的反共宣傳，並在反共主義的延長線上滋生了反中國的情緒。此外，從一九五〇年至一九五三年，台灣進行過一段深刻、深遠的政治肅清運動，基本上連根拔除了台灣的抗日、民族解放分子，以及真實和冤枉的社會主義分子，各種進步的知識分子、作家、文化人。這些基本的民族力量的剷除，有利於反民族反統一勢力的滋長。在日據時代親日的人反而在告密和檢舉左右翼抗日民族運動家得以逃脫漢奸的審判，並在權力中晉升。這種忠、奸的顛倒等等原因，使反民族的意識形態有滋長的空間。當然，四十年大陸政治的曲折和一些錯誤，也使反統一運動有了可乘之機。

目前的情況，我們統聯的朋友覺得分離主義幾乎占領了台灣的言論高地，發揮一定的宣傳裹脅的作用；中國統一的言論，在台灣尚很難能出現。尤其於一九五〇年以後，台灣的知識分子幾乎全面美國化。四十年後的今天，這些美國化的高等知識分子，在民族問題上曖昧、媚外，甚至反動，蔚為士林奇觀。

現在談談兩岸統一的前景，這次來大陸訪問，更清楚地看見一個事實。在知識分子中產階級言論人士和台獨派、獨台派報刊，都在大造分離主義言論。但是還有一個草根的台灣民眾的台灣，其中國民族的自然連帶，卻在自然地茁長。例如因媽祖崇拜，及其他民間信仰到大陸來尋求香火。民族文化、信仰的連繫正在強力發展。其他一般台灣民眾到大陸來旅遊，或生意人來尋求資本的出路，都是不能阻擋的民族整合運動。

此外，我們此次來大陸，發現關於中國統一的觀點相當一致。第一，承認歷史所遺留下來的問題是複雜的，不是一朝一夕可解決的；第二，因此，我們應該實事求是地承認和認識這個不同、複雜的存在；第三，所以海峽雙方面應該展開比較全面、健康的、雙向的來往，增進了解，破除誤解和敵意，逐步打破阻礙兩岸合理自由、健康的接觸、溝通的往來的各種困難。台灣比較小，所以不免比較下「神經質」、不安、害怕，可是就長遠的眼光看來，這個已經打開的「門」恐怕很難關上，頂多只是開得比較慢些。雙方慢慢接觸後，慢慢就會產生相互的了解和信賴，以便逐漸建立互信、互利的基礎，再在這共同基礎上建築民族統合的架構。我想總歸一句話：「形勢比人強」，再加上台灣資本的出路問題，以及亞洲太平洋環的經濟活動的增加，要求在這一地區華人資本在面對廿一世紀新的世界分工的運動中爭取發展機會。我想兩岸的統一，應從這個比較大的架構，也從世界現代史新的發展——冷戰的緩和趨勢來看，就還是樂觀的。不過這並不意謂我們可以放任讓它自行解決。統聯和全世界中國人應該還要做更多的工作。

記者：台灣記者能到大陸來，統聯要怎樣促使台灣政府容許大陸記者到台灣去？

陳映真：這個關口抓在台灣政府手上，我們也呼籲過。看來，這是比較緩慢而令人著急的。可是我看到了局勢的發展。新的亞洲太平洋時代若離開了統一的朝鮮半島與統一的中國，是不能想像的。任何外來勢力，如果還妄想重新把亞太地區重新拉回冷戰軍事對立的時代，使中國不得統一，是不能得逞的。民族內部自然、誠懇的要求統一的動力，是難以阻擋的。在這個問題上，雖然國府抓得很緊，但我們相信民眾的力量、兩岸民眾之間的來往，會激發民眾有自己的創意，自己的辦法。譬如說國府尚不准直航，媽祖信徒數千條船卻開到了大陸，這是民間信仰的力量，無法阻止。所以我們除了期待兩方面政府能夠實事求是地面對祖國統一問題，採取有效的步驟，就像東西德的統一，以民族的智慧和遠見，促成統一，振興中華政府自覺地發展民族團結與和平統一最好，否則民間自發、自然的動力，也會推動這不可阻擋的趨勢。統聯就是台灣民間的民族統一力量之一，責任重大。

記者：台灣青年對祖國統一的看法怎麼樣？

陳映真：我曾在美國、日本見過從大陸出去的留學生。他們對於大陸、對於中共的評價，對於一九四九年革命的評價，出人意料之外的低下。那樣的評價恐怕連思想比較保守反共的「自由派」台灣學者都會覺得訝異。「開放改革」之後，大陸一些青年的思維，總覺得中國落後了，怨天尤人。他們說，像中國這麼優秀的民族，怎麼會落到今天這種地步？他對於民族的歷史和文化傳統很感失望，覺得中國不行了。其實這樣的思想早在「五四」時就有過，可是在「五四」之後七十多年，社會主義中國的知識青年竟而又選擇了西化的道路，真不可思議。他們不知道「先進國」在資本原始積累過程中所犯的罪行，不知道帝國主義侵瀆下弱小民族遭受的挫折，不知道冷戰時代對中國大陸的打擊，並且從這個歷史去思考四九年以後，大陸在政治發展策略上所犯的錯誤。他們也不理解今日第三世界在殖民主義下嚴重的不發展、內戰、獨裁、環境破壞……這些問題。如果在社會主義中國大陸的一些青年是這樣，那就不太能期望如今在高度消費文化下的台灣青年還有像台灣老革命家一代那樣一生一世拒絕中國的獨立[2]、追求統一和解放的志氣了。

另外一個原因就是我們的教育，長期以來缺少比較嚴肅、認真的民族教育。國府在與大陸反共對峙的歷史中，以民族主義教育去交換反共教育，甚至於有一個長時期，在台灣主張民族統一的人是要坐牢的。主張結束內戰、民族統一的人被看成是跟中共「唱和」的，說是「戴著民族主義的假面具」來宣傳共產主義的。在這樣的教育和政治下台灣青年人逃避政治，當然也逃避民族主義。此外，目前在台灣大專院校任教的老師，有不少人親美反華、鄙華，更有不少人是較傾向於分離主義的，公開在課堂上宣傳民族分裂主義和親美反共主義，他們占領了高等教育的高地，起了一定的作用。另以，在分隔四十年後，我們對中國大陸太缺乏認識了，對於中國大陸的經濟發展史、資本積累的過程，和政治體制、政策，欠缺客觀的理解。對中國大陸的解釋，長期來抓在反共宣傳家的手中，失去威信。反共戒嚴體制也不允許學者教授實事求是的研究大陸。而大多數美國化的學者，也似乎不屑於研究大陸。他們對歐美的研究興趣比研究大陸還要大得多。當然，四十年來，大陸在政治、在知識分子政策、在經濟上所犯之重大錯誤，也是使青年反共、恐共而至反統一的因素。

我總覺得年輕人是無罪的。反倒是我們這一代人的責任很大，也很慚愧。因為在台灣的成人的典範世界裡，全是一些在民族問題上崇洋媚外、反民族、反統一的人物，怎麼怪青年學生？今後應該做好科學的、客觀的、對於中國大陸的研究，擺脫冷戰意識形態，研究大陸四十年來的發展和不發展、成績和失敗、挫折與勝利，而這種研究的理解，在冷戰結構結束後，是可能的。我們這一代除了對大陸有民族感情的嚮往以外，缺少比較理智的研究，因此我們就沒有權利去責備年輕人說：「現代年輕人怎麼整天只知道吃喝玩樂？」或者「怎麼數典忘祖？」至少，對我而言，我總覺得應該先責備我們這一代的人。

記者（香港文匯報）：台灣民眾一般對《香港基本法草案》的反應如何？香港問題的解決，將對祖國統一產生什麼影響？

陳映真：台灣是個很奇怪的地方，它的經濟很發達，它到全世界各地去做生意，可是台灣的言論界、知識界對於離開台灣一吋的地方所發生的事就沒有興趣。比方對越戰，舉世為越戰引起強烈爭論，可是台灣知識界、言論界卻一直紋風不動，只單純認為美國是為了「維護越南的自由民主而作戰」的；所有的碩學鴻儒都沒有什麼意見。

在理論上，香港和台灣有著密切的關係，像《香港基本法》的問題，應是與台灣密切相關的，可是台灣的言論和知識界似乎不很關心。

至於香港問題的解決如何影響台灣？我想它是肯定會有所影響的。只不過是在較「遲鈍」的反應上，它是時間愈迫近一九九七，它的問題性才會在台灣顯現出來吧。

訪問團發言人毛鑄倫補充：《香港基本法草案》剛好就在最近公布，它當然會對台灣起一定的作用。台灣的大眾對此問題並不是很關心。但是，這問題在台灣還是有「專責的關心者」在做研究的。因此該法的公布，從現在起到一九九七年之間所可能發生的變化，台灣當局其實相當重視，也應該會影響到台灣當局在大陸政策上採取的決定。

記者（香港大公報）：台灣經濟、工商企業界對於大陸投資持何種態度？有什麼趨向？

陳映真：台灣與大陸的垂直分工，乃局勢所趨。這種分工跟世界分工不太一樣，它是民族內部的分工，而非像台灣與國際上資本主義體系的垂直分工。

台灣在一九八八年解除戒嚴令後，勞動力密集的加工出口業，面臨非常明顯的問題。第一，是工資的提高，它又可分兩方面，一方面是隨著經濟的成長而自然上漲的工資增加了產品成本；二方面是台灣的經濟成長模式，在世界經濟學中稱為「專制下的成長」。著名的例子是新加坡、台灣與南韓。它們都是冷戰、圍堵戰略下的反共高壓政治下，壓低勞動者的基本權利來取得資本的高度剩餘和積累。即以壓制民主、自由、勞動三權來絕對地和相對地提高資本的剩餘和積累，即以反共安全的藉口壓制了工運、學運，或其他的批評運動，取得資本的高度積累。一九八八年戒嚴令解除後，這種現象當然會改變。於八八年後，台灣湧現了很多是經濟鬥爭性的工運，工人要求分享這二十多年來的經濟成長的福祉，例如要求年終獎金的抗爭等等，使得企業界措手不及，加發了大量年終獎金以平息工潮，這也增大了台灣工業產品的成本，影響產品在國際市場中的競爭力。

第二，是台灣四十年來的經濟發展，制度性地忽視了環境保護，導致汙染問題叢生。如今，台灣民眾固然有些環保意識，但僅止於「汙染別在我家後院」的認識；可是如今差不多每家的「後院」皆有汙染問題，導致反汙染運動，迫使工廠改善，從而也增加了成本。

第三，台灣與美國的關係比較密切，美國對台灣的經濟、財政等各方面的支配力比較強，是以美國可以用非經濟、非市場的手段，即政治影響力使台灣的幣值上升。以前台幣比美金是四十比一，現在成了二十六比一，從而削弱台灣產品的國際競價力；此外，美國也迫使台灣對美採購，以「平衡」貿易。

第四，台灣的政治前途不太明確，影響了技術集中的資本之投資。工業升級的投資大，回收期較長，如果台灣的政局不穩，投資者就會猶疑不決，造成再投資、擴大再生產的猶豫，相對造成了外滙增加。外滙的增加固然有個原因是由於以往的勤勞或是社會平均勞動力之總的時間之超長，另外一個原因卻是由於我們沒有再向外國買新的設備與原料，和新的技術，使外滙只進不出而形成外滙過剩。此外，地租騰貴也增加了成本。股票投機破壞了經營和勞動倫理，這都不利於台灣資本主義的健康發展。

在種種諸如上述的原因下，導致台資向東南亞或者是到大陸投資，已成了台灣資本的「邏輯」或「規律」。據了解，台灣投資到泰國的資本總量遠比投資到中國大陸還要多。這個也造成另外一個問題，古典的學說上面的「資本輸出」，一定要資本主義發展到高度的所謂「國家壟斷資本」時期，才有輸出，而台灣在戰後的資本主義發展，遠遠的沒有到如此強大、大規模的程度，可是已開始「輸出」。有位學者劉進慶先生認為，這是「早衰」的現象。資本自有它的邏輯。在台灣僱一個工人的費用，可以在大陸僱廿個工人。如此情況下，很難避免資本投到中國大陸來。不過，中國大陸有些基建不足的問題，國際市場尚未成熟、金融制度的不成熟問題，還有行政、法律、政治上政策上的配套問題，都是有待逐步摸索解決……。

記者（上海聯合時報）：大陸在「共產黨領導的多黨合作制」中，八個民主黨派既非在野黨，亦非執政黨，而是「參政黨」。請問，台灣的在野黨派運作情形如何？

陳映真：我們並不是很了解大陸，這次來訪雖然聽到了許多解釋，是以對於大陸民主黨派的運作，有了初步認識，但也更有待進一步研究。可是對我來說，所謂政黨制度，和個別國家具體歷史、文化、傳統等條件，有很大的關係。我們應該在這方面再做研究，而不是像過去以冷戰的心智或冷戰的語言來理解所謂「共產黨領導下的多黨合作制」，輕率地批評它或擁護它。現階段的台灣知識分子，對大陸的知識和研究都不足，我們還需要研究，這是第一點。

第二點，所謂台灣的「多黨政治」，據我個人理解，應該從兩方面來看。

從表面上來看，雖然台灣有很多黨，但實際上只有兩個黨，是國民黨和民進黨；至於其他黨，作用很小。這兩個黨在表面上爭得非常厲害，可是從這兩個黨的政綱、主張來看，有很多的同質性。怎麼說呢？第一，它們是親美、親日，對於美國、日本毫無批評的。第二，它們是反共的。第三，在反共的基礎上，對中國的態度是幅度不同的分離主義，程度不同地主張兩岸分離狀態的持久化和固定化。至於這兩個黨又為什麼會爭得那麼厲害呢？我以為是政權之爭，而不是哲學、階級利害之爭。至於「台獨」，台獨一直說國民黨沒有社會基礎，是個「外來政權」，在社會科學上，這是說不過去的。世間從來沒有一個四十年沒有階級或者物質基礎的政權。國民黨剛剛自大陸遷到台灣的短暫時日，可以說是依靠美國的國際戰略，強加於台灣的政權，沒有社會基礎；其實久而久之，國民黨還是發展了它的社會基礎，那就是地方官僚資產階級派系，由它們獨占地方的利權。而所謂「黨外」，乃是國民黨地方派系獨占以外的，在隨著四十年來台灣經濟發展的，新興的，倚靠加工出口，以美日為中心從事生產的和擴大再生產的，商貿的，這些具有比較買辦性質的資產階級的政黨。如果要從社會性質上來說，恐怕就是這樣一個差別。

其實由社會構造體的分析來說，國民黨的性質也有一些複雜。比方說「官僚資本主義」、「買辦資本主義」以及兩者之間複合的關係。那麼隨著今後台灣經濟「自由化」與「國際化」以後，今日李登輝體制，正是在推行國民黨的台灣化過程，並且必然地會逐漸地開放國營企業給台灣本土資產階級；第二，李登輝體制也可能開放金融資本。所謂「自由化」與「國際化」，其實就是財富的重新分配。如果這樣的情況繼續下去，台灣社會財富的分配就會擴大不平均的情況，到時可能會產生真正的階級政黨。我個人認為，去年年底選舉的結果，是台灣戰後古典的國民黨對「黨外」對峙時代的結束。怎麼說呢？因為去年的大選，民進黨被國民黨本土化運動中，吸收到體制裡（雖然它們之間吵得很厲害）。國民黨和民進黨今後會在既矛盾、又團結又鬥爭的情況下，逐漸地調整成為一個新的、台灣化的政治體制。

記者：陳團長一再表示，這次是帶著嚴肅的責任感前來訪問，請問，這「責任感」的含意是什麼？

陳映真：我們以為，一個分裂的民族，是一個不完全的民族，是一個「殘障」的民族。如果任由這種分裂的情況繼續下去，海峽兩岸的任何一個中國人皆有罪責，尤其是從事政治運動的人。若竟然有人不僅不以分離為痛、為恥，還引以為樂、為榮，是非常悲傷之事。所以我覺得身為中華民族共同體的一員，克服民族分裂的歷史，使民族重新在民眾的基礎上，以和平的方式在中國自己民族獨特的結構上團結起來，統一起來。這是每一個中國人嚴肅的責任。

這次到大陸，更讓我感覺到，無論是政府與民間，都有這份迫切的責任感。比方說我回到祖籍福建安溪縣。我的祖先離開安溪到台灣到我這一代已經八代了。直到四年前，我父親才第一次回來；這次我回到安溪，有一位從沒見過我的老人家，一看到我，就脫口而出說：「喔！你轉來(回來)了！轉來，真好，真好！」令我感動萬分。這是一種草根的、沒有政治化的、非常自然的民族情感。兩岸沒有道理繼續敵對、分離，我從祖家老叟的話中體會出嚴肅的民族責任感。尤其在台灣的「反民族」、「反統一」的情緒暫時比較大的時代，克服民族分裂的歷史，是兩岸一代人的責任。

記者(海峽之聲廣播電台)：陳先生能否談談十三天來在大陸訪問的感觀？

陳映真：一個負責任的人不應該以這十三天的訪問來為大陸做輕率的總結。這是個很大的國家，幅員遼闊，而且經濟發展的具體結構跟水平、過程不平均、不一致，我想即使用十三個月也很難下結論。因此，我只能從感覺方面來談談。

在台灣，從小我們讀到的歷史書都說中華民族有五千年光輝的歷史、文化，地理書上說中國地大物博……，可是一直都沒有實際體驗，空間、時間上相隔太遙遠，資料也嚴重不足。比如我家的住址是從小，大伯父要我們背一個奇異的地址：「大清國，福建省，泉州府，安溪縣龍門鄉，石盤頭樓仔厝」，這個地址長期在空間上遙遠，在時間上古老，在政治上不可企及。我們這一家系已有二百年沒回祖家了，這次回去，才與多位同輩、不同輩的親族相認。怎麼認？認族譜上的字輩。一切在頃刻間具體化了。

大陸自稱「社會主義的落後國家」，我去過兩趟菲律賓，在馬尼拉看到的落後，是絕望、放棄的落後。安溪是福建省「重點貧困」地區，但地方幹部到人民，企圖心旺盛，個個想搞經濟發展，精神面貌與菲國不同。這就不是嚴格意義的貧困了。

我還要提到大陸的山林嚴重破壞問題。在台灣，森林盜伐、濫伐的情事嚴重，官商勾結濫伐盜伐的是千年紅檜，但還可看到有樹有林；可是我這次到了福建，發現從閩南到閩東，一大片光禿禿的，一問之下，才知道原來是在一九五八年，「三面紅旗」搞土法大煉鋼時期，十萬人砍了三個月，砍去燒炭「煉鋼」！結果現在造林造得很費力，水土卻長期嚴重破壞了。令人吃驚！

此趟前來大陸，面對面的交流，的確感受是很深刻，很不一樣的。我們感覺兩岸就是一個民族；我去過美國、日本、泰國、馬尼拉等等地方，進海關、出海關，都清楚意識到人到了外國。但這次來大陸，自然地不覺得是到了「外國」，這種感覺是深刻而興奮的。

記者（上海新民晚報）：對上海的看法如何？你們回去會不會有「麻煩」？

陳映真：都說大陸搞「社會主義的市場經濟」，具體上並不很理解。到了上海，還是不很了解，但彷彿體會到「社會主義」和上海的工業商業的奇異組合，總算「感覺」到了什麼是「社會主義市場經濟」。其次，來上海才聽說四九年以後，上海負擔大陸五分之一到六分之一的財政，但上海市容依然陳舊。這使我感動。我這一代人，有這共同體驗。家裡窮，總是大哥、大姊犧牲學業，早早出來當家，培植弟妹。上海不就是這樣嗎？這一點，上海了不起，上海人民了不起。現在弟弟妹妹都上了大學，穿紅戴綠，上海這個早當家的大哥、大姊，卻依然一身素舊。人民會記得上海的貢獻，就像我們家弟妹永遠記得我家一個早當家的大姊一樣。

我們回台灣後，應該不會有什麼問題，原因是已經解嚴了；我們是依照統聯章程所訂，增進祖國和平統一，降低兩岸敵意，促進兩岸全面交流的章程來的。這個章程依法受到認可。我們能來，說明我們也能平安回去。大陸的朋友們不要為我們擔心。但謝謝你們關懷……。

初刊一九九〇年四月《中華雜誌》第二十八卷總三二一期

1 記錄、整理：康橋。

2 「一生一世拒絕中國的獨立」，原文如此。

為美國國防部關於中國領土之暴論的抗議聲明

四月十九日，美國國防部提出的《展望廿一世紀亞太邊緣戰略結構》[1]中竟而聲稱，「仍未解決領土問題的包括有西沙、南沙群島和台灣」。消息傳來，不勝驚駭。此說不異否定我國領土，破壞我國主權。更令人訝異者，竟然有少數自稱「台獨」者，桴鼓相應，而言「此主張似乎對台灣未來有利」，赤裸裸的暴露其漢奸立場，和作為美國霸權主義工具的真相。

面對美國霸權主義重申「台灣地位未定論」的濫調，和美國霸權主義工具「台獨」的裡應外合，本聯盟有以下之主張正告各界：

一、台灣與西沙、南沙諸群島為中國領土不可分割之部分，當前兩岸政府有保衛領土主權之義務。台灣主權經我台胞五十年之抗日奮鬥，和我中華民族之八年抗戰，經「開羅會議」及台灣光復，已歸還中國，不容任何國際霸權染指和置喙。

二、今日兩岸對峙，並非兩個中國之分裂，而是由國共內戰所造成，亦為國際冷戰所造成。任何對峙的中國政府，妄圖接受國際霸權之意圖，放棄台灣領土主權者，應視為賣國政府，並為中華民族之公敵。

三、民主不得賣國。言論自由誠為憲法所保障者，然民族正氣更為立國之根本，姑息出賣領土破壞主權之言論者，實為其共犯，應受歷史正義之批判。

四、「台灣地位未定論」是五〇年代國際冷戰下的美國霸權主義，七〇年代後的台海和平是來自於美國「一個中國政策」。今「台灣地位未定論」的死灰復燃，將是台海和平最大的威脅。所以，本聯盟認為，未來東亞地區的不穩，並非台灣「仍未解決領土問題」，而是美國沒有放棄其霸權主義。

「人必自侮而後人侮之」，美國霸權主義對我們的侮辱，乃是由於兩岸對峙的國共內戰。為中國主權與國土完整，為二千萬台灣人子孫做中國人的權利，本聯盟再次呼籲國人，必須終止國共內戰，進行統一談判，和平統一祖國，團結兩岸中國人民，共同為建立一個民主自由富強繁榮進步的廿一世紀中國而奮鬥。最後，本聯盟並嚴正的對美國霸權主義表示最強烈的抗議！

一九九〇、四、二〇

中國統一聯盟主席　陳映真

初刊一九九〇年五月《中華雜誌》第二十八卷總三二二期

1 一九九〇年美國國防部長錢尼（Richard B. Cheney）向國會提出報告書 *A Strategic Framework for the Asian Pacific Rim: Report to Congress: Looking Toward the 21st Century*，由美國國防部出版。

混沌的夢與現實

評竹林的《嗚咽的瀾滄江》

大陸作家竹林所做的長篇小說《嗚咽的瀾滄江》經人攜來台灣首次出版，恐怕是大陸小說在台灣刊行初版的第一本。

這本小說，看來是寫一九六八年毛澤東和「中央革委會」為了收拾和結束文革所造成幾乎瀕於內戰的局面，發動和授權人民解放軍介入，發布《公安六條》，把認定當時大陸各地紅衛兵組織和造反派組織的正確性和革命性的權力收歸中央，並且具體地鎮壓了湖南「省無聯」以後，對大陸廣泛捲進文革的知青進行有組織地下放大陸邊疆的時代。

正式在一九六六年發動的「無產階級文化大革命」，在四九年以後的大陸歷史和社會，是一件影響極為深遠的大事。作者雖只取六八年以後直到一九七六年江青四人幫潰敗的八年為故事背景，但畢竟是一個波濤洶湧的歷史時代，足見作者有刻畫和記錄這一段歷史風雲、以及在這時代風雲中流轉翻騰的人物——他（她）們激烈的命運、思維、青春與生死——的野心。

偉大的文藝理論家，匈牙利人盧卡契（G. Lukács）在總結十九世紀歐洲最偉大的現實主義長篇小說後，認為成功的現實主義小說，總是以作者的天才，表現了一定歷史時代最「集約的整體相」（intensive totality），即天才地、生動地表現了一定歷史和社會階級中具有重大決定性的社會力量及其關係；表現這歷史和社會階級中人與人、以及人與各種歷史和社會情境的相互關係。盧卡契認為，偉大的現實主義小說，總是藉著典型化的人物，在典型化的情境中，即透過人物的典型性格和思維，在具體反映和代表了一定歷史和社會真實的典型情境中，產生各種戲劇、各種相互引動的關係，從而同時表現了歷史與社會生活中的本質與表象，表現了個人內在的世界與歷史及社會生活的情境和社會上各種「具有決定性」的力量和因素……

從盧卡契的這個高度看，從一九六六年到一九七六年的十年文革，是一般人類和中國歷史中無有先例的一段歷史。

一九四九年中共的「革命」，儘管詮釋有所不同，卻事實上達成了今天廣泛第三世界猶不曾達成的目標：驅逐西方帝國主義，達成了民族解放和獨立；把舊有的社會支配力量，即地主、官僚和買辦資產階級打倒了。

然而，一九六六年的中共國際環境，是中俄共嚴重交惡；美國因升高越戰而使中共與長期被美國亞太軍事基地包圍的美國關係空前緊張。列強的核子獨占，加深中共對西方霸權的疑懼和忿怒。早在五〇年代末和六〇年代初，毛澤東就表現出列強會在第三次大戰中消滅中共，而四九年建立的革命政權也因幹部的官僚主義、修正主義甚至資本主義化而蛻化變質的深刻危機意識，從而提出「無產階級專政下資產階級和無產階級的矛盾」之類的理論，主張他獨自的「不斷革命」論。

後世之人至今猶無可思議的、充滿了理想與黑暗、純粹與愚昧、高尚與卑汙的文化大革命，一方面出於毛澤東當時無與倫比的威望，但另一方面也出於六〇年代的中共的確早已滋生了嚴重的官僚主義，引起民眾和青年知識分子的深在懷疑和不滿。維持和促進社會主義革命的純潔，重新動員人民群眾，清洗和改造中共黨，使之恢復黨和民眾的親密關係，並在運動過程中培養新生的黨和幹部的血輪，從而「解放全中國，解放全世界，最後解放自己」……這些，至少是文革初期的不能否認的「崇高理想」。

然而事物的發展絕不若科學實驗那麼容易掌握。文革過程中思想、理論的辯論與鬥爭，很快地發展為毫無原則與理性的宗派主義，甚至再發展為殘酷的仇恨、體刑、殘殺和武鬥。對毛澤東的擁戴發展成不可置信的個人崇拜和造神運動；對知識分子的改造與批評，也發展成盲目地、絕對化地猜疑與仇恨一切知識分子，對大批基本上優秀、愛國的中國知識分子造成重大的摧殘與打擊。階級分析的方法論，異化成殘暴的唯階級、唯血統論。於是在革命與理想的詞語下，演出人類最原始的、殘暴的行為，人們以崇高的語言掩飾最卑汙的罪行。文革駭人聽聞的黑暗，不但沒有打倒和清洗了中共黨內的官僚主義，反而使倖活的一些官僚群以被害者的身分在一九七六年以後回朝，並在「開放改革」後的市場經濟和商品經濟體制中，使官僚主義變本加厲，造成結構性的腐敗，終至引發八九年風暴……

當然，沒有一本小說能道盡這樣一個神魔交織、狂喜和慘劇交疊、聖潔與罪惡混淆的歷史時代中每一個細節。但是經過作家的天賦，偉大的現實主義作家，應能比歷史家和社會科學家更真實地以典型人物和典型情境的互動所產生的幻化動人的戲劇，刻畫出一個高度集約過的、文革歷史和文革十年社會的「整體相」——就如同莎翁的戲劇表現了依莉沙白女王時代的英國歷史與社會的「集約的整體相」一樣。

如果容許我們以這樣的高度求全於作者竹林，不能不說《嗚咽的瀾滄江》在表現文革歷史與社會的「集約的整體相」上，是力有不逮的。因為《嗚咽的瀾滄江》並不曾透過以小說中的人物和情境，以動人的、高度創造性的情節和豐富的、集中的動作（actions），鮮活、深刻而又集約地表現出文化大革命中各種對人與生活起過重大影響的力量；階級、思想、社會主義社會中的各種矛盾，群眾和官僚的緊張關係，衝擊黨和官僚體制的民眾的力量，小農生產和小生產者的烏托邦主義，激進工人和「巴黎公社」思想的渲染，工人和民眾權力對政治參與的遠景所引起的狂熱……等等。

當然，即使對文革歷史完全陌生的讀者，也不很難於《嗚咽的瀾滄江》中發現到六八年以後中共軍隊對於下放知青在組織上、生活上的影響（書中知青生活是以「連隊」為中心，而且「指導員」、「太君」、「團部播音室」、「郭副團長」則以監視和壓迫下鄉知青的角色出現），以龔獻為中心的何士隱、李凱元、孫耀庭一幫以「真正的馬克思主義」、「人道的馬克思主義」批判墮落、腐化、變質的黨官僚的年輕知青，是文革初期以「血統論」組織起來的高幹子弟，以及以反官僚主義、反幹部脫離群眾和蛻化變質為起點的文革中期，已經出現邊境連團幹部驚人的腐敗與惡質化……這些文革歷史的現實。但在表現的質與量上，恐不足以為文革歷史「集約的總體相」。

對於文革歷史之「集約的總體相」的表現，應該還可以經由典型人物在典型情境中的生活、思想和感情的複雜變化中表現出來。

龔獻這個終於被體制化的社會主義國家權力屠殺的高幹子弟知識分子的思想，十分引人注意。他迭次以「人性化的馬克思主義」為「真正的馬克思主義」。他經常提到「人性」和「人類之愛」。他組織了一個「人類之愛小組」這麼一個秘密組織，宣傳「真實馬克思主義」，反對體制化的社會主義國家，並且在文革結束後為之喪命。他反對階級鬥爭論。他主張以「人的尊嚴」和「人類之愛」來替代階級鬥爭。他一再說人要「活得像人」。有一次，龔獻「興奮起來」，激動地說：

蓮蓮，真正的人生應該不斷地尋求，不斷地充實和自我完善；人與人應該相親相愛，應該去為理想而奮鬥。

在另外一處，他說：「共產主義就是為了要讓人回復到人。」

這是文革把思想論爭發展成宗派主義、教條主義甚至粗暴殘忍的酷刑、武鬥，將以比較客觀的標準辨別階級的方法改變成以抽象的思想與政治來裁定階級性，從而演變成漫無標準的「近親仇恨」、猜忌和殺伐的時代，對於原始馬克思主義的深刻探索，很有思想的重要意義。但是，在文學作品中，這些思維必須依靠龔獻和他的「人類之愛小組」的秘密成員以詩學上的「動作」而不只是對話中的議論去表現出來。而且，馬克思主義的「人性」理論，還有把人一方面看成自然的生物演化的結果，另一方面也強調人在人類歷史中自主的、思維的、創造的行動——即「實踐」(praxis)——而存在的兩個側面的統一這樣一種深度。對於馬克思而言，人是「實踐的存在」。作為「實踐之存在」的人類，總是在改變自然的同時，創造了他自己。馬克思的人文主義，在於樂觀地相信人性不論在如何墮落和異化的情境中，也總是保有「解放和創造的潛力」。馬克思並且深信，只有在廢除分工、廢除國家(state)、資本和私有制，人類才能最終解放他自己。《嗚咽的瀾滄江》的作者，似乎還沒有馬克思的人性論中這種對於人的「自我解放」的過程的樂觀。事實上，我們卻更多地看到作者與文革一代人一樣令人同情和心痛的虛無主義，頑強地瀰漫全書。

作者竹林的確表現了他的思想。他強烈攻擊了體制化社會主義國家中的官僚主義，他攻擊異化了的、殘酷的唯階級論，他強調了超越階級和黨派的人性論，他藉著對於大陸雲南邊區的大自然和少數民族的歌頌，表現了他對自然中的自由、恣意、解放和美善的歌頌。正如前文所舉，作者對於人類的尊嚴、互信、友愛表現了感人心肺的飢渴。這些閃閃發光、卻形體模糊的思想，惜乎較少以小說中通過典型化的人物的遭遇、命運和生活，以活生生的性格、思想和情感，使之和集約過的情境互相作用、互相引動而天才地、感人地形成——而較多以直接的敘述或對白去表現，徒然失去感人的迫力。

這當然也間接說明了在典型化人物的塑造上，作者的成就並非理想。龔獻（和他的幾個「哥們」）這樣一個具有重要意義的人物，自始至終顯得平板而觀念化，卻缺少發展、矛盾、衝突和新的統一與發展。敘述者蓮蓮，從出場到結束，性格、情感和思想的變化，叫人理不出一個清晰的邏輯。造成蓮蓮離家下放到雲南邊境的動因，是由於她在偶然間發現了母親的私情。這個足以在心理上造成十分重大創傷的「發現」，不論對她自己的性格和對她和母親的關係上，小說中都不曾留下絲毫影響。在雲南，她目睹女友露露被共幹淫辱的現場，卻又沒有產生任何影響她身心的影響。認識龔獻，在思想上深受啟發而產生深刻的愛情。文革結束，回到北京，龔獻被政府槍決。蓮蓮卻輕易地委身於「指導員」，過著和龔獻的理想主義完全背反的「腐敗的」生活。她一生的波折與苦難，龔獻的理想主義對於她一生決定性的改變，她對於龔獻由敬而深愛的感情，至此而完全喪失了意義！

應該是由於作者對文革時期高度政治掛帥的文學中樣板人物論的反感，作者竹林似乎著意刻畫了許多「中間人物」：死板怯懦的黨員「指導員」有最基本的善良人性，謹守了對於所愛者的尊重；狂熱相信共產主義的龔獻相信人性，相信「人類之愛」；戒護龔獻一夥知青的小解放軍犯禁為露露的嬰兒送奶粉；老革命的老王相信人性，不偏執於階級和黨派……在現實和文學的世界，這樣的人物是合理而現實的。問題在於小說中人物的典型化，是要經由典型化的人物在典型化的情境中，通過這人物與情境的交互作用，顯示人物的命運和反映文革這樣一個極為獨特、費人思索的歷史之「集約的整體相」。在這樣的要求下，人物，至少是其中的幾個主要人物，非但不應該只是庸凡的、平均的「中間人物」，恐怕應該是經過集約的、誇大的、典型化的人物。

竹林的人物論的這些弱點，使他在兩個人物——蓮蓮的母親和蓮蓮的女友露露——塑造上，非但失敗，更成敗筆。

蓮蓮的母親是一個被虐致死的老右派的妻子。為了生活，為了養育女兒，她長期從事最卑賤汙穢的勞動——挨門挨戶倒馬桶。這個在偏激的唯階級論和血統論的社會中呻吟受苦的女子，還拿以忍耐保衛節操的竹作為自勉自許的象徵。但這本書開章不久，作者描寫了這女子在寡居的歲月中，只因單純的肉欲與幾個社會評價不高的男子私歡。

悲劇英雄的形成，在於人物有高於常人的德行，而且恰恰因這高於常人的德行與性格而受盡苦難時產生了悲劇。這樣的人物之受難，才引起讀者的悲傷、震哀，從而使讀者在怵然悲哀之中滌洗了自己的靈魂。

如果受難的人品格平凡甚至與常人一樣充滿了弱點、貪欲、怯懦，則其所遭遇的苦難就無法引起悲劇所予讀者的震傷與深沉的悲哀。自母親與情人宣淫的場景以後出現的蓮蓮的母親，其苦難的遭遇，其「智慧」、「堅忍」的語言，之所以完全失去感人的力量，理由在此。

再一個悲劇人物是露露。她的遭遇之悲慘與屈辱，已經無以復加。但她對被姦汙所懷、所生的嬰兒所懷抱的深刻怨恨，竟而烹之以食，也同樣破壞了悲劇人物性格的法則。作者費了許多感人的筆墨描寫了第一次體驗一個新生命在一群苦難青年中降臨的青年們的喜悅。不需要太大的才華，任何作家都可以在這個事件上讓「人性」最美好的一面，最有希望的一面在這陰暗的命運中藉著這嬰兒發出熠人的光芒。如果嬰兒的降生使露露的母性戰勝了隨自己悲慘命運以俱來的仇恨，露露的形象應該更為高大，她所遭遇的不可置信的悲慘與侮辱，也才能發出更強大的控訴力。

另外，作者在小說開頭與結尾兩場遙相呼應的性的描寫，恐怕也是很大的敗筆。我們絕不懷疑作者描寫這兩個性場景的嚴肅態度。問題在於，開章處母親的私情非但沒有意義，而且具體地破壞了悲劇人物的塑造。終章蓮蓮和指導員的「床景」，也因為「指導員」的庸俗意義和蓮蓮的毫無過程的「腐化」和「背叛」自己源於慘死的戀人襲獻的理想主義，而失去意義。兩場「床景」的呼應，也完全失去意義，從而引人憎噁。男女交歡，非不能寫。寫也非不能淋漓。重要的在於描寫與敘述所欲表現的意義。D．H．勞倫斯的《查泰萊夫人的情人》所描寫的性，因為作者以男女交歡的喜悅深喻人從體制與資本解放的喜悅與自由，讀之令人深受啟迪與震動，而毫無淫猥之感。

以認真求全之誠讀《嗚咽的瀾滄江》，不能不以惋惜之心讀出它不十分成功的缺點。至於過多的濫情(sentimentalism)、情節上過多的巧合，還在其次。但這本小說的優點，其實是十分明顯的。從台灣的文學環境看來，我以為有這些值得注意的優點：

(一)場景、背景遼闊粗獷，有台灣小說難見的雄偉之美。瀾滄江的波濤，中國西南邊境的遼遠的自然和多采競豔的少數民族人文和文化的色彩，糅合成既有中國邊塞文學宏偉獷勵的傳統，又有詫奇璀煥的「異國情調」，讀之神馳。

(二)作者不以寫故事為已足。作者在小說中思索、探討並試圖解答當代中國大陸許多艱難重大問題的用心、誠心和野心，昭昭明甚。作者也嚴肅地探討人——人的本體、人存在的理由、人間之愛和人的尊嚴……這些偉大的文學心靈萬古以來苦思的終極性問題。這種對於人、對於生活、對於社會、對於歷史的關切與思維，是一般的台灣作家們少見的，值得此岸的作家、評論家和讀者深為反思。

《嗚咽的瀾滄江》有很多場景描寫了敘述者蓮蓮的夢境。文革的歷程，又何嘗不是一場大夢——從崇高的、純粹的、獻身的夢，演化成為恐怖、挫折、黑暗的噩夢。從夢中醒來，世界卻變得更為複雜、混沌與難以理解。對於一個懷抱理想的作家，在目前階段的中國，如何比較正確地理解夢（美夢與惡夢），以及如何比較正確理解現實（歷史、社會與自己），恐怕都同樣地是一個急迫的課題。因為如果缺乏這樣的理解，透過創造典型人物和典型情境以表現當前中國——和人類歷史與社會的「集約過的整體相」，是完全不可能的。

寫出成功的現實主義小說是極為艱難的。正因為其艱難，我不能不對作者竹林懷抱一份真摯的敬意。這篇讀後，正是不惴孤陋，猶以坦率與誠實對作者表達了這份敬意的。

一九九〇年五月十五日

初刊一九九〇年五月智燕出版社《兩岸文學互論．第一集》（周錦主編）

壽民族主義愛國主義火炬的胡秋原先生1

主持人：

尊敬的，今天的壽星胡秋原先生：

各位貴賓，各位女士和先生，各位朋友：

今天，我們歡聚一堂，祝賀胡秋原先生八十歲的生日，不是因為他是一位立法委員，也不是因為他有何赫赫一時的權力和地位。我們往台北，從台灣的四面八方，帶著最深的喜悅和最真實的祝福，是因為：

在政客官員、教授和知識分子對於民族主義和愛國主義盡情嘲笑，不以媚外事大為士人之大恥，在民族統一問題上含混、曖昧甚至到以反統一、反民族為光榮先進的時代，胡秋原堅定地、鮮明地、凛然地高舉了愛國主義和民族主義的光耀的火炬！

四十年來，透過留學政策，各種研究基金，人員交換計畫，進修訓練計畫和合作計畫，一批又一批的高級知識分子、官員、軍人、朝野政客受到美國深具遠見的美國化教育和洗腦，並且在台灣政、經、黨、軍和文化崗位上占據主要的地位。長期下來，我們的政界、知識界固然充滿了反共、恐共意識，卻同時瀰漫著崇美事大主義，瀰漫著不同主義為落後、頑固而加以嘲笑，就是以民族主義和愛國主義「左傾」思想，加以猜忌和打擊。

就在這樣一個荒謬的時代，幾十年來，胡先生不斷地以美俄帝國主義下兩岸必須發揚新的愛國主義和民族主義為言。幾乎每一年，胡先生帶著年輕朋友紀念七七抗日民族戰爭。一九七八年，胡先生從民族文學的立場，不顧政治恐怖，旗幟鮮明支持了鄉土文學。一九八八年，在胡秋原先生領導下，組成了台灣戰後第一個民間主張兩岸捐棄歷史前嫌、促進民主化和平統一的組織。那就是「中國統一聯盟」。所有這一切，使胡秋原先生在海內外愛國的、民族主義的中國人民心目中，塑造了高大可敬的形象。

今天，我們在此歡聚，也是因為：

在知識分子和政治家疏於求知識，在知性上全面廢頹、短視、浮淺、不求進步的時代，胡秋原先生的一生是不間斷地探求真知，最深地認識到知識的尊嚴，並以知識和真理淑世救國的一代大儒。

我沒有資格在這兒談論胡秋原先生廣博的知識體系。但就以受到少數一部分淺薄的所謂自由派學者私下嘲笑的胡秋原先生的「超越前進論」而言，我的理解，是他提早了將近二、三十年的時間，具有洞見地提出了「後雅爾達體制」、「後冷戰歷史」時代的思想體系。去年東歐的奔流，兩年來海峽對峙的緩解，東西冷戰體制的崩潰，「超越俄化與西化而前進」的思想，確實是兩岸知識分子和政治家清算冷戰價值和知識系統，以「後冷戰」、即「超越前進」的視點，設在中國的主體立場，面對二十一世紀中國的發展前途之所急切需要的。

我們愛戴和尊敬胡秋原先生的另一個原因，是因為：

在一個媚外事大、反共偏安、拒絕統一、反對統一、不以民族相殘和分裂為羞恥和悲痛的時代，胡秋原先生以高度的急迫性呼籲在二十世紀結束之前基本上完成民族統一事業的基本工程。一九八八年胡秋原毅然北上，訪問大陸，造成巨大的震動。近年來，胡秋原先生屢次在立院質詢中具體建議兩岸接觸會談，完成民族統一，以根本解決當前一切政治的、憲法的、經濟的、社會的和文化上的不安。在國家統一問題上，胡秋原先生一個極關重要的見解，是他準確而深入核心地指出當前美國的《台灣關係法》是干涉中國內政，製造大陸和台灣政治與社會動亂的帝國主義的法，是阻撓中華民族再統一、再振興的霸權主義的法！這樣的見解，不但官僚、政客所沒有，台灣廣泛親美事大的知識分子、學生所不知，甚至也是平時自以為前進的知識分子和學者所沒有的。有一些人，常常在背地裡批評我和「保守派」的胡秋原的情誼。我多半是不屑理會的。但有時候，我會這樣說，「單只就民族問題上來說，在這民族分裂之歷史時代裡，胡先生關於民族統一、反對東西霸權、反對媚外自殘的立場，是比任何人先進的。而自認為先進的朋友，單就民族問題上看，就是保守、反動的！」

最後，特別就我個人的體驗而言，我對於胡秋原先生歷久彌深的敬意，來自於他對於晚輩知識分子深切的愛護與關懷。

有一些話，一些內心話，至今還沒同胡先生說過。我二十八歲的時候，飢餓地尋找新的思想出路的時候，《中華雜誌》和胡先生只出了上卷的《少作收殘集》，給予我很大的啟發。我對於三〇年代社會史論戰和文學上「第三種人」論戰熟悉一點，其實是從閱讀《中華》和胡先生的書開始的。談了這些，再讀胡先生在「中西文化論戰」中的文章，使我能更好的理解胡先生在文章中寫出來的和沒有寫出來的部分。六八年繫獄，我在獄中要求訂閱《中華》，竟不被批准！七五年出獄，七七年底就開始了所謂「鄉土文學論戰」，政治情勢十分險惡。

就在這個時候，胡秋原先生透過朋友接見了我。他十分和藹地和我說話，那種情境，至今如在眼前。不久，他透過友人邀我忝列中華編輯部編席。

對於七年刑餘之人，我親自領會了中國知識分子這樣一個偉大的傳統：以自己的衣袖，遮庇權力所要迫害和追緝的、不容於官府的知識分子。這種溫暖、力量和風格所給予我的啟發與震動，遠遠超過了我個人對胡先生的感謝。一九七二年左右，我在獄中看到好幾個政治案，竟是老師告發或舉證坐實學生的政治罪，也有學生舉發和坐實老師的政治罪名。當時悲痛震驚的感覺，至今難忘！

是的，各位女士、先生，這麼多的人來祝賀胡先生的壽辰，每個人都有他對胡先生最由衷的愛戴、尊敬的理由。容許我在這兒以無比喜悅和祝福，向胡秋原先生說：

生日快樂！祝福您身體健康，也祝願您求真報國的事業有更大的發展。當然，我們也共同祝願胡秋原先生最最關切的，我們民族的整合，我們祖國的自主、民主與和平的統一早日實現！

初刊一九九〇年七月《中華雜誌》第二十八卷總三二四期

1　本篇為陳映真在「慶祝胡秋原八十壽辰演講會」發言。演講會時間：一九九〇年五月二十七日；地點：台北市師範大學綜合大樓演講廳。

回憶《劇場》雜誌

《劇場》雜誌，是當今住香港的導演邱剛健邀集了當時的文學青年所辦的電影、戲劇同人刊物。圍繞在它周圍的，除了邱剛健，還有黃華成、莊靈、陳耀圻、李至善和我，以及如今已記不確切的別的一些朋友。

在內容方面，它是一本飢不擇食地介紹西方藝術電影和戲劇的刊物。我自己就囫圇吞棗地翻譯過巴桑的電影理論，可能也譯過一些電影劇本，寫過半生不熟的影評。我們那時對西方實驗主義的、「現代」的電影和戲劇表現濃厚的興趣。我記得那時對於從《電影筆記》雜誌譯下來的《廣島之戀》、《去年在馬倫巴》這些電影劇本著迷，看著雜誌上的劇照，對這些沒有機會看到的電影，感到濃厚的興趣。一直到一九八三年，我在美國一所大學的電影圖書室看了《去年在馬倫巴》的錄影帶，卻覺得那真是再無聊不過的電影了。

回憶起來，當時青年這種痴迷「西化」、「現代」浪潮，是有原因的。

我們當時對於三〇年代到四〇年代的中國電影，因為政治禁忌，無緣熟悉，故而對於中國獨特而且優秀的電影思想和美學毫無知識，一無所知；對於六〇年代初台灣電影、香港電影的粗糙和支配台灣電影口味的美國好萊塢電影的膚淺極不滿意。這空虛為「現代」西歐藝術電影思潮和美學預留了空間。

其實，《劇場》的「現代主義」和「實驗主義」，是六〇年代支配了台灣文藝界「現代」主義、「實驗主義」、「超現實主義」風潮的一部分。

一九五〇年到五三年的韓戰，是美蘇兩極對抗的高峰。在同一個時期，台灣一方面在美國軍、經援助下進行土地、農村改革，大興基本建設，推行美國開發總署在台主導的幾項改革與合作發展計畫，一方面卻在恐怖的噤默氣氛中進行誅連甚廣的政治肅清，使從日據時代以來培養和成長的反帝民族解放運動者和新民主主義革命家、知識分子名人和作家全部徹底消失。

也恰恰從一九五〇年開始，台灣文風劇變。來自美國新聞處和香港文藝界的現代主義、超現實主義取代了過去批判的、變革論的、干涉生活的、現實主義的文藝思潮。在政治上逃避、冷漠或極端「反共抗俄」，在思想上盲目崇拜歐美，在民族問題上倡言「世界主義」。冷戰和內戰的雙重構造，使台灣文藝界無法對於日據時代的反帝民族抵抗文學、文化運動，做出有益的總結加以繼承；也無法對戰爭末期台灣「皇民文學」和作為「皇民文學」幫凶的當時一小撮「現代詩」

運動加以批判，在汪政府遺少、殖民地香港熟諳英語的文學家、台北秀異大學外文系師生、和軍中政戰系作家推動之下，使舶來的、模倣歐美的「現代主義」文藝成為五〇年代至一九七〇年的一世「顯學」。

如果從更大的框架去看，一九五〇年代以至一九六〇年代以迄於今，是台灣在戰後冷戰國際關係中，向著「美國反共戰略基地國家，新殖民地，半邊陲資本主義社會」逐步形成的過程。台灣文化、文學界，在美國「深具眼光」的留學生政策、獎學金政策、人員交換計畫、各種研究和養成訓練計畫以及基金資助台灣本地「研究」和宣傳、翻譯美國文化和文學的計畫下，至今日而向美國一面倒，並且使他們至今已完全掌握台灣各界的領袖地位。《劇場》只是這個巨大浪潮——使台灣成為親美、反共的軍事基地國家的大浪潮中的小小的一部分。

認識，並且進一步有主體意識地吸收西方現代主義和實驗主義，其實是有益的。只可惜在當時（甚至至於今日）我們完全沒有批判的能力。然而如果說當時的《劇場》青年絲毫沒有從這個蒼白的「浪潮」中得到一點日後創作上的、至少是表現技術上的利益，就如同有些人誇大了這五〇年以迄七〇年的「現代主義」如何給予台灣的文藝以巨大的正面影響一樣，怕皆並不是客觀的事實。

《劇場》雜誌在並沒有激烈爭吵和衝突中「分裂」，而終至於解散。當時焦點並不十分清晰的思想上的矛盾，至七〇年保釣運動勃發而發展為「現代詩論戰」，至七七年而延長為「鄉土文學論戰」。

匆匆之際，將近三十年過去了。當時的文學青年，各自經歷不同的遭遇，如今都是出了五十的、初老的一代。然而戰後台灣文學藝術的歷史和思潮，至今仍然沒有人加以科學的批判，從而提出新的運動論。不論如何，這總是我們這一代，對於未經釐清的台灣「戰後」史的一個悲傷的怠惰、無能和失責，是極對不起後之青年的……

初刊一九九〇年五月《幼獅文藝》第七十一卷第五期、總四三七期

失去英雄的地平線

陳映真 vs 周玉蔻[1]

解嚴之後，隨著威權的解體，我們彷彿活在一個沒有英雄的年代。

當年徐復觀曾譽之為「海峽兩岸第一人」的陳映真，是一位政治、文學立場都極其鮮明的作家。周玉蔻是一位觸覺敏銳的新聞人，她所撰寫的《蔣經國與章亞若》，甫出版便引起廣泛的爭議和討論。

在這場他們二人的對談中，除了探討文學的形式與特質，還對台灣新聞界提出他們的觀察報告；除此之外，解嚴後新聞界、文化界……所面臨的這個湧來的時代，他們也有話要說。

法國象徵主義詩人藍波曾寫下這樣的話：「我們在燃燒的忍耐中武裝，隨著拂曉進入光輝的城鎮。」同樣的，我們期待解嚴之後的台灣能很快的成為一座充滿光輝的城鎮，也許我們不需要英雄，而應期待那些已經準備妥當即將出發的人。

從蔣經國與章亞若談起

陳映真（以下簡稱「陳」）：《蔣經國與章亞若》是報導或報導文學吧！小說與報導文學的不同，用「番話」說，一個是「小說」（fiction），一個是「非小說」（non-fiction）；也可以說一個是虛構的世界，一個則是以客觀事實為張本，不容許虛構的世界。

當然小說創作也不是完全沒有「事實根據」，但「事實根據」極不重要。小說的目的不在敘說某一特定事實或特定的人，而是透過對事實、生活的模擬，創造一個虛構的世界。但報導一定要根據事實，是對於事實的特定時、地、人、所、因果、情況的記錄敘寫。《蔣經國與章亞若》需要對客觀事實搞調查研究，並且著力於描寫調查研究的本身，不容許作者任意捏造、想像、虛構……

報導或報告文學，它的本質是具體而客觀的事實、真實的人事物。但在敘寫時使用的語言或者技巧，只能為敘寫具體事實、報告事實服務的，目的在於如何更好地傳達出來。對小說而言，完全沒有「客觀」這個問題，在現實主義和自然主義中，刻意模擬的「客觀」，只在使一個虛構的世界極其擬似「客觀」而已，但本質上，依然是一個虛構的宇宙之創造。報導要客觀，是個基本不可違反的原則，但這種客觀跟自然科學的客觀是沒辦法比較的。不論如何，絕對的「客觀」在報導、報告文學和人文科學上是不存在的，作者個人的意識形態、立場、經驗都會影響寫出來的結果。

周玉蔻（以下簡稱「周」）：我覺得不管是創作或報導，要在具體的事實之外，去找出它的靈肉，很難卻很重要。像我寫《蔣經國與章亞若》這本書，蔣經國其實是其次的，重要的反倒是章亞若這個人。在那種時代，她對愛情的勇敢，實在少見。事實上，她與蔣經國之間的愛情很難評斷。有趣的是讀者對這本書的反應，年輕人是把它當作故事來看，老年人大都可以把它具體化、靈肉化。

對蔣經國與章亞若之間發生的事情，很多人把它當作婚外情來看，我是把它當作愛情來看的。在今天這種不被認可的愛情仍舊發生在許多人身上，這裡面有許多的無可奈何。我自己對這種愛情持肯定的態度，因為愛情就是愛情。蔣經國與章亞若之間的事，證明了這種愛情有它成功的一面——因為那個女的永遠活在那個男的心裡面。我甚至幻想，有一天蔣方良都要承認蔣經國的確愛過章亞若。蔣經國逝世前半年，有一天發高燒，病中他喃喃自語，叫著章亞若的名字。蔣經國的這種愛情是真的，儘管婚外情壓抑這麼久，對他自己而言，他是蔣方良的好丈夫，可是對章亞若來講，他是一個真正的愛人。不是每一種婚外情都值得肯定的。

有讀者向我抗議怎麼可以把蔣經國寫成那樣的人，是他們自己把蔣經國神化了。從愛情面看這件事件，它很美，我自己在寫這本書的時候，一直覺得章亞若附在我的身上，寫這個故事時，我一直在生病，甚至在大陸她的墓前，我都一直覺得她在哭。

我所寫的畢竟是報導，我想如果把這個愛情故事寫成小說，可以免除許多責任，那樣的話，更可以揮灑自如。

浪漫與現實之間

陳：有人說文學、小說一定是「浪漫的」，報導就一定是「寫實的」，這種說法不好。就文學而言，「浪漫」與「古典」是對立概念，當然也和「現實主義」不同。如果浪漫主義比較上是個人的、情感的、想像的，現實主義則比較上是社會的、理性的、冷澈的、寫實的……。現實主義不一定沒有浪漫主義的因素，例如中南美洲的「魔幻現實主義」之類，浪漫主義也不完全是個人的、小我的，例如「革命的浪漫主義」。小說的發展，恰恰是現實主義發展的一部分。抵抗運動、革命時代的報告文學，恰恰最富有浪漫主義的批判和改造精神。

周：關於浪漫與現實，在從事新聞工作時，我盡量告訴自己要客觀，但在從事新聞工作中，我們會發現懷抱理想的人，有時不免會浪漫起來。儘管在執行的時候，你要以事件作基礎，要面對一些現實的檢討。

我自己覺得《蔣經國與章亞若》代表一種禁忌的打破，從整個大環境來講，這只是一小點；但對我而言，它卻是一大挑戰。對這個題材本身，寫到後來，我覺得章亞若也是一個打破禁忌的人。還有一點，儘管整本書我是用事實的累積塑造出來，但想像中要表達的，跟寫出來的東西可能還是有很大的差距。

身為一個記者，我覺得台灣的政治新聞報導大多是一些小事件的累積，我覺得今天的政治環境並不適合記者發揮，記者的政治訓練也不夠。

關於小說家與記者

陳：有個老掉牙的定義：「藝術是對人生的模擬」，我一直擁護這個定義。對新聞記者，對「非小說家」(non-fiction writer)，調查研究得來的材料，是重新敘述調查和研究得來的具體事件、事實，不容易變造、竄改、變形、曲解的原材。但對於小說家，調查研究得來的材料，和他自己直接、間接的經驗一樣，是用來「模擬人生」過程中可以任意剪裁、跳接、變造、歪曲的材料。「客觀事實」對新聞工作者或報導作家(reportage writer)是目的，對小說家只是手段。

可是，報導作家和小說家，尤其是戰鬥的作家一樣，有鮮明的立場和意識形態。然而，在報導作家，也必須以實事求是的深入調查與研究，而不是作家主觀的概念、立場去說話。但政治文學家或革命的、戰鬥的作家，卻必須以更傑出的藝術性而不是他的立場和意識形態來增加他的文藝作品的說服力。

以電影《七月四日誕生》為例，如果原作者是報告文學作家或「非小說作家」，他必須以調查、研究越戰期間和越戰後逃避兵役、到國外逃避過去的噩夢、尋找失去的性能力或生活意志的個案，如實加以敘寫。從這些「客觀」、「如實」的報告中，作者間接發抒了反戰、和平主義甚至反對美帝國主義的立場和觀點。但同樣的素材，在一個電影劇本作家手中，就另外創造了一個「虛構」但完整的世界。《七月四日誕生》，也同樣發抒了作者關於政治、關於和平與戰爭、關於美國和越南等等的立場和觀點。

周：我們在處理任何政治事件之前，必須提醒自己要有明察的眼、敏感的心，要求自己保持空白，用純素無塵的心情去看那些事件。看到某種程度之後，就必須要有你自己的觀點或看法——而這些都受到你的背景所影響。你的觀點靠你所看見的東西去累積起來，你要去說服你的讀者說你處理的事情是有意義的，也就是說你寫給他們看的東西有「可讀性」。

我們對不起今天這個時代

陳：由於長期戒嚴，新聞媒體、記者、編輯……受到嚴厲的監管，官僚留聲機、鸚鵡式傳播者長期當道；又由於新報社的成立、報張篇幅等的受限，年輕一代的記者長期沒有機會，也因此新聞科學、新人培養、教育養成都長期停頓。一九八八年突然解除報禁，各報社競爭在一夜之間激烈化，新聞界完全沒有做好準備。因此，我看台灣報界普遍都由文化、知識、歷練、現場經驗十分青澀的年輕人當記者、編輯、撰述等工作。這和「小耳朵」上看到兩鬢霜白的資深記者仍在現場中衝刺的情況有很大對比。台灣新聞界的不負責任和主觀不是沒有理由。

另外，一樣在威權統治下辦報，台灣四十年來就沒有為報業的原則敢於破身亡業以赴的報紙和新聞從業人員，因此台灣報界沒有值得光榮、驕傲的典範。當然，年輕人可以在生活現場直接接受生活與民眾的鍛鍊和教育，但沒有獨立不阿、不屈威武、為人民喉舌的典範與傳統。

新聞工作者和文學家一樣用漢語表達。但今天文學青年和新聞傳播青年，一樣面臨著語言荒廢、惡質化的問題。語文教學不良，影像傳播代替文字傳播，直接交談（如電話）傳播和溝通表現取代過去的文字表現和溝通。新聞記者之最上者，還應該有他自己的文采、自己的文體，這對台灣報界就是苛求了。但這是知識分子讀者的大損失。

周：我覺得當一個小說家，他應該對人生的歷練有某種程度的了解。當一個新聞記者呢？他要先能做一個社會人則比較重要。今天我們的記者，並不見得都已經成熟到是一個健全的社會人，他就要成為社會的代言人，對他們來講，這是一件很殘忍的事情，對我們讀者來講，這是不公平的。四十年來造成的包袱，使得市場並沒有養成我們新聞系畢業的人能夠在環境裡做這樣的人。我們生在這裡，我們發覺我們對不起自己，對不起今天湧到的這個時代。

這個時代來得太快了，而我們沒有準備好。但沒有準備好不是我們的錯，也許真的是久年之病沒有速成的藥可以馬上醫治。今天的政治新聞居然是記者去跟著政治人物！可是你不跟著他，你就沒有「新聞」。我們的記者有滿腔熱誠和體力去跟著一個政治人物跑，他卻沒有辦法觀察到其他的東西。

面對這種狀況，我們無可奈何，但媒體的功能還是應該被肯定的，畢竟它可以告訴大家：這樣的人有這樣的事。

陳：說解嚴的時代「來得太快」，不如說我們在戒嚴的長久歷史中完全放棄了抵抗的思考、研究、學習和進步。將近四十年的戒嚴，夠長了，不能說解嚴解得太快，是吧？

舉個例，西班牙佛朗哥的反共法西斯統治也夠長。可是當他一旦倒下，西班牙政局、制度也迅速改變，而理論家、文學家、戲劇家……大量地從「地下」湧現。這說明了人家在暗夜中仍然艱苦卓絕地為黎明的到來做準備，湧現了大量的進步思維。

台灣解嚴後，不但沒有與戒嚴時代思維、文化針鋒相對的進步的、激進的、批判的、改造的東西，反而呈現了保守主義、親美(日)主義、反民族主義……等等的內面化和體制化。保守的東西已不只是「官方說法」而已，也堂而皇之的成為「民間」的說法，這太「有趣」了。

初刊一九九〇年五月《聯合文學》第六卷第七期

1 整理記錄：許悔之。

知識的開端：認識美帝國主義

序徐代德《背德的帝國：美帝國主義發展史話》

四十年來，台灣朝野一律把美國看成自由與民主的光輝典範；看成為自由與民主而鬥爭的人們最有力而忠實的友人；看成被獨裁與暴政壓迫的人們的解放者。美國代表了最成功的經濟制度和最民主的政治制度的化身。美國是慷慨無私的援助者，是世界民主與自由制度的守衛神……

事實是怎樣的呢？

一九四九年，國民黨政府和一切帝國主義勢力一道被趕出了中國大陸。應該在歷史上消失的國民政府，在韓戰爆發、世界冷戰體制形成、美國反中共·反蘇聯軍事圍堵政策建立之後，美國以其雄大的軍事反共霸權主義，由上而下，由外而內地在台灣種植了高度個人獨裁的、對外庸屬、對內專制的「國家」。這個國家在美國霸權主義翼護之下，在聯合國和其他國際社會中「代表全中國」長達二十多年，在民族對立分裂·對美庸屬·高度反共安全獨裁體制下鎮壓工人階級，完成反共戰時資本主義的累積。

台灣戰後四十年社會經濟發展過程，正是在美國插手干涉國共內戰、促成兩岸間同族敵視對立條件下，一個「新殖民地／半邊陲資本主義」台灣社會的形成過程。這樣的一個過程，有它的戰後史的背景。第二次大戰以前，全世界人口的七〇％生活在先進資本主義國家的殖民地制度下，過著貧困和不發展的生活。一九一七年社會主義第一次在俄國實踐，揭舉了反對殖民主義、反對帝國主義的大旗，點燃了民族解放運動的火炬。二次大戰結束，在二次大戰過程中發展的民族解放運動，引起意欲保持舊殖民地制度的帝國主義國家的忌惡。為了鎮壓第三世界前殖民地如火燎原的反帝民族解放運動，戰後以美國為中心的帝國主義一方面展開全球冷戰對抗，一方面發展新殖民主義，以新殖民地買辦資產階級支配的形式上的獨立，換取新殖民母國經濟、政治和戰略利益。一個對外親美、對美從屬化，對內高度反共獨裁的新殖民地台灣和其他「自由世界」的新殖民地·買辦性反共獨裁政權，在韓半島、中南半島、中南美洲和非洲紛紛「獨立」，並取得以美國為首的西方帝國主義國家與國際社會的承認和支援。

美國新殖民主義最成功的政策，除了武裝的反共霸權主義之外，就是它的政治、經濟和文化的支配。

以台灣而言，台灣國民黨國家的成立，是美國動用其國際霸權人工地設立的。因此，美國自然對中華民國有無上的政治影響與支配的力量。一九五〇年以後，台灣實際上是作為美國軍事基地的美國代理政權。美國駐台大使、領事館、中央情報局、開發總署、軍援機關、協防司令部、亞洲基金會、美新處……和美籍跨國資本，成為美國在台灣的總督機關，具有高度的政治、軍事、經濟、財政、科技和文化權威。

在經濟上，美國因早在一九五〇年開始對台軍經援助，美國獨占資本一向在台灣擁有獨占性優勢。透過軍經援助，美國在六〇年代擴大其跨國產業在其新殖民地社會進出，強化土著社會對美國的從屬化，並為塑造台灣「親美．反共．排拒中共」的政治，做出極為深遠的貢獻。

在文化上，一九五〇年以後，美國以長遠的眼光，透過台灣高教體制美國化改革、留學政策、人員交換計畫、基金會、研究合作計畫和各種調美培訓計畫，長期培植親美、反共、保守的台灣高級精英知識分子，完成台灣文化、知識分子的美國化、親美化改造，一部分在台灣占據政治、經濟、財政、文化甚至軍事和情報、言論、傳播等崗位的高地，一部分歸化美籍，在美國遙遙指導台灣的親美、反共、拒絕民族統一的言論和政策，進一步自內部發展對美庸屬和買辦的文化和精神構造。美帝國主義的這一套精巧的技倆，在中共與美國建交後，時而慎密、時而粗暴地使用於開放改革後的中國大陸，並且顯然地在大陸知識分子的西化和資本主義化取得了不能諱飾的成就。

一九五〇年美蘇對峙體制下，在美國武裝干涉下，造成了韓、中、越、德四個分裂國家。四十年的分斷對峙，同族相仇的歷史和社會發展，已為分斷民族留下深遠、複雜的傷害與損失，必須由分斷民族付出極為艱苦沉重的代價，逐步恢復民族團結與國土統一。

這些都是台灣的美國新殖民主義經驗。在世界範圍中，美帝國主義掠奪和浪費人類重要資源，製造環境破壞，輸出有害化學毒物；破壞第三世界地區的社會、經濟和文化，以發動地區性戰爭推動和擴張美國經濟；支持各地親美反共獨裁體制，直接和間接蹂躪人權，發動政變和暗殺顛覆反帝民族主義政權，派兵侵略和鎮壓各地反美民族解放運動……，真是罄書難盡。

我們敬愛的朋友徐代德先生，是勤勉自學有成的平民知識分子。五〇年代，他以少年之身，被投入美帝國主義默許和支持的國民黨白色肅清恐怖的黑牢。約十年前，他經歷了腦部外科手術，以無比堅定的意志毫不懈怠地過著自修筆耕的艱苦生活。三年前開始，徐代德兄抱病編著這本《背德的帝國：美帝國主義發展史話》，從殖民地北美洲飛越封建社會直接從商業資本主義向產業資本主義發展的建國時期，到第一次世界大戰開始，經歷經濟大恐慌的三〇年代美國，繼而寫歐戰後美帝國主義的形成，再從而寫在第二次大戰之後，美國以其雄大的資本力，在戰後冷戰體制下，以全球性規模發展了美國新殖民主義・反共・軍事／政治和經濟霸權，建設了空前巨大的「美國霸權下的和平」(Pax Americana)秩序。四十年來，美國在全世界劫掠資源、浪費資源，從不間斷地進行肆無忌憚的內政干涉、政變和政治謀殺，並且不斷地以製造地區性內戰和國際戰爭來發展美國軍事—工業複合體的擴張，達成世界範圍中對於人和自然生態的殘酷而貪婪的掠奪，從而建立了一個歷史上空前龐大、殘酷、貪婪和腐敗的、背德的美國帝國。

四十年來，台灣朝野政治勢力雖然相爭甚烈，但揆諸兩者「親美·反共·反統一·反民族」的性格，則毫無二致。在五〇年以後全世界各族人民從未間斷的反對美帝國主義、反對美國新殖民主義和美國霸權主義的鬥爭浪潮中，台灣卻獨獨成為「反美運動的無風帶」。一直到今天，美帝國主義不但在台灣沒有人加以批判，反而成為朝野買辦勢力爭相邀寵的對象。這種反民族風潮，在富有反帝愛國鬥爭光榮歷史的、包括台灣在內的中國近現代史上，不能不為曠世未有之奇變。徐代德兄此書在這個歷史文脈中問世，有重大意義，並且也向四十年來買辦的台灣社會學界提出一個促其知恥反省的質問。

「我也要特別把這本書獻給當代大陸的青年，」徐代德兄說道，「四十年來台灣的美國經驗，應該對中國青年總結出具體的慘痛經驗和教訓。像現在這樣(大陸青年)盲目的崇美傾向，是危險而令人悲傷的。」

徐代德先生的話，代表了五〇年代以來在台灣一直被鎮壓的民族·民主運動圈裡每一個人沉重的心聲。因此他們出錢出力，共同為這本意義深遠的書的出版，各自貢獻了自己的棉薄。

一九九〇年六月

人間出版社能負起出版的任務，實為莫大的榮幸。但願當前台灣和大陸的青年們，終於能理解一生為祖國的振興而顛躓茹苦的一代所要託付的話語，正確認識美國帝國主義的實體，並從而引起廣泛研究和調查、分析美帝國主義與戰後中國關係的熱潮。則徐代德先生這部艱難的勞作，就有豐實的回報了。

是敬以為序。

陳映真

一九九〇年六月十日

初刊一九九〇年七月人間出版社《背德的帝國：美帝國主義發展史話》

（徐代德著）

兩岸文化交流和國土的統一

台灣和祖國大陸分離，歷史上有兩回：一次是一八九五年台灣割日；一次是一九五〇年韓戰爆發以後，美太平洋艦隊的第七艦隊封斷海峽。兩次的民族分斷，以後者最為徹底。兩岸間人民、文化、商貿的來往在五〇年到八〇年以前絕對徹底地受到內戰和冷戰雙重構造所斷絕，寫下同族敵對、仇恨和謗毀的可恥、可悲的歷史。

在這幾近四十年兩岸分斷對立的歷史中，兩岸的文化有殊異的發展。四九年以後，大陸公開宣示它在政治、社會、經濟和文化上向蘇聯「一面倒」，要「以俄為師」。這樣的路線，其實是一九一七年俄共革命成功以後，在當時全世界百分之七十的人口在帝國主義殖民體制下生活的現實中，蘇聯高舉反帝、民族解放旗幟下，世界弱小民族的共同綱領。聯俄容共時期的國民黨歷史中就有「以俄為師」這一條。

在史大林「一國社會主義」論下，在列強無忌憚圍堵封鎖政策下，蘇聯發展了它的「社會主義的帝國主義」，終於引起中共的抵抗，在六〇年代初與蘇共絕裂。「以俄為師」的文化宣告中止。在美蘇包抄圍困下的中共，對內要求近乎宗教性的政治忠誠和純粹性，而逐步展開了唯心主義的、近親憎恨的各種群眾活動的浪潮。過早預見了社會主義體制，在痛苦的資本累積過程中產生官僚資產階級和資產階級的毛澤東，以「社會主義制度下無產階級的矛盾」論，展開了狂熱的文革。

一九七六年結束的文革，留下巨大的創傷結束。在文化上，文革當然留下大量的狂熱的、教條主義的、庸俗化的馬克思主義的糟粕。但從台灣看來，一九五〇年以至於整段文革的歷程，為中國文化留下了這些值得珍視的成就，即文化、文藝、科學、社會科學領域中的民眾主義、民族主義、人類的解放，以及對於廣泛第三世界自我解放運動的關懷等等。這種對於草根的、勞動的民眾在文化、藝術和知識上的創造性的重視，主張文化、文藝和知識上的民族主體性和民族創造性，以及反抗一切霸權的干涉和壓迫，以最終解放人在創造和自我發展上無限可能性的理念，個人認為，面對廿一世紀，依然具有強烈的啟發性。一九七八年底，鄧小平體制確立，大陸以「四個現代化」為戰略，全力從事經濟發展。正如大陸中央社科院李慎之副院長在今年初所說，這種大陸學術文化界「飢不擇食」地面向世界——其實是面向西方。今年二月我訪問大陸，大陸知識分子已開始探討如何建設具有中國主體性的文化，這樣一個嚴肅的課題。

一九五〇年以後的台灣歷史和社會發展的歷程，是一個「新殖民地，半邊陲資本主義」社會和歷史發展的歷程。相應於這個歷程，台灣的文化也有這些特質：

(一)帝國主義的國際主義。許多文化人對民族主義嗤之以鼻，說是義和團。其中的極端者，主張人不論國籍，皆「世界公民」。這一個傾向的底層，存在著民族自卑主義，對中國文化懷抱著深度仇恨。

(二)極端的崇拜美國和西方：一九五〇以後，長期的、制度性的台灣文化之美國化改造，透過留學政策、中美合作計畫、研究基金、人員交換等，培養了大量美國化的精英知識分子，逐步占據了台灣政治、軍事、教育、文化、經濟、科技等各個領域的高地，使台灣文化過剩地受到美國新殖民主義文化的影響。

(三)內戰—冷戰意識形態的過度影響。極端的反共意識形態、極端的美國中心意識形態，使台灣文化過度缺少批判的、徹底的(radical)思維。

(四)「新興工業化經濟體症候群」(NIEs syndromes)的台灣文化的影響。在冷戰體制和世界資本主義體系擴大運動中，以「專制發展」模式取得經濟成長的社會，近數年不約而同地發生社會倫理崩潰、勞動和管理道德惡化、金錢遊戲、制度性的貪欲、喪失社會認同和目標這些「症候」，從而使文化和創造力倍受戕害。台灣的情形亦然。

台灣文化的上述現象，其實是受到台灣戰後資本主義發展的特質——對以美日為中心的亞太區世界資本主義體系分工構造的高度依賴性——所決定。正如台灣因而沒有有力的民族資本主義和民族資產階級，台灣也缺少強大的民族主體性的文化創造條件和獨立的民族知識分子，卻但見知識分子大批大批的買辦化，在民族問題上大量散播反統一、反民族的買辦言論。

雖然，三千年悠久的文化下的四十年兩岸訛變，畢竟還不十分嚴重。面對世界政治、軍事和經濟廣泛、巨大重編的廿一世紀，歷史已經無法遏阻地要求兩岸中國人民的交流。超越政治和政權，一個輝煌的文化和歷史的中國屹立宇宙中長存，並且這不可思議的文化和歷史的長河中，我們才能超越政治與政權，驚嘆中國人民和中國民族的偉大的智慧與創造力。祖國統一的不可逆反的發展趨勢中，兩岸文化的交流便因而具有極大的重要性。然而，在兩岸交流上，我覺得雙方都有一些態度上應當注意的地方。

從台灣方面說，應當摒棄被歷史快速拋棄的「內戰—冷戰」價值。例如說要「文化反攻」，要把台灣「自由民主的文化」帶回大陸，促使大陸放棄「四堅持」的文化云云。因為這其實只是不切實際而膚淺的政治宣傳，與真誠嚴肅的文化交流無關。

從大陸方面看，應該比較注意台灣四十年文化的特質，從中反省大陸「開放改革」後的一些明顯的偏向。應該更多地注意四十年來非美國系統的文化圈，注意在西潮沖刷下台灣草根民眾文化的活力，總之，應該更多地注意到台灣「體制外」的文化和它的創造力。

民族的分離和對立，同族間的仇恨、猜忌、毀謗甚至殘殺，不但不能使兩岸民族的智慧、創造力和勞動產生相加相乘的效果，反而互相挫折和抵消。有責任心的中國知識分子不只應當以此為遺憾和悲傷，更應以此為奇恥和大辱。在兩岸統一、民族團結的發展上，政治上存在的問題、矛盾要大一些、複雜一些。但兩岸文化的相互研究、檢討、學習和批評，卻比較容易展開。讓我們懷著一份知恥的責任心和急迫感，超克冷戰和內戰的框框，面對在廿一世紀躍升、統一的中國，做出我們應有的貢獻。謝謝大家。[1]

初刊一九九〇年七月《中華雜誌》第二十八卷總三二四期

1 根據原刊篇末編者說明，本篇為作者於一九九〇年六月十六日上午在自強協會演講。

非情的傷痕

韓戰四十週年的隨想

韓戰（一九五〇─一九五三）是一個影響戰後世界現代史至極深遠的一次地區性戰爭。對於台灣知識分子而言，韓戰是蘇聯史大林邪惡的共產主義擴張運動唆使北韓南侵，美國則為了捍衛民主和自由的神聖原則出兵韓戰，在激烈的傷亡和損失之後，又回到戰前的原點──以三十八度為界，韓國分為南北對峙的兩邊。

然而，很少人注意到，在反軸心法西斯主義的二次大戰中，先進國家和廣泛的第三世界國家裡，相應於二次世界大戰的發展而同時展開以推翻資本帝國主義和殖民主義的民族、民主鬥爭。第二次世界大戰結束之後，廣泛第三世界前殖民地地區，立刻展開激烈的左右鬥爭。在中國有國共內戰，在韓國，則一九四五年八月日本投降後，立刻在韓國各地爆發了農民蜂起、工人運動、人民協會和主張社會主義統一建國之各種群眾運動。一九四八年，韓國濟州島發生農民蜂起事件，在李承晚和麥克阿瑟武警鎮壓下，以屠殺七萬多人平息了據說是共黨的暴亂。而這悲慘的「濟州島事件」，和一九四七年的二月事件一樣，在權力的湮滅行動下掩埋了四十年，直到一九八七年才在六月民主化運動後被揭出真相。

在這個意義上，即民族解放運動和反民族解放運動間的鬥爭的意義上，韓戰早在一九五〇年六月二十五日之前展開了序幕。韓戰的特點，只在於各國範圍內的左右鬥爭，在韓半島上升高為一九四七年前後開始在世界各地升溫的美蘇對峙冷戰的最高峰。美國著名的「韓學家」康敏思（Bruce Cumings）寫道，在韓戰結束的一九五三年——

整個韓半島一片廢墟，餘燼未熄。從南到北，韓國人都在埋葬死人，為慘重的損失哀哭，想辦法把生活中倖存的東西收攏起來。在漢城，空無一人的建築物像骷髏吊立，街道邊奇異地混雜著水泥碎塊和榴彈炮殼。在漢城郊外的美國軍營，成群的韓國乞丐等著搶拾外國軍人丟棄的白菜殘葉。在北韓，現代建築物被摧毀淨盡。平壤和其他北韓都城只剩一片瓦礫和灰燼。工廠空無一人，大水壩裡乾枯無水。人民像田鼠一樣住在窰洞和隧道裡，在光天化日中面對每天的夢魘……

韓半島的廢墟化，擴大和強化了美國作為世界反共霸權的地位，使一度廢墟化的日本快速地在冷戰體制中發展了經濟。

韓戰對台灣的影響不但深刻，而且頗富戲劇性：

美國一夕間改變捨棄國民政府、等待和中共建立外交關係以保持美國在華利益的政策，在韓戰爆發後立刻派遣第七艦隊封禁海峽，宣布支持在台灣的中華民國，這時台灣才正式被編到美國對中國大陸的軍事封鎖和圍堵基地環線之中。為了台灣的美國基地化，杜魯門總統宣布了至今為台灣「民主人士」津津樂道的「台灣地位未定論」和「台灣海峽中立化」政策。同時，中斷多時的美國對國府軍經援助也在這一年韓戰爆發後重新協議繼續。

韓戰的發生，對國民黨是逢凶化吉，絕處逢生。但對於當時台灣內部的政治反對派，卻是修羅地獄的開端。韓戰之前，台灣局勢飄搖，該年七月中共即將渡台的謠言紛紜，在政治監獄中的犯人受到較寬和的待遇。韓戰爆發，政權穩固，監獄立刻改了一副面孔，管理強化、判刑嚴重化，並且立刻展開了為期三、四年的徹底的、堅決的政治肅清，對於真實和擬似的、甚至冤假的共黨黨人、左派文化人、知識分子等等，展開雷厲的秘密逮捕、拷問、處刑和處決。在這三、四年間，據一般估計，總共槍決三千多名，另三千多名遭到十年以上乃至無期徒刑的判決。五〇年代的政治無期徒刑犯在獄中時間最長達卅餘年，直到約五年前才獲得釋放。在韓國，五〇年代肅清被判無期徒刑的政治犯，則至今還關在黑牢之中。

這一批比較上是左翼的、民族、民主運動的政治人的悉數、徹底的鎮壓、刑死和監禁，使打從日帝時代發展起來的反帝民族解放運動遭到不可能恢復的打擊。一九五〇年以後一直到今天，台灣的民主化運動何以四十年不能改其「親美、反共、反統一、反國民黨」的根本性格，五〇年肅清風暴滅絕了台灣左翼運動的理論和實踐，是重要成因之一。歸根結柢韓戰一夕間改變了台灣的政治生態。

韓戰對台灣的戰後另一個重要影響，是國民黨高度個人獨裁權力在台灣的復權。美國默許下進行的五〇年到五三年的冷酷政治肅清，從五〇年展開的美國對台軍經援助，對內而言，在當時台灣社會資產階級和工人階級兩皆力量薄弱，在兩岸反共軍事對立條件下，急需發展經濟、富國強兵條件下，使得一時間在台灣尚缺社會基礎的國民政府，得以建立所謂「波拿帕國家」(Bonapartist state)這樣一個高度個人獨裁的政權。對外而言，在美國反中共圍堵政策所創造的「台灣地位未定」、「中華民國代表全中國」、《中美協防條約》、《中日和約》這些網絡中，國府得以成為一個國家而出入於國際社會。而戰後三十幾年來，一個以內戰和冷戰的雙重構造上建立的親美、反共、高度國家安全獨裁政治，對台灣生活和歷史的各個複雜的側面，都起到深遠的影響。歸根結柢，這又是韓戰的一個歷史結果。

美國和台灣關係的深入化，是韓戰的另一個重大的影響。從軍經援助、協防司令部、開發總署、美新處、亞洲基金會，無所不在的美國中情局（CIA），使美國在台灣政治、軍事、財政、經濟、文化和教育各方面，有深入的、巨大的影響，不待申論。值得一提的是，四十年來高教系統在制度和教材上的美國化、留學政策、人員交換計畫、人員培訓計畫、範圍廣泛的合作計畫、基金會……已經大量訓練了美國化了的台灣高級知識分子，至今已占據台灣政治、經濟、財政、軍事、情治和文化、教育各個崗位的高地上，對戰後台灣政治和社會的發展，起著十分深遠的作用。

因此，四十年來，台灣朝野、知識分子、一般民眾對於美國的印象，和全世界、尤其是亞洲第三世界其他地區的人民截然不同。在台灣看來，美國是民主、自由、正義、和平、友善、慷慨的化身，是人權的保障者，是反專制政治運動者的支柱和可靠的後方，是科學、理性、進步、富裕的象徵……一九五〇年以後，全世界各地反對美帝國主義的鬥爭無日無之，但獨獨台灣一地對美國是人不論在朝在野，一律歌其功、頌其德，成為四十年「反美無風帶」。箇中緣由，也值得細加玩味。

當然，應該有更多的人會說，感謝韓戰，使美國回頭支持了台灣，保衛了台灣，還進一步發展了經濟，使我們今天有自由的經濟、自由的政治，使共匪始終無法攻打或「併吞」台灣。但是，誰知道呢？世界在迅速地改變它的軌道。昔日劍拔弩張的兩霸已在把酒言歡，敵人變成了朋友，「共匪」成了「中共」……韓戰四十年後，我們的碩學的博士專家們，有誰為我們稍微清理一下，冷戰年代我們民族遭受的非情的、荒蕪的、無言的傷痕？

初刊一九九〇年六月二十五日《聯合晚報・當代》第十五版

另外一個台北

年輕朋友何經泰帶著一盒黑白照片來看我。這是八九年九月《人間》雜誌廢刊以後，頭一次面對一顆在人和生活的現場中沉思、探索、疑問和敘述的青年的攝影作品，心情是感慨而又激動的。

在資本主義大眾性消費社會中，攝影長期成為人類欲望的撩撥者。性能越來越精緻的攝影機和不斷累積起來的攝影棚技術，使現代攝影不斷拍攝商品化了的食品、商品、器具、性欲和各種官能的欲望，為現代大眾消費社會操縱、放大和「解放」人類被限制和禁錮已久的欲望，起著極為重大的作用。現代攝影在現代廣告、行銷的構造性運動中，築起輝煌、炫麗、充滿了欲望的、虛構的巴別塔，推動著資本永不止息地、亢奮地在擴大再生產和積累的循環中，對自然環境和弱小者盡情地劫掠。從而，現代攝影也老早失去了發明當初最原始、質樸的功能：對於現實——即人和生活、勞動的現場——的紀錄。

何經泰「偶然」地撞進了另一個台北市。一個與畫報、大媒體、消費雜誌、和商業攝影棚中的台北市截然不同的台北市：貧困、無告、黑暗、絕望的台北。

在這「另一個台北」，沒有充滿自信、咄咄逼人、西服整潔的政客，沒有珠光寶氣的貴婦人，沒有豪華舒服的新轎車，沒有過剩的飽食，沒有俊男美女，沒有高大雄偉的大廈，也沒有花朵、月亮、幸福和青春。在這另一個台北，住著年老、孤單、不幸、貧窮、為一連串不可思議的厄運所凌遲的瀕於絕望的人們。

有許多人在四十多年前中國大陸故鄉的村莊，被軍隊強行拉伕，打過內戰，來台灣當老了兵，被甘蔗渣似地拋棄了。有許多人在加工出口工業蓬勃發展的年代離開農村，流向加工區，如今老了，被資本與社會像報廢品一樣丟棄了。有些人淪入城市低層勞動——「清道夫」的行列，在高車禍死亡率的崗位上喪失了同為清道勞動的配偶和工作，隱遁到黑暗、貧困的角落。有的人沒有錢、沒有家，堅持在偌大的台北，尋找一個可以讓自己老死的小小的角落：墳地邊、大橋下、水門外、浮洲邊……有些人是在長期無法突破的惡性貧困的循環中，被三餐不繼、又必須養活自己家小的子嗣所拋棄的老人們。有一些人是日傭勞力市場上因工傷殘廢，得不到賠償，沒有任何保障，被貧困團團圍困的人們。還有些人從破產的農村投奔台北，卻只是從鄉村的貧困投入城市的貧困而已[1]。

現代資本主義飽食、繁華、富裕和「幸福」的社會，總是以一大群弱小者的飢餓、廢墟化、貧困、疾病、惡運和各種不幸為代價所換取。在現代先進資本主義社會城市中，到處有流徙的貧困流浪人隊伍，台灣也不例外。何經泰所記錄的台北後街的窮人，還是台北貧窮人隊伍中的最低層。他們的中上層，是年紀比較輕些，勞動意願強些，生活企圖心大些的，在台灣戰後資本主義畸型構造的「非正式部門」流轉的貧窮自僱者……[2]

往往我們只知道廣告影片和直接、間接宣傳政令，作為商品消費的生態背景的台北市：高樓大廈、現代效率、金融流通、飯店、宴會、交響樂、餐廳、舞台歌榭和紳士淑女——一個充滿了野心、肉欲、官能和金錢的沉重喘息的城市。然而，它的另一個老病、不幸、貧窮、無告的雙生兒，卻自慚形穢、卑屈、無聲、無影地，躲躲閃閃地存在著。「我看見許多來自中南部農村的本省流浪人，」何經泰說，「他們堅決拒絕進入我的鏡頭。他們說，他們家鄉的家人朋友，遠遠不知道他已經掉進了黑暗、半飢餓的、台北的貧困的黑洞裡。」

台北的貧困，往往是目不能見的。「然而貧窮卻堅定地、客觀地在台北的許多角落中存在。」何經泰說，「然後，當你有心尋訪，你在地下道、在墳場邊、在高架橋下、在車站、在河堤下、在老舊的社區，看見他們在那兒，千方百計，爭取著活下去。」他們是台灣資本主義化過程中巨大的管理化運動中，被管理體制不屑地拋棄的一群人。然而他們卻絕不是從冷血的管理

「解放」出來的人。他們是一個高度管理化社會中的「無國籍」人。他們面對永遠的不安、失業、飢餓、孤獨；永遠的失所與流離。然而一個過剩地飽食和富裕的台北，過剩地縱欲、肥滿的台北的形成和發展過程中，這些人就像排泄物一樣地一堆又一堆地遭到無情的遺棄，並且在他們的臉上烙上充滿歧視的罪名：無生活能力、人格異常、缺少企圖心、智能低下、命途多舛、人生競技場上的失敗者……。

然而，對於這些卑怯、安靜地、似乎深恐打擾了這個紅塵萬丈的台北生活而隱遁在你我所不知的另一個台北裡生活的人們，何經泰卻花了兩年多的時間，用相機探訪了他們。這些相片的迫力，對我而言，是他誠懇、真實地面對和凝眸逼視了這些人。能讓這些在人世的最低層生活的人，沒有忿懣、驚恐和防衛地，在充分自覺和同意下面對何經泰的相機，看得出何經泰在這種極為特殊的現場中表現出來的人的品質——對於被侮辱和壓迫者的親和力 理解力和被接受的能力。

一張一張肖像式的窮人的臉孔，在一個又一個複雜的、殊異的瞬間定了影。那些筆直地凝視著你我的，毫無疑問地是同為人類的眼神，在靜謐中敘說了罄書難盡的話語。何經泰頭一次讓一個縱欲、肥滿、腐敗和光華的台北，乍然會見了長期「欲求不滿」、枯瘦、長期慢性的貧窮、黑暗和孤單無告的台北，四目懍然相接之時，無所逃遁。就在這樣的時候，何經泰把被現代資本主義娼婦化了的攝影，拉回了它最富於人間性的原點——對於生活和人的現場的樸質的記錄。就在這記錄的過程中，攝影作家對特定生活和人的選擇，干預了生活，從而為被掠奪了發言和控訴權的弱小者，何經泰發了言，提出了控訴。

很多朋友告訴我，《人間》雜誌雖然廢刊，但紀錄攝影作為一個表現形式，勢必在台灣以更豐富的創意發展下去。我把這些話當作對我和過去人間雜誌同仁們的溫暖的安慰，卻不敢掠美。現在看到何經泰的這些作品，使我回到人間雜誌四年和同仁共事難忘的生活。紀錄攝影是一條貧困、艱辛、漫長的道路，因為千萬年來，真實總是受到廣泛的憎恨。何經泰看來體魄雄健，又能對無告之人張開溫婉的眼睛，我祝願他這一生記錄的旅程順利，祝願他永遠做真實最忠謹的僕人。

初刊一九九〇年七月九日《中國時報．人間副刊》第三十一版
收入一九九〇年七月時報文化出版社《都市底層：何經泰攝影集》（何經泰著）

1 《都市底層：何經泰攝影集》無「有些人是在長期無法突破的惡性貧困的循環中……」至段末的文字。
2 《都市底層：何經泰攝影集》無「他們的中上層……」至段末的文字。

人間「台灣社會史叢刊」出版贅言

1

一九五〇年韓戰大爆發，美國第七艦隊封鎖台灣海峽。美國強大的影響力隨著台灣在五〇年以後編入美國遠東軍事反共戰略基地和六〇年以後進一步編入世界資本主義體系的擴大運動過程中，從軍事、政治、經濟、財政而及於台灣的知識、文化和學問的領域。一九五〇年以後的留學生獎勵政策（例如獎學金制度）、人員交換計畫、技術・學術合作計畫、基金會和各種參觀訪問計畫……使台灣的學術在日本以學術殖民結束後不久，快速發展了台灣學術界對美庸屬化和美國化改造。

這種情況，在台灣社會・人文科學世界中亦極為明顯。台灣的社會學界長期受到美國保守的構造功能論的支配；台灣的經濟學界長期偏好美國系GNP成長經濟學；政治學界則是美國偏重政治發展論的形態主義的天下……四十年囫圇吞棗、無批判地、一面倒地接受美國和西方的學問與理論，在五〇年以降非理、荒廢的冷戰體制下，台灣的人文・社會科學界規避了台灣社會具體問題的核心，掩蔽現實和歷史中內包的劇烈的矛盾。台灣戰後的人文．社會科學不唯喪失了鮮明的歷史意識和主體意識，更在冷戰體制下懦弱地逃避了當代社會性質和社會史的研究，甚且在學問的本地化再生產上，幾乎繳了怵目驚心的白卷。七〇年代後期，台灣社會科學界也搞過一陣子「現代化」論，倡言社會進步有一定的階段，後進社會經由先進社會傳播「現代」的理念、價值及技術而發展。後進社會之後進性，源於各後進社會的文化與傳統。總之，現代化即西化，即美國化，自有一個過程與階級。台灣社會學界於是在不知不覺中為一九五〇年以後美國霸權主義的擴張，以現代化論予以合理化。

一九八〇年代，台灣的人文．社會科學界似有「根本化」(radicalized)的趨向。但五〇年肅清之後，革新系社會．人文科學的根柢單薄、傳統晦弱，在高校校園和學生、運動圈中數量和質量皆不能不是荏弱淡薄的。

然則早在一九七五年，台灣留日的學者劉進慶博士發表了《台灣戰後經濟分析》、涂照彥博士發表了《日本帝國主義下的台灣》，皆以政治經濟學的方法和視野，前者對於台灣戰後資本主義(劉進慶：「戰後」，一九四五－一九六五)的構造和性質，後者以科學的社會學剖析了戰前日帝殖民地台灣的帝國主義支配的深層構造，由日本東京大學出版會出版，卻一直不曾受到台灣社會學界應有的、起碼的注目，反映了台灣社會．人文科學界在戰後冷戰意識形態宰制下嚴重的閉鎖、退化的現象。

一九八八年台灣的解嚴，基本上不是根本性的思維和學問的復權，而是親美・極度反共的保守主義以「自由主義」之名巨幅增殖。際此之時，人間出版社有幸將這兩本由台灣出身的、第一個以政治經濟學的視野、以被殖民者的民族・民眾的史觀和社會觀，對他們畢生繫念的故鄉台灣社會的當代史，即台灣「光復」前後社會史，提出了具有重大歷史重要性的勞動成果，譯成中文，在台灣出版，實感欣慰。我們深切相信，台灣新一代進步的社會・人文科學界將很快認識到劉、涂兩本著作的重要性，給予遲來卻是當有的高度評價。我們也深切盼望，這兩本堪稱「古典」的著作，將成為台灣第一代批判和揚棄美國附庸社會科學的年輕社會學學生共同的啟蒙之書，使他們畢生難忘，並且進一步展開台灣社會構成體的研究和爭論，結束台灣社會・人文科學界的美國殖民地可恥的歷史。

我們將搜求其他中國學者(例如陳玉璽《台灣的依附型發展——依附型發展及其社會政治後果：台灣個案研究》，一九八一)及西方學者關於台灣近現代社會史的研究，加以翻譯出版。這些書得以在台問世，除了首先感謝原書可敬的作者劉進慶先生、涂照彥先生和東京大學出版社井真彌先生之外，也感謝年輕的翻譯者王宏仁先生(台大社研所)、林繼文先生(台大政研所)、曹明峻先生(台大政治系、淡大日研所)和校訂林書楊先生(創造出版社發行人)、陳南光先生

（台大經研所）。杜繼平先生（台大史研所畢）努力從中斡旋促進，對於這系列書籍的問世，有可感的貢獻，特記於此，示久銘不忘，並申謝忱。

人間出版社編輯部

一九九〇年七月十日

本文依據手稿校訂

1 《台灣社會史叢刊》實際並未出版，本篇所述諸作，後編入人間出版社《台灣政治經濟叢刊》。

民族分裂歷史對台灣戰後文學的影響[1]

一八九五年，甲午戰敗，一紙《馬關條約》割讓了台灣，成為日帝殖民地。一九四五年日本戰敗，二次大戰結束，台灣才重新又回到中國的版圖。一九四九年，國府在內戰中失利，退據台灣。一九五〇年，韓戰爆發，美國軍事封禁海峽。海峽兩岸分裂對抗於世界冷戰歷史中，一九七九年大陸呼籲兩岸和平統一。一九八八年台灣開放到大陸探親……海峽形勢逐年和緩，但民族團結和國家統一的歷史事業，仍然存在著各種困難和曲折。

歷史上兩岸兩次分斷的特質

一八九五年到一九四五年五十年間，台灣與大陸的分斷，與一九五〇年以迄今日兩岸的分斷，性質和內容上，有這些不同：

（一）一般說來，台灣的日帝殖民統治時期，從一八九五到日本發動侵華戰爭的一九三七年間，有長達四十二年的時間，大陸和台灣間人員、文化、商貿的往來，在有限的範圍內，是許可的。因此，在這一段時間內，兩岸間人的、物質的、文化的、思想的往來從未間斷。在非武裝抗日期間，直至中日戰爭期間，台灣知識分子奔赴大陸求學，往來兩岸從事政治運動和文化運動者絡繹不絕。因此，台灣雖然淪為日本帝國主義的殖民地，但是一方面是台灣從中國本部「割讓」出去，台灣和祖國在民族上、政治上、尤其是反日帝民族解放活動上，有千絲萬縷的物質和精神的聯繫。一〇年代的辛亥革命；二〇年代的五四運動；三〇年代的反帝民族民主運動和「台共」的建設；四〇年代的抗日民族戰爭，和殖民地台灣的反日民族・民主鬥爭都互相影響和呼應，使殖民地台灣一九二〇年以降至一九四五年一切現代的社會、政治、文化、文學運動，都帶有明顯的「中國指向性」，成為同時期中華民族反抗帝國主義、尋求民族解放和國家獨立的巨大運動的一個不能忽視的組織部分。

但是一九五〇年美國軍事干涉台灣海峽，台灣被組織到美國遠東反共防共軍事基地環帶以後，兩岸間的斷絕，已到了歷史上的空前的絕對分斷的地步。兩岸間形成重兵、重武器對抗對峙的軍事戰爭狀態。因此，從一九五〇年韓戰爆發，一直到一九七九年大陸號召和平統一祖國，一九八八年台灣宣布開放大陸探親這一段期間，兩岸物資、人員和文化的交流往來陷於絕對性的停頓，在兩岸關係歷史上，留下極為特殊的空白。因此，一九五〇年到一九八七年的三十七年間，大陸的思想·文化和政治等，在台灣成為嚴重而危險的政治禁忌，兩岸思想、文化、文學和政治、社會的聯繫完全中斷。

(二)在日本統治台灣時代，至少在中日戰爭爆發的一九三七年前，兩岸之間，並沒有特別嚴重的武裝敵對和互相仇恨、詆毀的政治宣傳。但一九五〇年以後的兩岸對立，帶著國共內戰和國際冷戰的雙重構造。世界兩大陣營的武裝恫嚇與政治對抗(冷戰)，使國共長年的內戰凝固化和長期化，而被長期化的國共內戰狀態又為美國亞太反共戰略服務。因此兩岸間展開了長達近四十年同族相仇、對抗、長期互相猜忌和詆毀的不幸的關係。海峽間敵對態勢，在一九七八年發動，一九八七年展開的兩岸交流趨勢中，固然在不斷擴大，但是由於兩岸分斷對立的時間長，留下了複雜的影響。

(三)日本殖民地時代的台灣社會性質，是殖民地·半封建社會。它的階級矛盾和民族矛盾，規定了日政時代台灣社會運動、政治運動、文化運動和文學運動與殖民地民族·民主運動的一致性。又由於台灣是一個割讓的殖民地，所以台灣的民族·民主運動，又與半殖民地·半封建社會中國本部的民族·民主運動有異中有同、同中有異的關聯性。但是一九四五年以後的台灣社會則有複雜的變化。一九四五年台灣光復，國府的統治進入台灣，日本殖民者敗走，台灣社會因國民黨國家的性質，轉變為和大陸當時社會一樣的半殖民地・半封建的社會。一九四五年到一九五〇年間，大陸和台灣恢復了一九三七年以後阻絕的兩岸人員、商貿、文學、文化以及財政、經濟和政治的交流。自覺地清算殖民文化殘餘，建設有中國主體性的文化的運動，伴隨著在一九四七年以後擴大發展的新民主主義變革運動而在台灣展開。一九五〇年，韓戰爆發。風雨飄搖中的國府，在戰後亞太地區冷戰大戰略中得到美國武裝支持，建立一個對外高度庸屬美國、對內高度權威統治的政權。一九五〇年到六〇年代上半，繼之由六〇年代下半到今天，台灣社會由「新殖民地・邊陲資本主義」社會，發展為「新殖民地・半邊陲資本主義」社會。然而，一九五〇年展開的全面性政治恐怖肅清，連根剷除了日據時代以來反帝、反封建和民族・民主運動、民族解放運動和其他進步運動的個人、黨派和組織。其次，一九五〇年以後以迄於今日，美國在台灣進行政治、經濟、文化和知識的美國化改造，四十年嚴峻、漫長的反共意識形態，以及四九年以來大陸社會主義政治的幾次轉折、錯誤和失敗，使台灣沒有像戰後其他新殖民地社會一樣展開反帝國主義和民族・民主主義鬥爭。五〇年以後，台灣的民主化運動，在中共地下組織消滅以後，其本上受到國際冷戰規律的制約，而具有「親美・反共・反統一・反國民黨」這樣一個資產階級的、右翼的性質。

中國新文學傳統的斷絕

一九五〇年以後兩岸的分斷，是國共內戰和國際冷戰雙重構造下的分斷。兩岸的「內戰—冷戰」對峙中，國民黨政治性地禁止了三〇年代到四〇年代中國左翼現代文學家的作品。閱讀、保存、評述和傳播這些作品者都可能遭到嚴重的鎮壓。一九四五年到一九五〇年間被熱情地介紹到台灣來的中國三〇年代、四〇年代文學作品和進步文學理論，至此而告完全中絕。

殖民體制重大的罪惡之一，是斲傷被殖民民族的語言。日本對台灣的殖民統治，使台灣的漢語語言和文字，在從文言到白話的遞變過程中，因為脫離了中國本部的文化生態與文脈而遭受重大的困難和挫折。雖然台灣文學家憑著堅定的抵抗心和民族意識，堅持以白話漢語寫作，但終於不能不在三〇年代中後無法克服主、客觀條件，不能不開始以殖民者的語文寫作。一九四五年台灣重回漢語文化和文學圈，但是五〇年以後國府對三〇年代中國文學的封禁，使其後的台灣文學長期失去了中國現代文學的傳承，即語言、敘述方法、美學和思想等等的傳承。

三〇年代中國現代文學在台灣的斷層，至少帶來了這些影響：

(一)日據時代喪失漢語白話表達力於前，光復後又斷絕了從二〇年展開的中國新文學經典作品的榜樣，使戰後台灣文學，尤其是省籍作家在發展獨立的文學語言風格和敘述方式上遭到不少困難，以致語言平穩通順者多，語言精確有獨特美學風格者較難於產生。

（二）由於台籍進步作家在五〇年至五四年間悉遭殘酷鎮壓，政治恐怖瀰漫，加上三〇年代反帝、反封建、反掠奪、干涉生活的中國現代文學作品非法化，遂使戰後作家不敢思維民族、社會和生活上尖剖矛盾的本質並文學的表達形式與路線，馴至戰後台灣文學的題材和視野受到很大的局限。

（三）一九五〇年代及其後出生的台灣文學青年和作家，因為沒有中國三〇年代以降新文學的典範和傳統，只好直接和間接地在美國和西方的文學作品、文學理論美學和批評中汲取經驗，學習表現方式、敘述方法、美學和批評法，使得戰後四十年台灣文學表現出受到冷戰時代所制約的「獨特」的漢語語言、題材意識、敘述方式、語言和文學思想。

（四）三〇年代中國左翼文學在台灣的長期斷層，也使台灣文學與二次大戰後其他亞洲新殖民地社會的文學有不同的面貌，即戰後台灣左翼的、反帝的、民族民主運動的文學之闕如。四十年來，高舉鮮明的反對美國新殖民地民主主義支配，高舉民族主義、民眾主義戰旗的文學創作實際和理論發展，比起南朝鮮、菲律賓、泰國和中南美洲的激進文學圈，實為戰後世界反新殖民主義文學運動的「無風帶」。

冷戰體制下的「現代主義」文藝

五〇年代到六〇年代終期的台灣文壇中的現代主義，是二次世界大戰後在世界冷戰對峙的結構下，世界資本主義體系高度發展的兩個十年期間的產物。在經濟上，它意味著科技發展，生產力的發展，巨大的生產施設，大量生產、大批消費的時代的產物。在文化上，文學追求的各種表現形式展開了去除繁複，而向「純粹化」、「抽象化」、「自由化」發展。主題被解消，一切具體、具象的東西被視為不必要。

然而五〇年代和六〇年代，也是新殖民主義的發展和第三世界反對新殖民主義的民族・民主運動發展的時代；是世界資本主義體系擴張和擴大運動中，先進核心國家和貧困化的第三世界邊陲國家依賴和支配關係，在冷戰的脈絡中進一步深化的時代；是社會主義圈各國在資本帝國主義武裝包圍下生產力滯緩，而世界資本主義國家在軍、產複合體擴大軍事支出同時使跨國企業與國際戰略相互配合下擴大市場和利潤的時代。

因此，透過各國美國新聞處和美國文化機關，美國在五〇年代向第三世界大舉輸出的，規避各地民族和階級矛盾，倡言反民族的「國際主義」（cosmopolitanism）、普遍性（universalism）和現代化、進步化的「現代主義」，在六〇年代因為它的「國際主義」、「政治冷漠」、「中立主義」、

「不干涉生活」、「反民族主義」和極端的形式主義和心理主義，而受到第三世界民族．民主運動文化圈之批判和揚棄。

一九五〇年起在台灣展開的現代主義，當然會受到兩岸分裂對抗的歷史一定程度的影響：

（一）一九五〇年，美國軍事干涉台灣海峽，兩岸在霸權干預下進入長期的武裝對峙。與此同時，台灣也雷厲地展開了政治恐怖和肅清，台灣左翼的、進步的、民族解放的文化人、文學家、知識人悉遭剷除，三〇年代以降中國民族．民主．大眾文學傳統遽而在台灣消失。現代主義的形式主義、「純粹主義」和非政治（apolitical）傾向，恰在肅清後血腥而不毛的台灣文壇獲得了滋長的豐沃土壤。

（二）五〇年代以後台灣在政治、財政、經濟、文化、知識上的美國化改造，在兩岸分裂對立和極端反共意識形態宣傳下，「現代主義」以謳歌資本主義現代科技、生產和巨大性的本質，雖然和五〇年代至六〇年代台灣幼稚的資本主義發展階段不相應，卻以進步、現代化的光榮形象出現，從而間接謳歌了美國的科技、「民主」、「自由」和它的反共霸權主義。到了六〇年代後期，有一些台灣現代主義作家在國府軍隊政工隊伍中擔任要職，並參與台灣援助南越軍隊政工工作。一九七〇年代台灣現代詩論戰和鄉土文學論戰中，站在「現代派」打擊鄉土文學的勢力竟是國府軍方現代派文藝系統。他們和若干留美系現代派文人，不惜以反共檢舉的手段打擊鄉土派的文學家，說明台灣現代主義在兩岸分裂對峙和國際冷戰構造下的反動的本質。

「在台灣的中國文學」論和「台灣文學」論的鬥爭

兩岸從一九五〇年以來長期冷戰對峙，加上台灣內部施行長期反共、仇共宣傳教育和絕對化的反共鎮壓，加上兩岸間長時間近於絕對性的分斷，海峽雙方之間長期沒有人員、物質和文化的交流與往來，在文學上，表現為題材上中國議題的曖昧化、模糊化，甚至在更多的時候表現為題材的地域化，失去中國的焦點和視野。然而，這並不意味著台灣戰後文學的「中國指向性」的消失。一九七〇年，在北美和台灣展開了反對美帝國主義恁意將中國領土釣魚台與琉球一道交付日本的學生愛國運動。運動很快地發展為保衛釣魚台愛國運動。

這一場保衛國土的民族運動，在國土分裂對峙的條件下，不但在國家認同（北京或台北）上發生左右鬥爭，北美留學生第一次面對並投入了民族統一的重大課題。在文學上，保釣反帝・民族運動，首先展開了對於一九五〇年以迄一九七〇年間台灣惡質西化了的現代詩的反省與批判。

在這一場一九七〇—七三年間的「現代詩論戰」中，反現代詩一派提出了文學的中國民族風格，文學的民眾性，即文學為民眾服務、為建設更好的社會服務，反對民眾不懂、沒有民族風格的晦澀主義和形式主義，提出文學干涉生活、反映社會和生活中存在的矛盾等問題。一九七七年的鄉土文學論戰，鄉土派進一步提出台灣經濟的新殖民地性質，提出文學上的中國民族主義、反對崇洋媚外，提出文學的民眾主義這些戰後長期支配台灣的冷戰意識形態中罕見的反帝、民族主義、階級解放、民眾主義等觀點。在極為嚴苛的政治環境下，擁護鄉土文學的作家和理論家不能清楚地表現出對於中國大陸和中國大陸社會主義一定的關切。然而，即使今天重新檢視和解讀從現代詩論戰以迄鄉土文學論戰的正反文獻，都能明白地讀出以中國民族的命運和未來為台灣鄉土文學的指向這樣一個立場和信念。正如日本的文學評論家松永正義指出，一九二〇年以迄於今日的台灣文學作品和運動中這一「中國指向性」，說明了台灣文學是中國文學的一部分。

差不多與鄉土文學論戰的同時，台灣文學界也有人提出台灣文學的獨自性問題。大約在一九四七年前後，台灣有過一場深刻的台灣文學對中國文學的共同性與特異性的爭論。但這個爭論對於當時急迫的文學為中國（新民主主義）變革運動服務的問題並無歧見。楊逵並積極提出作家預見歷史黎明期的「新現實主義」論。在七〇年後半提起的「台灣文學」論，則重在台灣文學之歷史的、風土的獨自性，卻並沒有如八〇年代的「台灣文學」論者把台灣文學提在與中國文學針對的立場而提出。也在這個文脈上，有人針對性地提出了「在台灣的中國文學」的提法，強調台灣文學在戰後史的特殊脈絡中的中國性格。

一九七九年以國民黨鎮壓高雄美麗島事件而結束。美麗島事件的鎮壓與公開審判是激起島內「台灣主義」擴大發展的表面理由。它的社會經濟的理由，則是在國民黨獨占公營企業資本集團，和國民黨國家所保護飼育的民間獨占性大財團資本之外，六〇年代後半在國際資本主義體系擴大運動中被吸收為國際加工出口基地的台灣中小企業資本圈，在七〇年代登上了台灣的政治舞台。他們在兩岸分裂對立條件下，脫離中國民族經濟圈，編入以美日為中心的世界資本主義再生產行程中從事再生產與累積，而有非民族、親西方性；它們在島內市場被其他兩個獨占資本所壟斷，其本上沒有受到國家政府保護為條件下，有反國民黨性。中小企業資產階級支持了七〇年代的台灣民主化運動，並在八〇年代初在海外台獨運動的影響下，逐漸發展成新的「親美·反共·反統一·反國民黨」性質的民族離心運動。

這個運動在文化上的表現，是八〇年代初年，以中國文學為針對面的「台灣文學」論的提起。「台灣文學」論不只強調台灣文學歷史發展的獨自性，相對於七〇年代以西方新帝國主義·新殖民地文學為針對面所提起的台灣鄉土文學的概念，八〇年代的「台灣文學」論是以中國近現代文學為針對面而提出。這一派人千方百計要「研究」和建設這樣一種理論：中國五四新文學運動對台灣新文學運動已被過高評價，台灣新文學受到東京的影響遠遠大於北京者；台灣文學的中國性，遠不如她的國際性來得大；歷史已經發展了一個新的民族：「台灣民族」，因此「台灣文學」是「台灣民族」的文學……台灣文學的頭號敵人是社會主義中國，而不是美國或東西方帝國主義和新殖民主義文化和文學。這是從日本殖民地半封建社會而戰後美日新殖民地・半邊陲資本主義台灣社會發展歷程中，從日據時代反帝・民族・民主運動以來，在長期歪扭的「內戰—冷戰」構造下的逆流和反動，有它一定的歷史和物質條件。

結語：民族分裂時期的台灣文學

一九五〇年的韓戰達於高峰的全球冷戰體制，使台灣和中國大陸本部之間，在「國共內戰—國際冷戰」的雙重構造下凝固化和長期化。一九五〇年以後兩岸的分斷，形式和性質上和一八九五年台灣割日以後的兩岸分斷有所不同。不同性質的兩岸分斷，帶來兩岸間不同性質的政治、社會和文化—文學方面的變化和影響。

五〇年代以後兩岸的分立敵對，首先因為冷戰政治而使中國三〇年代左翼的民族新文學在台灣遭到長期徹底的禁斷。五十年日帝統治剝奪台灣作家以白話漢語寫作的權利。剝奪台灣文學家參與中國二〇年代語言和文學革命歷程的權利於前，五〇年代以後又以政治干預奪取了台灣文學作家繼承和學習中國新文學典範作品的權利於後，影響光復初期台灣作家白話漢語文的建設。並且因對左翼文學的政治壓迫，使戰後台灣文學的題材和視野狹小化，又因中國新文學傳統的斷層而受到過多西方文學的影響。和亞洲其他新．舊殖民地相較，台灣文學明顯地缺少激進的、左翼的文學實踐與理論上的發展。

「現代主義」文學在台灣的過久支配，是冷戰體制下台灣與大陸反共對立分斷的另一個結果。五〇年代世界現代主義的保守主義，在激烈的新殖民主義與反新殖民主義的鬥爭中採取個人主義、反干涉生活主義、反民族主義和所謂的純粹主義，在白色恐怖肅清後的台灣，發展成反共官方的意識形態，自有其客觀的條件。

台灣文學的認同爭論，即八〇年代展開的台灣文學之中國認同與台灣認同的爭論，以「在台灣的中國文學」論和「台灣文學」論的鬥爭而展開，形成兩岸分斷對立歷史下的另外一個文學上的表現。台灣戰後文學的中國性質，表現在歷史上台灣文學的「中國指向性」。五〇年代後因極端反共政治而隱晦不彰的中國指向性，集中地在七〇年代現代詩論戰（一九七二―七三）、鄉土文學論戰（一九七七―七九）中表露無疑。但四十年兩岸反共對立的歷史，也在台灣發展了「親美．反共．反統一．反國府」政治，並在文學領域內相應地發展了以中國文學為針對面，主張外於中國文學的「台灣文學」論。

然而，歷史並不曾在同一個平面上做漫無盡期的循環。一九七〇年開始，東亞的冷戰構造開始了根本性的變化。一九七九年大陸展開對於台灣的和平戰略。一九八七年，形勢迫使台灣開放了對大陸探親，嗣後兩岸的物資、商貿、人員和文化的交流，雖然還有不少歷史遺留下來的阻礙，卻在穩定甚至加速度發展。這是一九五〇年美國軍事封斷海峽以來我們民族歷史上極為重大的變化。

在四十年戰後台灣文學發展歷史中，一九七〇年代是極為突出的十年。由於大陸文革的影響，由於美、日、法各先進資本主義國知識分子對資本主義體系中心國家既成的帝國主義、種族主義、資產階級專政的價值系統，展開了反思和批判，這一時性的反冷戰思維，也在台灣嚴密的反共法西斯文化中衝出一片獨異的天空。現代主義批判和鄉土文學論戰，以隱晦而素樸的方式為戰後台灣文學的發展做了比較科學的總結，並且提出了反帝、反殖民經濟、為民眾服務以及文學語言和表現形式的中國民族風格這些敏銳的問題，而招致「工農兵文學」等嚴重政治控訴。如今時移勢易，歷史正要鄉土文學一系的作家和理論家，在新的歷史條件和政治條件下，以更深刻的歷史學和社會科學，對七〇年代的文學運動做出實事求是的總結，做好現代詩論戰和鄉土文學論戰的清算和批評，指出缺點，也總結其積極的成績，並在當前歷史中，依據對當面台灣社會性質的結論，提出當前時期新的文化–文學實踐的總的路線方針，而以「民族分裂時代的台灣文學」規定一九五〇年以來「在台灣的中國新文學」。至於以中華民族再統一與再團結為指向的「民族分裂時代的台灣文學」的分期、思潮、作家論、作品論和當面時期具體的文學實踐的任務，則極有待較新一代激進的文學家和理論家嚴肅地分析、研究和發展了。

初刊一九九〇年八月《中華雜誌》第二十八卷總三二五期

1 本篇為陳映真於香港「海峽兩岸關係學術研討會」之發言。研討會時間：一九九〇年七月十六─十八日。

台中的風雷・出版記

繼《證言2・28》之後，人間出版社有幸出版古瑞雲先生，回憶一九四七年二月蜂起事件以迄「香港會議」這一段時間中，他和謝雪紅先生以及一些黨人的經歷，倍覺榮幸。

韓戰爆發以後，在冽冽森森的冷戰風潮下，台灣在新殖民體制再編的歷程中，進入將近四十年極端親美・反共的軍事戒嚴體制，使日本殖民地時代的台灣史和台灣戰後史，都在冷戰的魔咒中遭到湮滅、歪曲、封鎖和埋葬。

由於激進傳統的覆滅，由於繼起的大量親美・反共系買辦文化學界的長年支配，這不曾被清算、不曾被如實敘說的台灣的「戰後」和它的歷史，如沉冤不雪的幽靈，即使在「解嚴」以後的台灣，也四處悽惶地遊蕩，等候著解放。

以民眾的主體性，揭破冷戰歷史的咒語，重新看待這一段充滿了鞭痕和血漬的歷史；以民眾史的方法和語言，顛覆這一段被歪曲的歷史，如實地敘寫那充滿了苛烈的青春和激烈壯懷的歲月。這就是《人間台灣戰後史叢書》的初志。因為我們深信，沒有勇敢地面對過去這一段被私埋的黑暗的歷史，從而嚴正地做批判和自我反省，就無法誠實、自由和堅強地去面向充滿荊棘和坎坷的中國的未來。

作者古瑞雲(一九二五—)台灣省台中縣東勢角人。一九四七年二月事件後，與謝雪紅、楊克煌流亡香港，現任大陸「台盟」中央顧問。本書原名《跟謝雪紅在一起的日子裡》，最初是作者應旅美台灣史研究工作者葉芸芸女士之邀，為證言「二二八」事件之作。後因古先生的證言以自傳的形式，記錄了黨人在二月事件中台中地區的政治和軍事活動，並且寫了截至「香港會議」前的謝雪紅的生史，篇幅長、內容豐富，遂由其他親歷「二二八」事件者的證言(《證言2・28》，人間出版社)獨立成書出版，並在一九八八年十月至九〇年七月間在紐約《亞美時報》連載全稿。本書除在書名、章節構成略作成書所必要的調整，全文完全存原稿真貌。這應該敬向作者與讀者聲明的。

最後，容許我們和讀者一道，對作者古瑞雲先生和他那風颷雷動的時代，致最深的敬意。我們的心和他在上海的望鄉的病榻同在，並虔誠地祝福他康復，早日回到故鄉台灣，聆聽那似遠又邇的埔里的槍聲……

一九九〇年七月

人間出版社編輯部
一九九〇年七月

初刊一九九〇年九月人間出版社《台中的風雷——跟謝雪紅在一起的日子裡》（古瑞雲著）

真實的力量

已經休刊的《人間》雜誌第二十八期(一九八七年九月),刊出了由廖嘉展和顏新珠夫婦採訪、攝影的〈月亮的小孩〉,報導了「白化症」患者遭到社會愚昧而冷酷歧視的故事。報導和照片深入而動人,曾引起廣泛的反響。九月七日時,人間雜誌社還主辦了一個為白化症兒童/成人患者權益申訴的座談會,我第一次深刻地體會到白化症兒童、雙親和白化症青年、成人在社會粗暴的歧視中艱難地掙扎和奮勇地生活的姿影,大受震動。

朋友吳乙峰和他的一群可愛的年輕同仁,花了兩年的時間,完成了紀錄錄影作品《月亮的小孩》。從被阿蓮農會歧視、進而非法解僱的淡江大學經濟系畢業生,白化症人朱經賀的遭遇,發展成圍繞在白化症七年吳國煌戀愛、波折、結婚、生子的故事,從生肉一般強糲的現場、人和生活的戲曲,報告了活生生的白化症病人無限辛酸、掙扎、成長、勇氣、智慧和尊嚴。

白化症是一種無可如何的遺傳病變,先天性缺乏黑色素,毛髮銀白,皮膚白皙,眼瞳畏光而弱視。幾乎每一個人都曾在什麼時候、什麼地方看過這樣的白化症兒童、青年和成人。對於大多數人，多半曾懷著訝異、好奇的心情和眼光和他們交會而過。但吳乙峰的深層報告，揭發了社會對於白化症人、雙親、家族的無法理喻、不可置信的語言、人格上、理論上的歧視，從而揭發了這些歧視聚匯而成的殘酷的暴力。對於絕大多數的觀眾，終於感覺到自己經意和不經意間，實則成了這暴力的共犯。

發現到吳乙峰使平素自以為善良的自己，竟而成為對於弱小者施暴的一方而不自知，當然不免震驚。然而當吳乙峰也以毫無修飾的現場和人，向我們呈現圍繞在白化症患者的妻子、母親和父親……的祈禱、毅力、愛、智慧、尊重與勇氣，吳乙峰的報告激起了我們渴望去相信、去懷抱希望、去關愛別人的心情。

這便是對於真實的報告所帶來的力量。隨著社會的飽食化，我們的語言變得惡俗輕佻，影像變得虛構、浮誇而冶淫，故事變得造作而貧乏，人變得官能肥滿而心智痴呆……人的原創力在過剩的物欲中死亡。創造能愛、能怒、能哭、能笑、能嘯的激動人心的作品的心靈，早已萎殆。

但對於真實的「報告」(documentary)卻成了這個靡萎的時代的、具有巨大打擊力(punch)的表現形式。《人間》雜誌證明了這一點。吳乙峰的報告錄影，也證明了這一點。當許多的電影、許多的電視節目、許多的攝影紛紛成了報酬豐渥的、資本和商品拜物主義的娼妾兼祭司，報告攝影、報告影片和報告錄影，以回歸到攝影最原初的起點——對於人、對於人所生活與勞動的現場的紀錄／報告，重新取得了擎天裂地的力量。當錄影片在逐漸拉遠的月亮、一個被歧視橫暴地干涉最純真的愛情的女孩的哭聲中結束，我又一次感受到真實——和對真實之紀錄／報告的大力量。

我以虔敬之心感謝吳乙峰和他的一群年輕朋友——不是因為他們的愛心與正義心，而是因為他們如實地傳播了在民眾和民眾的現場中取之不竭的愛與正義。

初刊一九九〇年九月八日《中時晚報・時代版》
收入一九九四年三月唐山出版社《新電影之外／後》（迷走、梁新華編）

真實的顏色

《月亮的小孩》發表會紀錄[1]

一九九〇年九月八日，「台灣民眾文化工作室」假電影資料館舉辦《月亮的小孩》發表會，希望透過影片，讓大家「重新體認台灣社會的現實結構，反思自身的位置」。藉由座談中各方觀感的抒發與導演坦直的心路陳述，令人警覺到——思考媒體本身與如何面對影像中的生命力量並尊重生命——的重要性。

當天與會者有「台灣民眾文化工作室」成員王墨林等人、導演吳乙峰（以下稱吳）、館長井迎瑞（以下稱井）、副館長李泳泉（以下稱泳）、作家平路（以下稱平）、陳映真（以下稱陳）、文化評論者郭力昕（以下稱郭）、紀錄片導演李道明（以下稱明）和一些對影片、對台灣環境熱切關注的觀眾。完整之錄影保存於電影資料館資料組。（編者按）

陳：從過去的人間雜誌工作經驗，或是吳乙峰的作品，我們很深刻的理解到一個事實，所謂「真實」的問題。今天各類媒體所呈現出來的影像世界，跟真實的世界有很大的距離。直到目前為止，我們的傳播媒體所呈現的世界，僅只是呈現一套價值吧！是一個近乎虛構的世界，在這裡多半是比較幸福、比較健康、比較英俊美麗、比較快樂年輕，所以當我們看到吳乙峰的世界，或《人間》雜誌的世界時，我們非常震驚。這種震驚，吳乙峰並沒有創造一個跟我們現在影像世界不同的世界，最大的震撼來自於它的真實性，可是這真實性絕不是吳乙峰所創造的，它就在那兒，只是這真實的世界太被我們制度化的傳播或制度化的攝影完全隔離了，所以我們非常的震撼。特別是電視節目誇大以後，我們的影像變得非常虛構、非常華麗，甚至於變得非常腐敗，我們的語言也變得非常沒有力量，變得非常惡俗，我們的故事也變得非常輕薄短小，所有的一切在我們經濟高度發展以後，所有的文學，所有傳播媒介都顯得空泛無力。吳乙峰作品給我們的改變非常大，不曉得什麼力量那麼強，在這樣一個世界裡，在任何表現方式都沒有力量的時代，只剩下真實的報告給我們那麼強烈的力量，這是很值得我們思考的，這就說明從事傳播的人，從事創作的人，離開現實太遠了，這是第一點。

第二點，從人間雜誌的經驗來看吧，不是吳乙峰跟他的朋友特別有力量，特別有愛心（這當然是有的），而是生活本身，存在非常豐富的力量。在電視裡也看到辛酸的一面，他們抑制哭聲，包含著無限的委曲，以及從他們生活裡所表現出來的，在不經意間，社會給他們不能置信的暴力，歧視的暴力，同時也讓我們看到好多的力量從中產生。其中一段是，有的母親講起來很心酸，甚至不平，可是我看到有一個母親想再生一個白化症的小孩，或者第三胎還想生一樣的，像這種就是母親的力量，我們關在房間裡寫劇本，怎麼想也想不出像這樣的台詞——那是出於母親真正愛她孩子的心情，雖然社會歧視她，她卻希望再生一個白的，跟孩子做伴，她就勝過了社會的一切歧視。像這種情形，以及吳國煌的太太，我覺得她們是非常了不起的女性，這種方式所表現的愛情，跟我們電視劇、流行小說裡表現的愛情，是不同的。這不是吳乙峰所做的，是具體存在於我們生活中的，所以我們的生活有很多被害和加害的事實，同時我們的生活裡面充滿了像這種所謂弱小者，每天面對這些生活的時候，發自於他生命內部的尊嚴、生活和愛的力量足以撼人，那種經驗，在過去四年人間雜誌的編輯感受很深，在人間雜誌的座談會，常常告訴聽眾說，不是因為陳某人跟人間雜誌的記者特別有愛心，愛心特別膨脹，特別找這個題目來救贖這個沒有愛的世界，相反的，我們在這個現實生活，特別在弱小者廣泛不為媒介所知的生活裡面，非常驚訝地看到一場非常豐盛的生命力量，生命尊嚴跟生命的愛的能力，我們先受到感動，我們去拍，然後傳達出來，就是這麼一回事。我們只是做個中間的人，在這個過程，我受到很多教育，絕對不是我們有過人的愛心，過人的正義感。我們覺得具體的民眾生活裡面，還存在著像這樣無數的力量，值得我們去開發，而今天的創作媒介，完全忽略了這些弱小者的世界。

第三點，我們覺得這片子拍得非常感人，它完全有可能被體制內的媒介接受，可是這種接受狀況，我個人覺得是個別的、單獨的。整個看起來，體制化的媒介比較不可能接納這樣的表現方式。今天這麼熱烈的觀眾證明了一點，吳乙峰跟我們創造了另外一種表現方式，另外一種觀眾，我覺得我們應該就互相幫助。比方像吳乙峰這樣的片子應該給各社團去放，而且各社團應該收費，這不是向人要錢，一方面這工作需要有人支持，因為體制沒有辦法支持這樣的東西，美國有很多民間社團進行自己的作品比賽、蒐集和放映，有各自的觀眾，用各自的方式來養它。假使在電視上比較好的公視節目，他們當場就接受電話捐款，我覺得這是一個比較非體制的傳播。所以我想目前的情況，我們完全有可能用自己的力量來支持，變成我們自己的團體，來支持這樣的活動，由社團請他們去演講、放映、出錢，或者像電影圖書館今天這樣就應該收錢，我想這個收錢，沒有什麼不好意思，像這樣的片子我想觀眾非常樂意出錢。辦《人間》雜誌的時候，很多人問到底我們應該怎樣幫你們忙？我相信，我們應該逐漸發展成一個新的系統，而且絕對不會拒絕這麼動人的片子。最後一點，我還是很誠懇的跟吳乙峰，還有他的工作朋友致謝，感謝他為我們拍了這麼好的片子，這不只是他的成就，而且我們都感覺到，看了這片子像洗過一次澡一樣，可以重新面對我們的性靈。實際上我們不是對白化症直接的加害者，可是我們的沉默跟我們的不理解，可以說在某一個方面上，我們助長了對於異常者的加害行為，至少這點，我們會覺得很難過。實際上，今天這個經濟發展的社會，我們還是可以發現不完一些人的事實和遭遇，這說明了今天我們所取得的進步，是無數這些弱小者犧牲的代價換取來的。其實我們還有很多這樣類似的故事，只是被目前傳播體系、創作體系所隔絕而已。最後，覺得在這個關口，吳乙峰和他的朋友受到特別關心、特別注意，當好的評論來了，這是對你的考驗，你們不要害怕，最好的老師就是你們拍的那些人，現場的人會告訴你怎麼辦，千萬不要惶恐。

初刊一九九一年五月《電影欣賞雙月刊》第九卷第三期、總號五十一期

1 整理：謝潛。本文僅擷錄陳映真發言部分，另保留原刊編按置於篇首。

一面毫不妥協的鏡子

「真實報告」的顛覆性

啊！我不曾知道……

看過吳乙峰和他的朋友們拍的報告錄影作品《月亮的小孩》，很多人紅著眼圈，紅著濕潤的鼻尖，喘囁地說：「啊！我不曾知道他們是那樣的……」

人們不曾知道「白化症」是一種遺傳性色素缺少的疾患；人們不曾知道有一頭銀髮，白皙得彷彿可以戳破的皮膚和畏光弱視的眼睛的白化症病人，不是中西混血兒，不會傳染……人們也不曾知道白化症病人和他們的家屬，從小到大，受到「我們正常人」社會的不可置信的、殘暴的歧視。人們也不曾知道，在人和人接觸的生活現場中，「和我們一般正常的」白化症病人的父母、妻子、戀人和朋友，和白化症病人之間發展和進行著勇敢、無私、動人而發散著熠人的尊嚴的人間關係……

編《人間》雜誌的那幾年，許許多多的讀者和朋友們也都這麼說。他們「不曾知道」少年湯英伸原來和他鄰居的少年毫無兩樣；他們「不曾知道」台灣居然有境遇那麼悲慘的雛妓；他們「不曾知道」台灣的森林長期、絕望地任由官商山鼠摧殘；他們「不曾知道」在社會上居於「少數」的、「劣勢」的、「弱小」的人們也有——或者更有其人的愛、勇氣、力量和尊嚴……

虛構的裝置

編《人間》雜誌的時候，我和年輕的同仁因此就常常想：為什麼我們在生活的現場中不斷發現和面對的、活生生的人，活生生的生活，以及這活生生的人在活生生的生活中不斷發生和存在著偉大的戲劇，竟是這個社會上絕大多數的人所「不曾知道」，而且可能畢其生無從知道的呢？

在現在的台灣，我們有電台、電視台、報紙、雜誌和書刊，用無量的時間、電波、紙張、人力、設備和金錢傳播著各種訊息，已經到了氾濫、浪費的地步。然而，這些花費巨大財力、人力的傳播工業和媒介，卻留下極為遼闊的、人們「不曾知道」的事實，即應從人民和人民生活、勞動的現場的豐富、深刻的消息。

感謝科技的發展，不經意地在科技商品化、普及化的邏輯中，讓更多的人可能擁有和使用日益廉價的報告工具——攝影機、錄影機、影印機和複印機等等。報告工具的廉價化和普及化，使上述虛構裝置和對於異形者的迫害體制與機制，有了被顛覆的可能性。

吳乙峰和他的朋友們以兩年時間拍攝的報告錄影生動而充滿創意地說明了這一點。他和他的工作室的朋友們，以普及化的錄影機，衝破了權力和資本的虛構裝置，筆直地衝入人民和他們生活與勞動的現場，粉碎了體制傳播與媒體的選擇性。吳乙峰和他的朋友們，便是在這人民最豐富的生活中遇見了「異形」的「白化症」病人群和他們的社會，然後回到充滿虛構和「異形迫害」的世界，用他們的「報告」(documentary)強力地顛覆了虛構裝置的欺罔，揭發集體性、社會性「異形迫害」的深重的罪惡。容許我們這樣說：在一個把創意、思維、行動、想像全面深入商品化而使一切敘述(narrative)無力化、妥協化的時代，回到人民和他們的現場，以及文字和映像報告被虛構裝置湮滅、被異形迫害歪曲的真實，恐怕是唯一具有強大的潛在變革性(revolutionary)的「敘述」方式了。

對於「異形」者的迫害

管理化・商品化的資訊、映像、傳播，虛構了一個相互於權力的支配和資本增值的、劃一的、平均的、「完整」和「美」的世界。商品和市場的統一，塑造人的形象、思維、衣著、行為……的統一。這是作為私有財產的資本永恆地集中和積累所必需的，即生產・擴大再生產・大量行銷・大眾消費之所必需。

然而，這種伴隨商品和市場的同一性、平均性和劃一性，造成對於現實上存在的異己階級、集團和個人所表現的「異形」，即形貌上的異質，產生了制度性的歧視、鄙夷，甚至嘲詈、憎惡和迫害。納粹主義以虛構的金髮、頎偉、白皙、俊美的「亞利安人」優越論，對於猶太人、非亞利安人、共產黨員、殘障者和智障者進行過駭人聽聞的集體屠殺，便是這種對弱小階級－種族－異形者進行系統化憎恨、壓迫和殺害的突出的例子。而對於這種「異形」、「異己」的集體性、社會性迫害，又經過傳播體制、透過體制派學者和知識分子加以增強和擴大，形成令人怵目驚心的暴力。在南非的白人對有色人的殘酷歧視，在中國戰場上日本目華人為「支那人」，在越美軍稱越南人為Charlie，警探以「赤佬」稱共產人……都是從「不經心」的歧視發展為令人顫慄的迫害。吳乙峰《月亮的小孩》正是讓我們看見一個管理化、均一化、同一化的人民社會，對「異形」者的不安、疑懼、憎惡、歧視和迫害的一面毫不妥協的鏡子。

報告的顛覆性

「事實」或者「真實」，在表面上看來，尤其是對於傳播工業，似乎是最簡單、容易不過的了。只要記者到現場去，拍照、錄影、採訪就行了。其實不然。我們編《人間》雜誌的深刻體驗之一，是現代傳播對於「事實」和「真實」的高度選擇性。這種高度選擇性自然而然、天衣無縫地塑造和強化著一種宰制性的價值觀、世界觀、人生觀和意識形態：青春、美貌、幸福、健康、光明、舒適、美好……而這樣的一組感情和思想體系，未必來自權力直接而粗暴的命令，卻來自一套資訊商品化和管理化的機制：即資訊的「賣點」、資訊的「行銷企畫」、資訊的「市場需求」調查與操控等等，成為資訊工業資本再生產、集中與累積運動的重要邏輯之一，而終於成為台灣新殖民地．半邊陲資本主義「國家」的支配意識形態的生產者。

在生活現場的人民的質樸真實和現實，其實是受人厭憎、受人鄙視，並且很多的時候遭人忌恨的。這種對真實厭憎、鄙夷和忌恨，雖「古已有之」，然則「古」時對真實厭忌的人，還集中在少數封建地主、貴族和官僚。但時至今日，對真實的疏離、歧視、厭惡、鄙夷和憎恨，曾幾何時，在電子傳播和高速印刷機時代的傳播體制中，成為一種制度，使得對於真實的排斥和歧視，早已內化為資本主義體制下一股市民的思想和情感。而現代資本主義傳播工業媒介工業和商品行銷．廣告——即相應於過剩的產品激發和操作人類對商品之過剩的欲望——的密切關聯性，使權力．資本．傳播的媒介形成了一個虛構化的裝置（apparatus），禁絕、湮沒和疏離了生活現場和人民中的真實，從而重新虛構另一個資本／階級支配的「現實」——青春．美貌．健康．幸福．舒適和欲望滿足的「現實」。

實踐的基軸

變革要求聯繫運動和實踐。吳乙峰的《月亮的小孩》至少顯示了兩個運動／實踐的基軸。

一個是白化症病人和家屬（父母和配偶）之團結互助組織。《月亮的小孩》的公開播放，應該鼓勵瑟縮在各個角落的白化症患者、父母、妻子、丈夫以某一個中心（例如既有的「白化症聯誼會」）團結和集聚起來，對內彼此交換各種體驗，互相安慰、鼓勵和支持，對外則以宣傳增進社會對白化症的理解，進而要求應有的工作權、生活權。

另一個運動基軸，是所謂「另一種」（alternative）傳播與媒介的發展。報告電影、報告錄影、報告攝影和報告文字，即在體制性「虛構裝置」和「異形迫害」之外，在不受權力和資本支配的空間，建設人民自己的傳播和媒介，以及其獨自的網路（network）。這一方面要發展自己的報告理論，一方面要發動人民的創意，形成自己的現象，在院線之外，在校園之中，在各社運組織和社團中，建設人民的傳播流通網路，以捐獻、捐款、義賣等形式籌聚合理的資金。此外，組織獨自的報告錄影獎和各式各樣報告錄影發表會、同好會、後援會，來推展體制外的報告傳播，時至於今日，這不但已經不是不能實現的夢想，而是具有迫切可行性的實踐和運動了。

初刊一九九〇年九月十七日《自立晚報・本土副刊》第十四版
收入一九九四年三月唐山出版社《新電影之外／後》（迷走、梁新華編）

邪惡的帝國手段 1

九月一號出版的海外版《時報周刊》以「一場流產的兵變」為總題，刊出了三篇討論美國帝國主義和孫立人兵變事件的關聯的文章，讀之五內震驚。

說謊的前國務卿魯斯克

在接受杜念中專訪時猶不知孫立人尚健在台灣的前國務卿魯斯克說，在韓戰爆發前不久，孫立人將軍「透過正常管道」「知會」他「已經準備發動一場政變，驅逐蔣介石」，但因為韓戰爆發，美國當局「認為孫立人如果這樣做將是極不明智的，因為這將會在台灣製造不穩定」，美國當局「勸他不要採取行動」。

記者杜先生緊追著問魯斯克「華盛頓在當時是否正在討論、或已經討論過如何把蔣介石趕下台」，魯斯克斬釘截鐵地回答，「完全沒有」，並且簡捷地肯定「孫立人想要發動政變完全是出自於他本人的意思」。

杜念中又連發了幾個重要問題，彷彿一個握有嫌犯犯罪紀錄的法官密集的追問。只是無奈這個罪犯是一個戰後最大霸權國家的卸任國務卿，只能睜著眼睛任由他否認、搪塞。魯斯克一口否定當時美國當局和孫立人有任何特殊的聯繫，而且從來沒有在「把孫立人當作可能替代蔣介石」的人選的基礎上，「討論」過「中國的事務」。

然而這篇專訪以外的兩篇文章：〈重塑孫立人案的來龍去脈〉（郭崇倫）和〈美國對台政策：一九四九－一九五〇〉（華・柯漢／南・塔克）和其他更多的史料，都說明這位卸任的國務卿十分狡黠地湮瞞真相，說了謊言。

美國擁孫倒蔣的計畫

郭崇倫根據大量已經公布的檔案資料說明，「早在一九四九年六月就開始流傳美國」（倒蔣）「的政變計畫，其中屢屢提出孫立人的名字。這不僅是因為」孫立人「是維琴尼亞軍校畢業生，與馬歇爾將軍是校友，並且與美軍在印緬協同作戰，同時由於他在台灣督練新軍，雖然數目不是很大，但卻是全美式裝備的勁旅」。

一九四九年六月，當時美國務院政策規畫局局長喬・肯楠建議過由孫立人「接管當時的台灣政府」，讓蔣介石成為「政治難民」，可以到美避難。一九四九年十二月，聯軍總司令麥克阿瑟邀孫立人赴日，表示美國願意支持他「負起保衛台灣的責任」，「孫立人答覆，他忠於蔣總統，不應臨難背棄」。

一九五〇年五月間，新任國務院政策規畫局局長的尼茲建議「去除」台灣「所有掌握權力的國民黨」，「並讓孫立人將軍掌握所有的權力」。當時的助理國務卿魯斯克在他的備忘錄中建議一項與國府間的交易：「由第七艦隊控制台灣海峽水域，但是蔣委員長必須要離開台灣，而把權力轉交給孫立人。」

六月十九日，離韓戰爆發的六月二十五日才一個星期，美國有一份內部文件建議：「美國應該派出密使告訴孫立人，如果他願意發動政變建立軍事控制的話，美國願意提供必須的援助與建議。」而當時魯斯克屬意的「密使」，正是他在杜念中訪問中一口推說不記得此事的退休將領莫利爾（Frank Merrill）。

美國霸占台灣的戰後史

一九四九年到一九五〇年間，美國擴張主義當局對孫立人的計畫，其實是當時美國意圖公開以武力占領台灣的大計畫當中的一個環節。梁敬錞教授在〈卡特「中國牌」政策之歷史背景〉中，引用了大量的美國解密文書，其中就提到一九四九年六月，喬·肯楠遞交美國國務院的《台灣問題意見書》。這個《意見書》有這些叫人怵目驚心的內容：

・美國向東南亞各國領袖徵詢對於美國欲「更換在台灣的中國政府」的意見；

・美國《對華白皮書》應該增闢〈台灣章〉，羅列國民黨當局在台灣的種種惡政；

・由美公開在台散發由廖文毅和謝雪紅在香港組成的「台灣再解放同盟」所發的文獻和資料；

・促成菲律賓、澳洲、印度三國向聯合國請求在一年內在台灣舉行公民投票，決定台灣的最終歸屬；

・美國對台灣事務做出這些公開的主張：

——在簽定《舊金山對日和約》之前，台灣的國際地位未定。

——由美國暫時管理台灣，最終由島民投票決定台灣的歸屬。

——美國與東南亞各自由國家共同派兵占領台灣。

——之後，在兩週內召開「台灣政權轉移會議」。

——該會議期間，美國以海空武力巡邏海峽，以策安全。

——敦請孫立人將軍出任占領台灣的聯合國在台所設新政權，並藉此「分化在台灣之中國軍隊」。

——美國此一行動之目的，在防止台灣淪入中共之手。

歷史地看來，早在十九世紀，敲開日本鎖國之門的美國海軍艦長伯里將軍（M. C. Perry）就主張過因為「台灣是美國確保西太平洋之和平與秩序的前鋒基地」而併有台灣。台灣自決和台灣獨立運動最早的設計者柯喬治（George Kerr），也早在二次大戰期間就向美國建議過台灣的獨立、自決和聯合國託管方案。理由是「台灣對美國的利益如此重要，不容落入落後、無能的中國人之手」。

美國在第二次大戰前的對台野心，是一般性的帝國主義野心。但第二次大戰結束以後，資本主義和社會主義兩大陣營之間的猜忌、敵視迅速升高，美蘇冷戰的對立在中近東、在歐洲、在遠東、在東南亞產生尖銳的緊張對立形勢。在中國大陸，美國公開、積極地介入國共內戰，以龐大的人力、物力和霸權政治扶持蔣介石的國府一方。但隨著內戰形勢的惡化，國民黨的敗象一覽無餘，美國預見了大陸的最終赤化，並且極具遠見地開始把台灣當作美國在遠東防堵「共產主義擴張」的軍事戰略基地來思考，因此早在一九四六年起，美國在台外交人員和文化特工，就著手積極開始推動形形色色的「台灣獨立」和「台灣住民自決」的輿論和運動。

一九四六年，柯喬治和摩根在台灣炮製了一份「民意測驗」，說明台民認為美國比中國好，台灣人希望受美國統治；四七年二月事件後，柯喬治帶廖文毅昆仲在大陸上書魏德邁將軍，要求聯合國先託管台灣，再行「公民投票」；同年，台北美新處長卡特羅氏向「台灣參政聯誼會」士紳演講，公開說明美國這些對台帝國主義立場：「台灣地位未定；美有意行《大西洋憲章》於台灣，屆時台民可自決台灣前途；台灣在技術上仍為盟軍統帥部所轄，台民政治要求，可逕向東京麥帥總部申訴；美國願意助台民脫離中國；台灣獨立後，美願協助建設台灣；俟南京國府在內戰中崩潰，美將出面釋放在台一切政治犯……」四八年國民黨在徐蚌會戰中慘敗，美國李海上將上書建議「美國應以一切經濟及外交方法使台灣成為永久對美友好之政權」；四九年，美國國家安全會議與參謀首長聯席會議熱烈、密集討論這些議題：

- 扶持台灣自主分子，促其發動台灣獨立，是適合美國國家利益的；
- 美國應在適當時機，另立台灣非共政府；平素與台灣政治人物交結，「用其自主運動，達成美國利益」；
- 阻止大陸難民大量流入台灣；美以聯合國軍隊名義進駐台灣，最終交台民自決其前途。

被出賣的孫將軍

從美國這些意在干涉中國人民內政、霸占台灣的歷史背景上，參照一九四九年到一九五〇年六月初這一段美國當局極力策動孫立人取代蔣介石的部分已經公開的資料看來，「孫立人案」其實是孫將軍在不斷地受到美方鼓勵，雖一度拒絕背棄蔣介石，但到了五〇年六月，發現深沉狡黠的蔣介石已經處處提防和排拒孫立人時，孫終於肯定地回應了美方對他敞開的承諾。然而歷史卻以韓戰爆發的方式使局勢發生根本的改變。魯斯克在回顧這一頁歷史之時，道貌岸然地說道：

「這封（孫立人準備倒蔣政變）的電報送來的時候，正好是北韓準備對南韓進攻的時候。……我們當時非常反對台灣進入無序狀態，因為我們不知道中國共產黨是否會在韓國爆發戰爭的同時，在台灣展開攻擊，因此我們希望台灣的局勢能夠盡可能的保持平靜」，從而「勸他不要採取行動」。

美國亟欲倒蔣的表面理由，是蔣介石和他的家族、黨人和部下「貪汙腐化」、「專斷頑固」。然而韓戰爆發，世界冷戰達到高峰，美國在全球範圍內反共・防共的大戰略支配了一切。台灣編入了北自阿留申群島而日本列島、而韓半島、而台灣島，終至於菲律賓群島的，對於蘇聯和中國大陸紅色亞洲大地的大軍事包圍戰略基地線上的一個組成部分。一九四六年以來，美國對台策略，就是為了塑造一個非共·親美(「對美國友好」)·反中共以至脫離中國的台灣。四八年以後，美國除蔣之心日急，是因為美國深知蔣和他的族人黨人「專制腐敗」、「不得民心」，偌大中國都不保，深恐也因而招致台灣當地人民的反抗，則在美國不能控制的條件下，萬一出現親共、赤色、反美政權，則大有違背美國國家戰略利益。然而一旦韓戰爆發，台灣的現狀穩定和強化才符合美國的利益。於是在赤裸裸的美國國家利益之前，美國斷然地、毫無溫情地犧牲才是昨日它要策動反蔣的親美將領孫立人，轉而全面支持蔣介石國民黨，給予大量軍經援助，參與土改和經濟體制改革。一九五三年，在美國巨大影響下，戰敗國日本拒絕了六億大陸中國人民，偏面與國府訂立了明顯包藏「台灣地位未定論」邏輯的《中日金山和約》，五四年，美台訂立《中美協防條約》，成為美國在遠東、東南亞地帶層層疊疊的反共軍事協防條約網中的一面，並且因為「台灣是美國唯一承認的『中國的』政府」(魯斯克語)而保有二十年的聯合國安理會席次。社會學上的國民黨「國家」在台灣的成立，於是以美國國力由外而內、由上而下地「設立」(install)於台灣。

至此，國府深知它已在冷戰構造中成為美國遠東戰略布署中不可取代的重要性，一九五五年，終於斷然炮製了「屏東機場事件」，使孫立人遭到長達三十多年的政治軟禁。而美國不但捨棄孫立人於一九五〇年，種下了一九五五年孫立人破滅的惡因，及其墜馬，美國第二次以對孫將軍的不聞不問，出賣了它曾亟思利用的一只棋子。

「反美的無風帶」

為了倒蔣，美國找過台灣的地主士紳，找過陳誠，最後找到孫將軍。及其同樣為了美國國益，它可以極力支持它在《對華白皮書》中極盡惡罵之能事的蔣氏和國民政府，支持它那將反共國家安全體制無限上綱的高度個人權威主義政府，當然又同時伸出另外一隻手或公開或背地與台灣的反共．親美．反華．反蔣的「黨外」握手。美國的這「兩手策略」在廣大的第三世界雖然早已被各地的民族獨立運動所揭破，卻獨獨在台灣起著極為理想的效果。美國的倒蔣擁孫，被台灣親美學閥和知識分子看成美國「反專制、反腐敗」、「關心台灣人民福祉」、「關心台灣政治自由與人權保障」的表徵，而加以頌揚信靠。及美國具體支持了蔣的長期獨裁，則又因美國的另一隻「支持」、「關心」「民主人士」的手，而迷信美國為被壓迫者和民主反抗運動者的最強大、最親密的解放者和朋友。於是美國在台灣「左右逢其源」，受到朝野雙方一致的頌揚和膜拜。當戰後針對美國新殖民主義瘋狂擴張、內政干涉、政治顛覆、謀殺和政變而激發廣泛的反對美帝國主義風潮風起雲湧，未曾稍止，只有台灣，終四十年戰後，朝野爭向美國邀寵、膜拜，卻完全聽不到絲毫對美批判的聲音，使台灣成為世界上少見的「反美的無風帶」。

擴張主義的「意識形態機器」

台灣戰後民主主義的惡質親美、反共等冷戰體質，台灣激烈對抗的朝野雙方的官僚、政客、學閥、知識分子，全面、廣泛、深入地親美化和買辦化，使美帝國主義可以玩弄、擺布台灣於股掌之上，肆無忌憚。例如由國民黨立委王金平率領的國會議員訪美國，九月二十六日在白宮聆聽了這樣的訓示：「白宮國家安全會議幕僚處亞洲事務專家」柏道格對台灣立委團說，「台灣安全體系沒問題，中共內部問題重重，不至於對台用武」，可慮的是「隨台海兩岸交往的增加，軍隊可能無法維持敵我意識。這才是台灣安全的一個顧慮」。美帝國主義干涉中國民族團結、國家統一，必須使台海分裂永久化一至於斯，而又可以肆無忌憚，毫不隱晦地發言者，在於美國看清台灣朝野的官僚、政客和知識分子對於美國這樣的發言是衷心折服而歡迎的。但是，柏道格如果就分裂的南北韓做出同樣的發言，一定會立刻在全韓半島引發一場激烈的反美風暴。

一九四七年，美國在希臘和土耳其協同當地右翼政權屠殺大量反美民族主義分子，其慘烈甚至引起希、土前殖民者英國的抗議。一九四八年，美國盟軍總部會同李承晚軍隊在韓國濟洲島鎮壓要求國土統一的農民蜂起，屠殺了八萬農民。至於美國在亞洲、非洲、中南美洲以「捍衛民主自由、打擊共產主義擴張」之名所進行的顛覆、政變、暗殺行動，尤其罄竹難載。

美國著名的思想家卓姆斯基(N. Chomsky)說，一九五四年，瓜地馬拉所推行的改革之溫和，類似羅斯福總統的「新政」。瓜國政府僅僅是要以合理的補償將美國「聯合水果公司」(United Fruits，惡名昭著的美國跨國性農產品資本)不用的土地放領給貧困的當地農民，當時的艾森豪政府卻據此宣稱瓜國已成為美國後院中一個擁有核武器的國際共產主義運動的先鋒站，陰謀赤化全球。在美國報紙、傳播和其他意識形態機器的推波助瀾之下，美國對瓜國進行的政治和軍事干預變成了美國為捍衛自由民主，摧毀了和納粹希特勒同樣具有邪惡擴張主義性質的「國際共產主義運動」。卓姆斯基用類此無數的例證，說明冷戰意識形態如何被霸權主義大國刻意而有效地用來合理化自己的帝國主義和擴張主義，使弱小國受到巨大傷害，不得發展。湯普遜(E. Thompson)進一步警告，美國的干涉絕不像表面上那樣只對付左翼、反美和民族主義政權。為了美國的利益，它仍舊可以出賣、顛覆、暗殺像吳延琰、阮文紹、朴正熙和馬可仕這些美帝國主義最馴服的工具。湯普遜指出，事情已不單純地只是白宮—五角大廈—中情局在興風作浪。美國國內高效率的意識形態機關（ideological institutions）、長春藤大學、大獨占資本企業、學閥和知識分子，並透過多國籍企業，駐在各國的美國使領館和文化中心、基金會、美國各大學和研究院和通訊社——形成了結合美國國內外親美勢力的巨大機器，為美國的國際行動進行強大的說服和支持的工作。

據此以觀，台灣朝野在經意和不經意中成為美國的意識形態機關最有效的工具。歷史地看來，充當外國強權的工具，妄圖依附或「利用」外國強權達成自己的政治目的者，從來都不曾有好的下場。而充當美國的工具就尤為危險。《時報周刊》海外版「一場流產的兵變」特集，使我們從蔣介石的險遭「驅逐」（ousting）和孫立人被美國冷酷出賣以後無言幽囚的半生，深切體認到民族主義——首先愛自己國家與同胞的重要。

初刊一九九〇年十月《中華雜誌》第二十八卷總三二七期

---

1 本篇內容為回應一九九〇年九月《時報周刊》海外版系列文章，且發表於同年十月一日出刊之《中華雜誌》，故推斷寫作時間在九月。

告全國同胞書

十月二十一日，當日本海空武裝力量，悍然攔截和驅逐我們區運會聖火船隊合法傳送聖火到我國領土釣魚台時，日本又一次在我們民族母親的胸膛上，劃下了一道新的國恥印記。

釣魚台列嶼早在第十六世紀就是中國的領土。甲午戰敗，釣魚台隨台灣劃為日本的殖民地。抗戰勝利，釣魚台自然依據《波茨坦宣言》自動歸還給中國。對於我們而言，釣魚台不僅僅是一個抽象中的主權，數百年來，它一直是台灣宜蘭、基隆和中國沿海漁民勞動、捕撈和憩息的地方。

但是，二十年前，日本竟重新主張它對釣魚台的領土主張。從此，我們台灣的漁民經常遭到日本海空武力無理、粗暴的驅逐、攔截、登船毆打、罰跪和噴漆等百般凌辱，早已引起我們漁民極大的憤慨。

日本強占釣魚台的主要原因，除了出於它的侵略、貪欲的根性，還因為釣魚台海域蘊藏著約四十四億桶優質海底石油，對日本工業和軍事發展，自有極大的重要性。歷史地看來，為了掠奪他人的資源，日本總是終於要伸出殘酷的侵奪之手的。

為了掠取中國的資源，日本發動了犧牲三千萬中國人民的生命、造成兩億以上中國人民顛沛流離的侵華戰爭。

為了掠奪台灣，日軍登陸台灣，就殺害了一萬兩千人。一八九六年，日軍在雲林大坪頂剿殺三萬人；一九一五年的噍吧哖事件，日本又殺了三萬人之眾。二次大戰期間，有三萬餘台灣青年死於被強徵的侵略戰爭中。

日本顯然沒有從二次大戰的慘敗中學習了教訓。一九五〇年以後，日本當局迭次修改歷史教科書，湮滅侵華罪行；閣僚參拜靖國神社，崇奉二次大戰的侵略戰犯；鼓舞日本國民崇拜天皇；擴編國防軍事預算，以及目前決定派兵干預中東危機……都說明日本對過去的戰爭罪責不但毫無反悔之心，並且還在積極圖謀復活其軍國主義，妄圖重新支配廣大的亞太地區。

這就是我們為什麼一定要堅決保衛我們神聖的領土釣魚台的原因。保衛釣魚台，不僅僅是理所當然地捍衛祖先留傳給我們的領土，不僅是保衛我們勤勞漁民的生活和勞動的安全，不僅僅是保衛一個豐盛的漁場，也不僅僅是保衛藏量驚人的優質海底石油資源，保衛釣魚台更是為了衛護我們民族不可再侮的尊嚴，也是為了對日本軍國主義做出這樣一個堅定的宣示：中國、亞太地區和全世界人民，再也不允許日本為掠占別人的資源，發動猖狂而危險的侵略戰爭！

一九七〇年代以來，日本即以具體的武力，執行和主張它對釣魚台的領土主權。如今，日本當局竟至悍然干涉我們在自己領土上的活動，已實際上侵犯了我們的領土。這不僅羞辱了台灣兩千萬同胞，也向十二億中國人民做出最粗暴的挑釁。

是可忍，孰不可忍？我們因此邀請您來參與保衛釣魚台的抗日民族運動。

我們也因著中華民族的名義，向兩岸和全世界中國人民呼籲，捐棄一切政治、思想、立場的歧見，共同一致，為保衛我們神聖的領土釣魚台，為保衛我們民族的尊嚴，團結起來，努力奮鬥！

保衛釣魚台行動會謹啟

中華民國七十九年十月二十四日

本文依據手稿校訂

抗議書

一九九〇年十月二十一日，中華民國台灣省地區運動會聖火接力隊，在將聖火傳送我國領土釣魚台途中，竟然遭到日本海空武裝力量悍然干涉和攔截，並以武力之驅逐，迫使我聖火船隊折返台灣。

我們認為，這是日本帝國主義自第一次侵華戰爭中掠取台澎、第二次侵華戰爭中殘酷蹂躪全中國以來，對中國領土和主權最放膽、最粗暴的侵犯，對兩岸和全世界中國人民之尊嚴最囂狂、最蠻橫的挑釁和羞辱！為此，我們向日本素不知後悔的新擴張主義當局，表示最強烈的憤怒和最嚴重的抗議！

釣魚台列嶼自古為中國神聖的領土，不但有豐富的歷史、地理和地質上的佐證，即日本具有良識之學者如井上清等，亦不憚於歷歷指證中國對釣魚台諸島之主權。今日本當局在驅逐我國聖火船隊之餘，竟公開表示其對該島之領土主權，充分暴露了日本當局的擴張主義本質，和不曾在敗戰中悔改的、對於中國人民頑強不化的傲慢與敵意。

第二次世界大戰之後，日本軍國主義勢力，巧妙地利用美蘇對抗的冷戰構造，迴避了亞太地區廣泛民眾對其戰爭罪行的聲討和批判，並且還進一步頑固地透過湮滅戰爭責任、竄改教科書中的侵華史實、任由閣僚參拜奉祀東條英機等頭號戰犯的「靖國神社」、擴增國防軍事預算、推展天皇和皇室崇愛、恢復國旗崇拜和「愛國」修身教育、假借「政府開發援助」（ＯＤＡ）之名擴張日本對亞太各國的政經支配，以及最近悍然決定派兵干預中東海灣危機……這些行動，妄圖發展戰後日本的新帝國主義，重圓遠東、亞太地域的「共榮圈」迷夢。我們充分認識到：當前日本對富藏優質海底油礦的釣魚台之侵略行為，實為上述日本帝國主義總的行動大計之一個組成部分！

我們茲嚴厲要求日本當局：

（一）對十月二十一日驅逐我國聖火船隊一事公開道歉；

（二）收回日本政府對釣魚台的主權之主張聲明；

（三）撤除島上燈塔及其他象徵日本對該島領土主張之建築及碑刻；

（四）採取有效措施，保證嗣後不再滋擾及侵犯我國漁民在釣魚台海域之捕撈作業。

「前世不忘，後事之師。」如果日本新帝國主義當局，不善於記取歷史的教訓，我們嚴重警告：日本新軍國主義將在全中國人民、全亞太地區人民，和包括日本反戰·反軍國主義力量在內的、全世界反日、抗日的汪洋大海徹底失敗，粉身碎骨！

此致

日本交流協會　高橋××[1]

保衛釣魚台行動會

一九九〇年十月二十四日

本文依據手稿校訂

1　原文如此。

在李郝體制新威權主義下台灣社會運動應如何發展[1]

編按：一九九〇年，台灣社會運動的推展工作刻正面臨瓶頸階段，特別是八月十五日台塑工人顏坤泉遭司法判刑一年十個月，工人遭迫害的序幕已揭開，九月十二日遠化工人羅美文、黃文淵等亦遭起訴審判，……後勁地區不斷傳來社運人士將被逮捕的消息，李郝的整肅行動已風聲鶴唳。面對龐大的國家機器壓制力量，即若曾是出生入死的運動悍將也不得不「收兵」，偃兵息鼓。然而，退卻是為了轉進，只要社會仍存在著不公不義，運動還會再起來!!

實際上目前台灣的脫序現象，包括自然環境的崩潰，及其相應的環保運動，勞動三權的爭取運動，及各種金錢遊戲的猖獗現象，和社會倫理崩潰等，其實並不是只有台灣有這些現象：最近在國際經濟學上頗受到注意的一個名詞「新興工業化經濟體症候群」，其症候群內容就是上述各種脫序崩潰現象，這些「新興工業化經濟體」即指在冷戰期間發展成長的台灣、韓國、香港、新加坡「四小龍」國家。

由於這四個國家在發展過程中具有部分相同特質，因而呈現的社會脫序現象也相同。他們的共同特質簡單的說包括三項：

(一)他們資本主義的成長都是依附在美、日國際資本主義體系下的反共富國強兵式的成長，即為美國支持下，在亞太地區為防止共產主義擴張而形成的富國強兵式成長。具有高度反共國家安全體制權威統治特色，犧牲廣泛農民、工人群眾，以低工資、低米價政策，及高壓政治鎮壓成長過程中的基本人權抗爭，其目的在尋求高度、超額資本累積。因此也衍生出各種嚴重而複雜的問題，包括勞資問題等。

(二)這些國家在發展過程中，均編列於美、日、新興工業國的三角國際分工關係中，新興工業國所分擔的都是高汙染與勞力密集產業，致使這些新興工業國環境上的高汙染現象成為國際分工結構下的必然產物。而其中台灣的汙染情況又特別嚴重。

(三)金錢遊戲氾濫及社會文明敗壞。

這些國家由於資本累積到一定程度後，市民階級興起，加上資本主義要求合理化，致使社會開始進行民主化、自由化。但因這些國家的資本主義體質基本上並無自主性，因而成熟性、主體性不足，衍生出與真正資本主義相排斥的投機惡質行為。台灣又加上對眼前地位與未來前途不明朗的特殊心理因素，使產業升級、擴大再生產發生困難，這種「沒有明天」的構造性因素，使得台灣的金錢遊戲、賭博風氣、道德敗壞等問題特別嚴重。

以上是從新興工業國家資本主義的發展過程來理解台灣當前資本主義發展的停滯與社會脫序現象。

理論上，這些問題的解決方法並非加強權威主義統治，而是進一步提升資本主義的發展，而為資本密集、技術密集產業結構，從而提高工人待遇與技術，及應有的權利，並擴大自由化、國際化、合理化經濟。

可是台灣因為四十年來的經濟發展，技術研究不足，公營、財團企業特權獨占，以及廣泛中小企業的零散性，使台灣根本沒有條件對社會、經濟危機做正常處理，進一步提升資本主義乃成為極困難的議題。故而形成停滯通膨局面，企業普遍利潤下降，無法累積、集中、再生產，在這樣的情況下國民黨國家當然也跟所有國家的性格一樣，有義務去創造、維持有利企業的環境條件，於是郝內閣便以威權的強人鐵腕，鎮壓社運姿態出現。

這反而形成了更複雜的問題，因為過去資本主義是外加的、依附的，現在冷戰已結束，美國要重新回台灣、太平洋已不可能，國民黨仍欲以強人鐵腕政治管理，這是一個很值得思考的問題，而也是當前最大的危機，即政治的右傾化、法西斯化。

初刊一九九〇年十月《遠望》第二十九期

1 本篇原為座談會紀錄，標題即座談會名稱。本文僅擷錄陳映真擔任主席的發言部分，以及原刊編者於篇首之背景說明。

愛國統一戰線

編按：十月二十一日，台灣區運聖火隊在離釣魚台六海里的海上，遭日本海上保安隊以十八艘艦艇攔截，最後被迫退回。一時之間，全國民情沸騰，輿論叢起，不論省籍、黨派，全發出「保衛領土，不容日本人侵略」的呼籲，本刊特邀專家就此「保釣運動」提出寶貴的意見，分饗讀者。

冷戰構造下主權和領土的歪曲

釣魚台早自十六世紀就是中國的領土。甲午戰敗，隨台割日。一九四五年日本敗戰，法理上應依《波茨坦宣言》隨台澎歸還中國，絕無疑義。

問題的癥結，在於五〇年韓戰爆發，美國立刻以蘇聯、北韓、中國大陸為敵，在遠東太平洋地帶北自阿留申群島，而韓半島、而日本列島、而琉球、而台灣、而迄菲律賓的反共戰略圍堵戰線。第七艦隊封禁海峽，中國以海峽為界分裂，而中國領土釣魚台亦割為琉球美軍軍事基地的一部分。七〇年，美軍占領當局將琉球行政權從美軍軍政手上「歸還」日本，釣魚台也一併劃給了日本。

今日日本霸占釣魚台，和中國的分裂形態，本質上，是戰後美國軍事干涉亞太事務、分裂別人的民族、歪曲別人的領土主權的一個結果。

戰後日本的傲慢

十月二十一日，日本海上保安隊以艦艇十八艘，在釣魚台海面，攔截和驅逐了台灣省區運聖火船，輿論譁然。其實，七〇年代中後期開始，日本就執拗地在釣魚台海域執行它的領海權，並且迭次對台灣漁民以侵入其領海為名，施加暴力。這次雖然經國府事先知會日方台灣聖火隊之事，其意無非曲意示好，盼望日方格外鬆手，避免引起台灣輿論反彈，息事寧人。但日方毫不領情，悍然以武力軍威「驅逐」了台灣聖火船隊，充分表現了日本對中國人——以及其他亞洲人的深深的傲慢和輕侮。

日本對亞洲的輕慢與傲慢，固然早在日本以早熟的帝國主義「脫亞入歐」論中形成，但日本在戰後鄙視亞洲、崇拜西歐的思想並沒有因它在二次大戰中悲慘的敗北而有所反省，究其原因，和韓戰以後的遠東國際關係，有很大關係。

日本戰敗，美軍占領日本實行軍政，原初目的，在徹底摧毀日本戰爭勢力——舊財閥、軍部和軍國主義政客、天皇制等。欲達此目的，美占領當局並協助制定一部非戰和平憲法。韓戰爆發，世界情勢一變，美蘇尖銳對立，美國改變對日占領政策，對大量戰犯「從寬」議處或非法釋放，培植和恢復財閥，起用軍國主義時代政客，鎮壓日本反戰進步勢力的個人和團體。總之，為了國際反共總戰略，美國不惜使用反共的法西斯軍國主義勢力。

另一方面，美國以其軍經援助，將過去遭受日本軍國主義荼毒的遠東亞太地區以層層疊疊的軍事協防條約網組織起來。在冷戰結構下，這些在遠東、亞太地區過去受害於日本的國家，因為「陣營」的利益，對日本第二次大戰中的戰爭罪責不能也不敢加以批評和清算，反而對美國重點扶持的日本曲意示好。戰後日本的右翼國家主義政客如岸信介、藤尾正行、灘尾弘吉便在台灣享有崇隆的地位。而這就使日本軍國主義不但不自悔悟，反而受到縱容，發展成日本對亞洲獨特的傲慢。因此，在日本的心目中，它可從不曾打敗給中國和亞洲，只打敗給科技力和經濟力都比日本強大的美國。也因此，它一貫否認和抵賴南京大屠殺罪行，修改歷史教科書，不提九一八以後一切侵華歷史，只提「挨打」的太平洋戰爭和盟軍投在廣島、長崎的原子彈。也因此日本閣僚千方百計要參拜奉祀頭號戰犯東條英機的「靖國神社」，持續不斷地以大傳播機器推進天皇和皇室崇拜，有計畫地炮製二次大戰中日本侵略有理和有益論，不斷擴編國防軍事預算。到了最近，日本國家主義勢力正努力掙脫和平非戰憲法，必欲派兵干預中東海灣危機，妄圖步西方之後，藉機插足占領中東油源區。這次日本再度宣示釣魚台為「日本固有領土」，不顧國府每年來對日本百般溫婉示好的關係，悍然以重兵驅逐台灣省政府的聖火船，更是赤裸裸地表現了日本對中國和中國人民刻骨的蔑視和難忍的傲慢。

然而，受辱之餘，檢討起來，四十年來台灣朝野極端為「陣營的利益」，委曲求全，多方承奉「盟國日本」，沒有嚴肅對待日本侵華歷史、嚴正批判戰後日本右翼國家主義復活的事實，也應負起一部分責任。

奇譚怪論

聖火船隊被驅逐事件發生後，全台灣輿情譁然。反日和批評日本的情緒，在不分省籍的同胞中，升高到近三十年來僅見的程度。但是細察之下，也攙雜著不少奇譚和怪論。

有人說，釣魚台在我「事實主權」範圍之外，不應該搞反日護土。中國對釣魚台的主權，不難有歷史、地理和地質上的佐證，即日本學者井上清亦歷歷論證中國對釣魚台的主權。而台灣基隆和宜蘭漁民，歷代以來，都在釣魚台海域捕撈和生活，又焉可謂無「事實主權」？

有一些明知國府在外交、軍事上都不是日本對手，又主張台灣應該離中國而獨立（所謂台灣對大陸無「事實主權」）的人說，如果國府無法確保釣魚台領土主權，就應放棄統一中國的立場。這是明確地以出賣釣魚台論來支持台灣獨立論的奇譚怪論了。

而不論朝野、不論保守派和「自由派」的學者和政客，不約而同地說：當朝野雙方在現實上均無力保衛釣魚台領土主權時，不要鼓勵和刺激人民捍衛釣魚台的激情，理由是萬一中共恃其國力乘機介入，果然保得釣魚台領土主權，徒然增長中共威風。

處理七〇年保釣時，政府最嚴重的錯誤是以「共匪統戰」說來鎮壓和威嚇當時留學生的保釣愛國運動。上述朝野間的新的「共匪統戰」論，簡直是寧可丟了釣魚台也要「反共」的冷戰賣國邏輯。

愛國統一戰線

十月二十一日，當電視螢光幕上出現台灣聖火船無助、無力、孤獨地受到日本強大海空武裝驅逐出釣魚台海域時，人們頭一次深刻地感受到日本帝國主義霸權冰冷而強大的力量，以及自己在這冰冷的武力下不可爭辯的脆弱與無力。平素朝野雙方為自己吹誇的「力量」，都在外力的侮慢中化為齏粉。

於是，在台灣，地不分南北西東，籍不分「外省」「本省」，政治上有執政黨、在野黨、無黨派，不少人不約而同地提出這深沉迫人的呼籲：為了抵禦日本擴張主義，應該捐棄平時黨派、立場、思想的歧異，存異求同，在捍衛釣魚台這件事上團結一致，齊步對外。

在七〇年保釣時代，由於世界冷戰和國共內戰的形勢尚極端尖銳，這種呼聲絕不可能出現，也因此在保釣問題上立刻出現「左」「右」兩極分化而陷於分裂。今天，兩岸間已有探親、商貿和文化等交流，而且日益密集。這是一九五〇年兩岸分斷以來我們民族的頭等大事。而面對強敵時，人民熱切期望停止一切內爭，凝聚力量，共禦外侮，是極為自然而當然之事。我們也從這次團結保釣風潮之起，領會了抗日民族戰爭期間，中國人民一致希望停止黨派之爭，共抗日寇的民族願望。

抗日戰爭的歷史告訴了我們，廣泛的愛國抗日統一戰線不是哪一黨派的「統戰陰謀」，而是被侵侮民族主體的共同需求。順應此需求者勝利，違逆此需求者失敗，已是歷史沉澱下來的鐵則。我們因此呼籲以保釣為起點，結成最廣泛的、包容各黨派、海峽兩岸和全世界中國各族人民的保釣愛國統一戰線，直到爭回釣魚台的主權！

初刊一九九〇年十一月一日《台灣日報・台時副刊》第二十七版

「新保釣運動」和「愛國統一戰線」

一、「七〇年保釣」

一九五〇年以後，以美國獨占資本為中心的世界資本主義體系，在世界反共對峙的冷戰體制中，以反共圍堵的「富國強兵」論，以及對於廣泛第三世界的新殖民主義支配，經歷了兩個景氣昂揚的十年。一九五四年，以聯合國對日戰後處置之名由美國占領，並在五〇年韓戰及六〇年代越戰中，以聯合國軍之名由美國直接軍事干涉朝鮮和越南情勢中，擔負美國侵韓及侵越軍事行動的重要基地的琉球，在一九七〇年美軍侵越戰爭瀕臨挫敗之際，由美軍當局將琉球的行政管轄權「歸還」給在戰後由美國卵翼下崛起的日本。中國領土釣魚台便是在這個時候被當作琉球的附屬島嶼，由美國連同琉球將其管轄權給了日本。

從以冷戰為主軸的戰後世界史的角度看來，美日聯手侵占我國領土釣魚台的事件，是美帝國主義依其戰後亞太地區冷戰戰略利益，任意干涉他國內政、分裂他國民族、軍事霸占他國領土的歷史的一部分。

一九七一年，美日霸權之間私相授受中國領土釣魚台的消息傳開以後，激起台灣島內和台港赴美留學的學生的保釣愛國運動。自一九五〇年以後，依附美國在亞太地區層層疊疊的反共軍事同盟之一的《中美協防條約》和暗藏「台灣地位未定論」賣國主義條款的《中日和約》而附從於美帝國主義的國府，自然沒有立場和力量抵抗美日新殖民主義，捍衛中國的領土。國府當局對島內外學生愛國主義運動，進行了鎮壓、威嚇和反共政治迫害手段，引起學生巨大反感，對國民黨不惜以出賣主權、打壓民族愛國主義而屈從美日霸權的冷戰利益大為失望。而正值文革中期的中共政府，卻發表了立場強硬的聲明，宣稱釣魚台是中國神聖的領土，激動了北美地區的中國留學生。自此，保衛釣魚台運動產生了左右龜裂和鬥爭。左翼快速地向民族認同運動和國家統一運動飛躍。右翼則組成「反共愛國聯盟」，展開「革新保台」運動。一九七〇年代中後期以後，釣運左翼因為文革暗面的顯露而漸趨於瓦解，至今一蹶不振，其中並有不少人大幅度轉向，今日成為反共反中共的健將。釣運右翼，則巧為蔣經國在七〇年代初的奪權運動所用，吸納到國民黨中，一部分成為今日李登輝系國民黨「主流派」的重要文官官僚，另一部分成為國民黨「非主流派」中央民代及其他黨、政系統中的俊傑。

二、七〇年前後的世界反冷戰思潮

一九六〇年代末葉到七〇年代初，資本主義先進國家內部的左翼知識分子和學生不約而同地展開了反資本主義、反帝國主義、反殖民主義和反越戰等對於一九五〇年以降反共冷戰意識形態全面叛變的思想和文化運動。在美國，反對歧視黑種人的民權運動，反對美國擴張主義侵略和干涉越南的反越戰運動，反對大學作為美帝國主義文化和意識形態機關的校園言論自由運動，對當時和其後的美國文化、知識界留下深刻的影響。在東京、巴黎和美國各校園，學生依照中國文革的思想和主張，占領學校辦公室，要求高教為人民思想和物質的解放服務，批判高教領域中「資產階級的反動學術權威」。法國的左翼學潮動員了數百萬學生，終使戴高樂政權倒塌。在菲律賓、在韓國，反對美日新殖民主義的民族主義和民主主義的政治運動、文化運動和文藝運動，也如火如荼地展開。一九七〇年，日本展開了最後一次大規模國民反美的「安保鬥爭」。

而長期受到國府和港英當局極端反共教育深刻影響的在北美台港留學生，正是首先受到六〇年代終期這些北美和西方知識界反美、反帝、同情中國（大陸）和第三世界的激進思潮的影響。

北美釣運左翼的政治運動，雖然在七〇年代後半開始迅速滑坡，但在文化和思想上，以激發台灣「現代詩論戰」（一九七二—一九七三）和「鄉土文學論戰」（一九七七—一九七九）而留下極為深刻的影響。台灣現代詩論戰和鄉土文學論戰，以新殖民主義的、反共、冷戰的台灣「現代主義」文學為針對面，提出了文學為人民，文學應有民族特點和民族風格，文學反映現實，文學為改造社會、反映民間疾苦……這些與「現代派」主張文學「國際(西方)主義」、「形式主義」、「反主題思想」、「心理主義」和「反民族、反民眾主義」針鋒相對的主張，在冷戰空氣和極端化的「反共國家安全」無限上綱的當時，是十分富有進步的、反冷戰的時代意義的。

三、日本軍國主義：政治的殭屍

「七〇年安保」這個日本全國國民性反美自主化鬥爭以後，日本資本主義相對於美國獨占資本主義在戰後的壯大、肥大和衰頹而有進一步的飛躍。日本的反美、反天皇制、反戰和平運動，也從「七〇年安保」鬥爭最後的高峰急速地滑落和解體。日本戰後以保守主義、天皇崇拜和右翼「愛國」擴張主義在日本市民、高等教育圈、文化和知識圈中迅速擴大。日本右翼反動勢力的擴大，不但反映了七〇年以降日本獨占資本對亞洲和世界的快速擴張，也反映了在冷戰邏輯中美帝國主義和日本反動軍國主義結合的歷史後果，對於亞洲和世界和平產生了重大的危害作用。

德日兩國在戰後對其各自在二次大戰中的法西斯主義和擴張主義所造成的滔天戰爭犯罪責

任，有截然不同的態度。相對於德國的深刻自我反省、對被自己加害的民族表示誠摯悔悟和賠償態度，日本則對於始自侵台、併韓、侵略中國和發動太平洋戰爭，不但從來沒有自我反省和批判的意識，反而長期積極從事歪曲和湮滅日本戰爭犯罪歷史，甚至進一步主張日本發動的太平洋戰爭「有利於亞洲太平洋地區在戰後的發展」。

德日兩國對自己發動戰爭而加大害於人的歷史的不同態度，原因固不只一端，但重要的原因，是四五年以後，德國不斷地受到東歐、中歐和西歐各受害民族和國家的譴責、檢討和批判。這些來自鄰國的譴責和批判，幫助了德國人民自省，鼓舞了德國人民的和平、非戰的進步運動。反之，戰後的日本，特別是在一九五〇年韓戰勃發之後，美國對以粉碎日本的戰爭勢力為主要目標的對日政策，做了根本性的改變。為了以社會主義中國大陸、蘇聯和北韓為敵人的美國亞太戰略目標和利益，美國採取了復興和扶持、培養戰時反共軍國主義勢力的政策，不惜以日本為韓戰、越戰時期的後勤基地而有效地恢復和促進了日本戰後的獨占資本主義。在亞太地域的國際關係上，二次大戰中日本軍國主義的被害國韓國、台灣、菲律賓、泰國和馬來西亞……差不多除了中共和北韓以外，都成了美國的附庸。這些附庸政權，基本上對二次大戰中的加害國日本採取「友好」、阿諛、討好而不是檢討、指責、批判的態度。以台灣為例，日本右翼政要如岸信介、金丸信和灘尾弘吉這些人，台灣一直奉若貴賓；國府一向對於日本內閣官員參拜靖國神社，對於文部省竄改日本侵華史實，對於日本右翼閣僚和文化人誣我抗戰歷史、否認蘆溝橋戰爭和南京大屠殺責任，一直保持意義鮮明的緘默。一九七〇年釣魚台事件中國府的軟弱和賣國主義立場，其實是冷戰國際關係下作為美帝國主義的新殖民地社會的台灣之必然的表現。

一九五〇年以後，在美國反共戰略下，託庇於美帝國主義的淫威，亞太地區戰時受害於日本的反共基地國家，不敢、不能、也不會批判日本，從而使戰犯國日本得以逃避來自廣大亞洲地帶人民的批判，更從而放縱了日本帝國主義不知羞恥、不知省悟、不知坦承歷史錯誤的卑劣性格。戰後四十年間，中共和北韓成了日本千方百計復活軍國主義動向最堅定而一貫的批判者和監視者。沒有它們和亞太地區人民層次上的反帝、反新殖民主義運動，今日日本的軍國主義嘴臉就會更加的凶惡。

四、新「共榮圈」的迷夢

日本獨占資本主義在七〇年代的飛躍發展，使它在八〇年代猶有強勁的威力，向遼闊的亞太地區擴展，並積極籌備接管日益式微的美國獨占資本在亞太地域的支配體系。一九八五年以後，日本以其巨大的過剩資本，藉著「政府開發援助」（ＯＤＡ）之名，向亞太地區美國的反共附庸諸國進行附帶狡狠的政經條件的「援助」，效法戰後的美國「馬歇爾計畫」，以經濟援助之名，深入擴張日本在亞太地區的經濟、政治和文化支配。一九八八年，冷戰體制進一步瓦解，冷戰的政治卻進一步內部化和地區化，日本機警地在一九九〇年展開對北京、對平壤和莫斯科的和平戰略。日本獨占資本一面在國內大規模培養天皇崇拜，軍國主義教育，增加日本國防軍事預算，打擊和分化日本工會、工運和左翼運動，一方面向遼闊的遠東亞洲太平洋地區進行高效率的研究、調查、賄賂、滲透和收買的工作。台灣某一個「國家政策」研究機關的設立，日本右翼團體「日本青年會」在釣魚台上建立燈塔，日本不惜違憲而對中東海灣地區派遣軍隊……都是當前日本擴張主義相應於日本獨占資本進一步發展的一個表現。日本獨占資本主義產業，和受到美帝國主義因冷戰需要長期溫存的日本右派政權和官僚，以及以「防衛隊」為名逐步擴充的日本軍事武裝力量，正在積極策動另一次遠東和太平洋的「共榮圈」，以進一步宰制世界。

五、愛國統一戰線的必要

十月二十日，高雄區運會的聖火船，在釣魚台海面遭到日本「海上保安隊」大小艦艇和偵察機、直升機蠻橫的攔截和驅逐，折返台灣，輿論譁然。

日本對釣魚台主權主張的最近的「法律根據」，是一九七〇年美國軍方與日本政府間私相授受釣魚台的文件。然而，必須指出，美軍當局是在韓戰以後以中共為「假想敵」而在大陸沿海布下「圍堵」基地陣壘時，作為琉球基地的一部分，而擅自占有和使用了釣魚台的。美國的霸占釣魚台和一九七〇年任意將釣魚台授與日本的帝國主義行徑，實際上是利用了國共隔海對峙分立的情勢。如今時移勢易，兩岸的中國人已有條件、並且也有責任把釣魚台明確地收為中國的版圖。

比起一九七一年，國府這次對待民眾保衛釣魚台運動的政策，有了相對的進步。在七〇年，國府只是一面為了冷戰「陣營」的利益，不惜鎮壓學生的愛國主義，而對美日兩強示弱。這一次，政府對民間的反日情緒雖有勸說「理性」、「冷卻」之言，但一般而言，並未採取反共恫嚇和鎮壓的態度，並且，在言辭上對釣魚台的主權曲盡強硬主張之能事。然而，在長年以來國府對日本在政治上和經濟上附從而曲意示好的歷史上，即使是李登輝的國民政府，其無法對日有真正自主獨立的政治，與蔣氏時代毫無二致。

今天，冷戰形勢雖有根本性的變化，但仔細觀察，在這「第二次保釣運動」中，對民眾保土抗日的熱情採取反共恫嚇者不但還大有人在，而且施恫嚇者已不限於官方。言論人、教授、評論家和政客中，憂心忡忡地擔心保釣熱情會為中共「統戰陰謀」所用者大有人在。對於國民抵制日貨之議，更是駭怕，要求國民「理性」、「自制」的言論尤其之多。事件初起，中共尚未表態，短評、社論上就忙著譏誚中共為了日本的貸款，不敢對日強硬；及至中共迭次發表強硬聲明，又驚恐萬狀地斥為「統戰技倆，其心可誅」。至於民進黨若干人的反應，顯然其藉釣魚台沒有「事實主權」，言下認為釣魚台爭端是「中國人」而不是「台灣人」之事。翌日，又說台灣對釣魚台有「事實主權」，嚴責郝揆守土衛民，「否則釣魚台猶不能保，就不必主張對大陸主權」。釣魚台的文章能這樣地寫成台獨檄文，不可不謂奇妙。又數日，該黨又有人警覺，國民黨和民進黨皆主張釣魚台主權，但實際上又無力對日交涉，萬一有交涉實力的中共適時出面，竟使日方讓步，徒增中共在台威望，所以又寫了長文，力言不可超出自己實力主張釣魚台主權。至於更等而下之的親日怪論，如某大學日本研究所長的文章，其買辦事大而不以為恥，就更叫人咋舌瞠目了。

然而，在另一方面，面對國恥，緊迫地感覺到，在保衛釣魚台的行動上，應該不分黨派、思想和立場的歧異，團結禦侮者，全省各地大有人在。其中公開主張與中共合作抗日守土之論，不但見於若干知識分子的言論，也見於國民黨和民進黨人的言論和行動。事實上，中國抗日民族戰爭的本質和特色，恰恰就在面對日本帝國主義的侵凌下，幾經波折，當時中國各黨各派終於學會組成抗日統一戰線，發展了空前強大的民族主義和愛國主義，並以之戰勝了日本侵略者。抗日統一戰線的具體經驗，必需今日七〇以上的外省人士才會有比較生動的親身體驗。但這一次體驗到面對日本驕橫的凌辱後，部分國民殷望國共捐棄舊嫌、團結抗日的心情，我才真正揣摩到抗日期間全中國人民熱情擁護抗日統一戰線的道理。

日本極右翼元老政客藤尾正行在台灣爆發反日激情後，十萬火急地造訪海部首相，戒其「謹慎處理」。按說，藤尾這樣一個行住坐臥不掩飾其極端日本主義的人，理當力主以武力宣示日本對釣魚台主權的。這樣的一個日本法西斯分子，為什麼要海部「慎行」，進而使海部否決建立燈塔之議，推想無非是藤尾深恐當前釣魚台爭端引起兩岸人民團結抗日，破壞日本必欲使海峽永久分裂，進而再度宰割台灣的野心。

果如此，怎能叫人不會不寒而慄呢？海峽兩岸的人民，都應該從日本老軍國主義者藤尾的「焦慮」中更深刻地看到日本的野心和中國的危險。在當前，一個新的、兩岸和海外中國人民的愛國統一戰線的重大急迫性，不意在這次參與「保衛釣魚台行動委員會」的工作中，有了生動的體會。

初刊一九九〇年十一月《遠望》第三十期

夢魘般的迴聲

陳芳明「內面史」的黑暗

撲朔迷離的「事實」

朋友葉芸芸長期以來為蒐集二二八事件經歷者的證言，付出了巨大的努力。她以對事件親歷者做訪談，和約請親歷者自己寫事變當時的回憶的方式，將這些證言逐一整理，並且一部分陸續發表在現在已經廢刊、在北美發行的《台灣與世界》月刊。去年夏天，我和葉芸芸商定將這些證言和二二八事件的研究，集輯成書，由人間出版社在台灣出版。今年（一九九〇）二月人間出版社刊行的《證言2·28》便是這個計畫的第一本書。

在編輯《證言2·28》的過程中，葉芸芸來信說到她約請古瑞雲（周明）寫的個人證言，將寫成近十萬字的回憶錄，因為字數超出其他證言甚多，足以單獨成書，因此決定不編入《證言2·28》中，而等待書稿完成後，另以單行本出刊。

這一次，在我和葉芸芸通信討論何以周明會把這樣一個過程中寫出來的書稿《跟謝雪紅在一起的日子裡》，突然改由陳芳明出書時，葉芸芸還明白地在八月十一日寫給我的信中說：「(周明的書)稿子原是編《證言2・28》時所邀約的。後來因篇幅太長而未編入。」

依據一般的情況，葉芸芸為了編二二八親歷者的證言之書，向周明約稿，周明應約稿所寫的《跟謝雪紅在一起的日子裡》，自然是交給約稿者的葉芸芸「安排地方發表」的。

但是據陳芳明引用周明給他的信，周明說：「這部回憶錄原是想託」陳芳明「安排地方發表。但因為」陳芳明的「政治主張過於鮮明」，對周明「有所不便，所以把稿件寄給紐約的葉芸芸女士，交由《亞美時報》連載」。

當然，因某人的邀稿引起執筆的動機，終於因而寫出來的稿子，是可以因各種原因，改變發表和出刊的原定代理人和出刊的計畫。但這種改變，應以明白的意思表現來解決。例如周明就應該告訴葉芸芸，他的真正本意「原是想託」陳芳明「安排地方發表」的，但因為陳芳明的台獨立場「過於鮮明」，對周明「有所不便」，所以如果葉芸芸不介意，終於還想「交由《亞美時報》連載」。陳芳明不惜發表周明給他的私函，透露了周明未曾明告葉芸芸的用心，是不是要告訴人們，周明背地裡對葉芸芸「耍了花招」，對約稿者既「不誠實」也「不正派」？否則，如果葉芸芸及早知道了這若不經陳芳明特別「揭發」出來則他人永遠無從知道的周明的原心，葉芸芸也可以及早放棄把周明的大作編入由人間出版社安排的計畫中，也就沒有今日的是非了。

陳芳明在《台中的風雷》之劈裂〉（以下簡稱〈劈裂〉）中，一而再、再而三地說，周明自始至終，就是特別主動，屬意要把他這本書交給陳芳明出版單行本，但陳芳明也同時彷彿不經意似地在「揭發」了周明在這個過程中頗「不誠實」和「不正派」的兩面手法：

不久他（周明——作者）來信說：「葉女士同意我的建議，先在《亞美時報》連載，然後匯成單行本在台灣出版。由台灣哪家出版社出版未講明，似乎尚無著落。不知你（陳芳明——作者）是否聯絡好了出版社？」（一九八九年十三日[1]）

陳芳明引用這一段周明的信，無異在告訴了人們：周明一方面主動「建議」約他寫稿的葉芸芸——當然隱瞞了他據說是極思由陳芳明「安排地方發表」，卻因陳芳明的「政治立場」太「鮮明」不得已而作罷論的「內面」過程——並且還進一步「建議」由葉芸芸「匯成單行本在台出版」。但另一方面，沒有確定葉芸芸沒決定由哪一家台灣出版社出版，就同時另外鼓動陳芳明為他「聯絡」「出版社」為他出書。

陳芳明又公開，一九八九年十一月廿三日周明給他的信：「葉女士來函提起出版單行本的事，此事不知你與島內聯絡得怎樣……只要對《亞美》無礙，你可儘管出……」

但撲朔迷離的「事實」還不只是這樣。陳芳明在〈劈裂〉一文中不憚於反反覆覆地說的，是周明如何多次主動催促，要求陳芳明為他安排在台灣出書，而陳芳明的態度則一貫是「只要這份紀錄（指周書——作者）能夠填補歷史的缺口，只要能使隱藏的真相重見天日，則在哪裡發表都是無關緊要的」。他雖然答應了周明的要求，「以後如果要出書」「可以代為聯絡」，但據說由於他是個「誠實」而「正派」的人，「由於葉芸芸已經做了出版的承諾」，他「不便再提起這（為周明張羅出書——作者）事」。因此當陳芳明今夏「返台以後」，「從未進行出版事宜」。因為周明的「回憶錄只寫三分之二而已」，陳芳明「是不可能未經他同意就逕行出單行本的」。

但是，據葉芸芸說，周明有這完全不同的說法：「《亞美》剛刊載不久，陳芳明先生就多次來函，建議在台灣出單行本，並表示願代我與台灣的出版社交涉……」而且三月間，「陳芳明先生接連來電話、來信、催促我做出決定」。而今年六月間，「陳芳明先生已飛往台灣，辦理出版事」！

刊登在一九九〇年十二月十二日《自立晚報．本土副刊》上周明在回應李喬誣指人間出版社對周明的書動了「編輯剪裁的手腳」時，說明其書由人間出版社出版的原由，清楚明白地說了周明「拜託葉女士與『人間』出版社交涉出版事宜」，後來因病住院與葉芸芸失去了聯絡，人間出版社遂依「《亞美時報》未經修改的原稿排版、發行」。

今年七月九日，葉芸芸發給我一電傳信，信中說：「昨日（七／六）才接到周明（古瑞雲）的信，說他住院開刀期間（三月八日迄今），陳芳明曾兩次打電話到他家，告訴他兒子說台灣有出版社願意出版他的《跟謝雪紅在一起的日子裡》，並說夏天要回台灣幫他辦理此事。」

這些和陳芳明所說「（今年夏天）返台以後我從未進行出版事宜。他的回憶錄只寫三分之二而已，我是不可能未經他同意就逕行出單行本」的說法，和陳芳明在〈劈裂〉中迭次反覆說他不在意書是否由他出的說法之間，有多麼大而明顯的矛盾呢？和陳芳明以「由於葉芸芸已經做了出版的承諾」，「就不便再提起這（出版）事」來證實他的「誠實」和「正派」又有多大的矛盾呢？陳芳明顯然是要以被他無忌憚地公開的周明給他的私函，達到使人們做出這樣顯而易見的判斷：周明在感情上，在認識上，是傾向於陳芳明的。陳芳明要人們相信：周明很顯然地受到今年七月十一日我在從葉芸芸處得知周明出乎我理解以外地會把書交由陳芳明出版後給周明去的電傳所激怒，於是以細微的用心，以據說向陳芳明出示我的信件交了心，然後又以細緻的用心讓陳芳明見了上海台聯會的「領導人」，取得了交由陳芳明出版的許可後，公開與陳芳明簽了授權出書之約。周明對於這一段過程，在被陳芳明公開引用的話中似乎說得十分清楚：「我（周明）傳給你（陳芳明）提出的兩個條件（一、停止有關出書的交涉；二、若陳芳明堅持要出版，必須接受我如下的條件：不得有任何攻擊中共或宣揚台灣獨立的評論），就是要對台聯會有個交代。我是不會讓陳映真出書的。」

根據陳芳明的說法，七月十一日後，周明獲知人間出版社已著手進行周書的打字工作時，周明有一封信給葉芸芸，說是他「雖希望由『人間』出版，但全權委託陳芳明在先，於理應徵得他同意……」。總而言之，除非陳芳明先生願意讓權，他「不能改變原來的決定」。

然而，在八月四日，周明和陳芳明簽署出版契約之前，周明何時、以何形式「全權委託」過陳芳明出書，周明和陳芳明都沒有說明。周明如果「全權委託」過陳芳明，周明為什麼一直託葉芸芸要求由「人間」出版？為什麼還要「建議」葉芸芸先將書稿刊在《亞美時報》，再請葉設法在台灣出單行本，又為什麼截至向葉芸芸明告「全權委託陳芳明在先」之前，從來不曾告知葉芸芸，終而使人間出版社進行出版工程，造成更大誤會？

被刻意隱瞞的事實

當事者死亡後，由不同的見證人各自依他（她）們的「體驗」去證言一個死無對證的「事實」，才有文學上的「羅生門」式的撲朔迷離的故事。如今，當事人都健在，這一切的迷離，只有一個原因：當事之人，有人刻意掩蓋了實情。

〈劈裂〉刊出之後，讀到〈劈裂〉的葉芸芸，把被陳芳明引用的、今年七月十七日周明寄給葉芸芸的信件影本電傳給我。

從這封信裡，我才知道這一切混亂的梗概，和一截被陳芳明有意遮蔽的真實：

（一）去年底，陳芳明就急切地「願代」周明「與台灣的出版社交涉出單行本」。據周明這封信，他並不是像陳芳明說的那樣屢屢背著葉芸芸要求陳芳明為他張羅在台出書。

（二）對陳芳明「多次」要求代出單行本的「來函」，周明「一直沒有明確表態」（這又與陳芳明所說周明屢次主動鼓勵他，求他「你可儘管出」，「望」陳芳明「詳告」在台為他出書的「打算」……的說法完全不同）。「理由很簡單，」周明寫道：「因為拙著是您（葉芸芸）約稿並首先在貴報登載的，理所當然我應先徵得您的意見。」

（三）周明在陳芳明第一次寫信「建議」由他為周明出書（但陳芳明從沒有在〈劈裂〉中說過他早已積極要求周明授權他為周明出書）時，這樣給葉芸芸寫信：「對陳（芳明）先生的建議，我未置可否。如果能在台出版，我希望由統派，即如『人間』這樣的出版社出」，因為他見過當時人間出版社的社長王拓。陳芳明在引用這段話時，用心地不引用「即如『人間』這樣的出版社」這句話，有什麼用心，不言可喻。

（四）葉芸芸回信說《人間》是「畫刊」，周明的書「不適於」在畫刊上出。其實周明說的是「人間出版社」而不是《人間》雜誌，現在看來，葉芸芸反而搞錯了。後來葉云云又去信告訴周明要與我「商量有無出版（周書）單行本的可能性」。

（五）此後周葉的聯繫中斷。三月，我訪問大陸，周明事先向上海台聯要求會我一面，「可是……沒有任何人通知」周明我已到上海。周明「以為此事已作罷」。（事實是，我在滬時也「沒有任何人通知我」周明人在上海，要求接見我。因此葉芸芸和我從不知此事居然被「以為」「已作罷」！）

（六）「恰在這之後」，陳芳明又打電話、又去信，催周明決定讓他出書。這時周明「便明確表示：『不要給有獨立傾向的出版社出，在這條件下，你可全權代我辦理』！」然而周明說此時他已發病，不久「住院治療」，「竟忘了」將這「全權」授權給陳芳明的事告訴葉芸芸！五、六月間，葉芸芸告訴我已在排字，但「陳芳明先生已飛往台灣辦理出版事」。

陳芳明在〈劈裂〉中說周明積極主動央求他為周明出書，和周明向葉芸芸解釋的說法恰恰相反；陳芳明在〈劈裂〉中完全掩蓋了在他背人力爭的結果，使周明在「不要給有」台獨「傾向的出版社出」的條件下，背著葉芸芸答允陳芳明「全權代」周明「辦理」這一段經過。周明在未與葉芸芸協商之前，簡單地「以為」葉芸芸和人間出版社洽商出版其書之事「已作罷」，率爾授陳芳明以「全權」，固甚可議，但陳芳明積極豪奪葉芸芸約稿，又在她為發行人的《亞美時報》全文刊過的周明的書稿出版權，卻在〈劈裂〉中一字都不曾提及，還含血噴人地把陳芳明巧取版權說成「陳映真強迫出書」！

收到七月十七日周明這封表示自己「應負主要責任」，並向葉芸芸「深表歉意」的信，葉芸芸只淡然地給我來信：「從此不介入這本書的出版」，卻完全沒有依周明之意將上述經過「轉告」給我。如今想來，葉芸芸接獲周明此信，錯愕、灰心的心情是很可以理解的，卻也種下了今日的惡因。

駭人的誤解與曲解

為了人們所不能十分理解的原因，陳芳明說周明似乎確實把七月十一日我給他的電傳做了這駭人聽聞的曲解：「他（陳映真）把這封信傳給台聯會轉交，用意是很清楚的。他並不是在揭發你（陳芳明）是台獨，而是在密告我（周明）與台獨來往。這是正派的做法嗎？他以為使用這種方式就可以取得書的版權，這太不誠實了……」（見陳芳明〈劈裂〉）

我應當做這樣的告白：我在這件事上所犯的最嚴重的錯誤，是單純地把一切目前滯留大陸、親歷二二八事件的台灣前輩，看成是中國統一運動的當然的親人。由於政見不同，陳芳明屢次對我無端進行刻毒的攻訐，是眾所皆知的事。我天真而愚蠢地認為對周明這樣的「親人」，應該在緊要關頭，依據我自己的體驗，告訴他把書交給陳芳明出版後可能遭遇的麻煩。發出那封電傳的動機其實就是這麼單純罷了。而且，由於編輯、邀稿等事宜素來都由葉芸芸長期或出入大陸、或書信聯絡以進行，我從來未曾和周先生聯絡，也不知道周先生住哪，也不知周先生的電話。七月十一日的電傳，還是先傳給北京台聯接待過我的朋友，再由他轉周先生住的上海台聯。據說周先生責我三月訪大陸路過上海時沒去看他，其實因為(一)我完全不知他在上海，更不知道他已罹患惡疾。今春訪大陸，由於行程極為緊湊，前此在海外認識的大陸文學界朋友，在那次訪遊中，我一個也沒去拜訪過。(二)周明說他曾向上海台聯要求安排見面。遺憾的是，不知為了什麼原因，當時上海台聯確實沒有向我轉達周先生的願望，這一切都是上海台聯可以向周先生作證的。緣慳一面，卻種下十分嚴重的誤會。至於周先生說我早就收到周明的書稿，又不曾與周先生直接聯絡。看過周先生給葉芸芸的信，查過出版社的收發紀錄，我收到周稿在五月下旬而不是三月，雖然去年底編印《證言2・28》時早知周先生有單行本可出，但三月訪大陸時尚未收到周稿。我記錯了時間，竟引起周明的天大的誤解！

至於說我七月十一日的電傳是「動用政治干涉」，是向中共「密告」周明和台獨分子陳芳明的關係，周明的作為和陳芳明的敘述，自己推翻了這些惡毒的指控。

「告密」云乎哉？

八七年周明赴美開紀念二二八週年學術研講會時，就與陳芳明認識。這在大陸和北美的朋友圈中為眾所周知的事，是這次版權發生矛盾時，七月初葉芸芸告訴我的。從八七年到現在，發展為陳芳明可以介入出版周明的書的程度，周陳的關係，有何秘密可言？陳芳明說周明書稿文件寄出入大陸都會受到中共檢查、扣押，則陳芳明自己說明他與周明如何通信頻繁，內容又那樣在政治上聲氣相求，周明和「台獨分子」陳芳明的關係，在中共看來，又有什麼秘密可言？何勞我來「告秘」？這是一。

據陳芳明說，周明顯然用心深刻地安排了陳芳明訪問大陸，而且也用心深刻地安排見了上海台聯的諸「領導人」，而上海「台聯會的領導者當然」早已「知道」陳芳明的台獨「政治立場，也知道」陳芳明「與周明的關係」。周明刻意安排陳芳明和「領導人」見面吃飯，共餐時的「話題集中在謝雪紅身上」，而且當面獲得周明授與陳芳明版權的承諾。陳芳明說明周明能夠、而且敢於用心深刻地做這安排，而且這安排又完全獲得中共「領導者」的首肯，相敘甚洽，證明周陳關係，在大陸根本不是什麼政治上的禁忌，又何來「密告」可言？這是二。

如果陳芳明和周明一定要說那是「密告」，那麼，陳芳明僅僅是為了打擊他的政治上的敵人陳映真，不惜在徵詢周明的同意前，把周明據說是那樣推心置腹的私函，痛快淋漓地公開，是不是用心更不能聞問的「密告」呢？而陳芳明是不是在暗示我有某種周明「得罪不起」的大陸關係，從而以〈劈裂〉的發表達到向國民黨「密告」的目的呢？這是三。

至於我說陳芳明是「台獨健將」，其實毋寧是實事求是的寫照。陳芳明在台灣儼然是台獨反民族理論和言論的大宗師，歷來對於打擊誣詆統一派不遺餘力。他從未掩飾過他的台獨立場。就在〈劈裂〉中，他就清楚地以「異國」稱大陸，以「中國」和「中國人」、「中國朋友」把自己與「中國」、「中國人」的認同做了斷然的分別。至於對謝雪紅的評價，陳芳明實際上並沒有否認我對於他要依一定意識形態塑造謝雪紅的陰謀的預測。陳芳明說：「倘然我要塑造這樣（即『台灣人即使參加中共亦受中國人欺負與歧視』）的典型，也必須要做詳細的研究與考證。」這不正說明陳芳明確實是要依那樣的形象「塑造」謝雪紅的嗎？只是在方法、手段上，要以「詳細的研究與考證」塑造謝雪紅，使合於台獨政治需要的典型，擴大效果。

此外，目前在《本土副刊》連載中的《謝雪紅評傳》，陳芳明早已在宣傳類似這樣的觀點：「中國」的共產黨人王萬得打擊、妨礙「台灣人」的共產黨人謝雪紅。這是明明白白。

至於陳芳明對周明的書出版後的可能反應，陳芳明和其他台獨戰友們的回應，證明了我恰恰沒有料錯。鍾逸人的回應（〈風雷魅影〉）不是充滿了明顯而高度反共、反中國的仇恨思想與感情嗎？李喬的回應，不是也充滿了類似的思想和感情嗎？至於陳芳明的〈劈裂〉，難道不是眼看著周明病篤，以自以為極為高明的手法，表面上為周明百般委曲，為周明百般懷抱不平，實際上是冷血地把據陳芳明說周明心腹相託的「內面」情感和思想獰惡地公開，以一個垂死的「中國人」周明，去痛打一個台灣分離運動最所忌恨的、抵死不肯台獨的另一個「中國人」陳映真？這難道不是「高明」的「反中國」、「台獨」戰略嗎？而接踵而來的風波，預料尚不止此。這樣的結果，僅僅說陳芳明會「寫一長篇誣蔑性導論或序文」，難道不是過低而不是過高地評價了周書發表後，台獨們反應的發展嗎？

惜乎不曾預演好的鬧劇

《台中的風雷》出版以後不久，果然引來鍾逸人氣急敗壞的回應。回應的內容是鍾逸人和周明那一代共同經歷了埔里和烏牛欄鬥爭的人之間的爭論，他人不必置一辭，但類如指責周明「處心積慮，想抬高（中共）地下黨在二二八中的地位」，「一九四七年你們投奔中國時帶去進貢的最精美的貢品便是二七部隊。為了迎合中國胃口，增加你們投共的本錢，你們一直宣稱二七部隊是你們組織的，隊長即是你古瑞雲。部隊幹部都是共產黨員，所以二七部隊便是道道地地的紅軍」……這些語言，通篇反映出什麼樣的思想和立場，不言自喻。李喬也迫不及待地跳出來表示對《台中的風雷》的笨拙的不滿。

看來這些性急的回應，似乎破壞了陳芳明長期培養著的一個計畫。陳芳明像一隻暗中覬覦獵物的野獸一樣，最後在等待周明終於寫出陳芳明心目中的「五二年到六九年」謝雪紅系台灣籍黨人「慘酷」的遭遇，等待著周明和別的一些人「為自己平反」的文字出現，為台灣獨立運動抓住反民族、反統一的歷史和理論素材。可惜的是，陳芳明不曾預先通知鍾逸人和李喬，眼看著因為不曾預演而使一場好戲似乎已被不知內情而又性急的鍾逸人和李喬「鑄成」一次又一次的「錯誤」而瀕於解體，終於使陳芳明「不能坐視已經鑄成的錯誤繼續錯誤下去」，不惜「違背對周明先生」要他「不宜把矛盾公開或擴大」的「承諾」，令人齒冷地公開了依陳芳明引述是周明對陳芳明許多交心、交思想感情的私函，表面上看似為周打抱不平，骨子裡卻是眼看著一場好戲砸了，不如斷然犧牲一個篤病的、被說成向陳芳明推了心、置了腹的「中國人」，去打擊另一個台獨憎恨的「中國人」陳映真。陳芳明收拾殘局，為鍾逸人和李喬的魯莽出面圓場時，竟技窮到以責備人間出版社改用了「台中的風雷」作書名而引起鍾逸人「這麼強烈的反駁」，破壞了陳芳明腦中所想像的大陸謝雪紅系台灣黨人與台獨可能的聯盟，嗔責鍾逸人如果「能夠等待」陳芳明最後端出「周明寫完後面(一九五二至五七、至六九)的史實」，「瞭解了周明」立場，「也許不致動那麼多情緒」，從而可笑地企圖把鍾逸人們的魯莽，諉過於人間出版社，至於陳芳明為李喬掩拙的話，尤其愚劣，不必駁論。

關於書名和作者名字的問題，陳芳明也不憚於大作文章。我已經說過，書稿的形成由葉芸芸負責，我面對葉芸芸在台進行書本成型的工作。任何出版社，都會為了書本上市的作業，在合理的授權下，使用出版者認為適合書市的書名。「台中的風雷」這個書名，和葉芸芸商議過，在將原書名當作副題的了解下決定的。我們還為了讀者閱讀之便，為了更系統地介紹周書的內容，在完全不改原稿內容的情況下，分章分節，這是盡職的書籍編輯分內的責任。陳芳明說這本書「刻畫了台灣知識青年戰後的苦悶、掙扎、動搖與幻滅」，任何讀過《風雷》的人都不會同意。寫到一九四九年香港會議前的周明之書中的「台灣知識青年」，是鷹揚虎嘯的形象，陳芳明迫不及待地想說的，是周明不及寫出的「台灣知識青年」在一九五二年以後在大陸的「苦悶、掙扎、動搖與幻滅」這樣一個台獨關於謝雪紅們的指導評價。

「這一切，你沒直接徵得作者周明的同意！」好吧，我已經說，我和葉芸芸商量過。而況九月二十日晚我見到周明，周明沒有對書名和副題和內頁內容表示過任何批評意見。「他得罪不起你！」不，他已經瞞著我和葉芸芸在八月初在「領導人」的許可下對陳芳明授了權，他可以直截、大聲地說出事實，因此如果他對書名有意見，他可以而且應該說。他沒說，高高興興地簽了收據，還說「你們台灣印的書漂亮」，而且談到將近凌晨一時才離開病房，遠遠不是「簽了收據就走了」，那絕不是實話。而且從頭到尾，李芳女士都在，不容片面抹黑。至於謝里法《給阿笠的信》上的序，是當年謝里法要求雄獅美術出版社李賢文兄請我寫的，有李賢文兄可以作證。當時我還出不了國，與謝里法素昧平生，我只能細讀謝里法的書寫序。後來謝里法思想上台獨了，當然就不滿意我寫的序裡的中國觀點，要求李賢文撤去我的序。李賢文為難地告訴我謝的要求，我一口答應。陳芳明說我雞婆到主動為謝里法寫序，陳芳明和謝里法二人中必有一人是說謊的。

寂寞的回憶

九月二十日到北京參觀二十一日亞運會開幕，特為拜見周明先生，由香港先飛去上海，已是夜間七時十五分。原已買好次日上午十一時二十五分發的班機飛北京與團體會合，準備次日一早登機前去拜訪周明，但人到上海，北京接待單位早已為我託上海台聯另為代買次日上午八時許飛京的機票，因為次日中午左右團體在京有預定的節目，一定要我改變班機。我只好向上海台聯的朋友改而要求當夜拜見周明，這才又知道我二週之前轉請北京政協接待朋友轉傳給周明的電傳，也許由於亞運太忙，根本沒有轉到上海，上海台聯的朋友們完全不知道我來滬真正的目的是拜會周明。我手頭上存的電傳稿尚在，周明可以向北京全國政協查得這份電傳。發信日期是九月五日。至此，我不得不請上海台聯的朋友當晚帶我去醫院拜見周先生。朋友們一定要我們先吃晚飯，一面由台聯先聯絡好住院中的周先生。飯後趕到離上海市區約有四十多分鐘車程的醫院。

我到醫院時，周先生確實是睡著的。畢竟我已吃過一餐飯，加上四十多分的車程，病中的周先生顯然又睡著了。周明出來見客時，我看見他身材魁健，聲音很有精神，握手有力。他的神情看來那樣熱情、豪爽。他說他的身體沒問題，「我不準備現在就去看馬克思。我還等著回台灣看看去。」他說。「對，埔里老戰場還等你回去看。」我說。他向我說明，如何他原先就想讓「人間」出書，如何因病中斷了聯繫。他表示因聯繫不便，造成一些混亂，並為此表示歉意，而不是我先向他「連連道歉」。但他卻沒有告訴我八月四日他已將版權給了陳芳明。我連忙安慰他，請他好好養病，不用為版權的事操心。這時我才說了病中還讓他操心版權表示了我的「歉意」。我告訴他，如果陳芳明一定要爭書——當時我已疑心周先生或許已經拿了預付版稅之類，使他有些為難——那麼我只把已經出的書賣完，自動不再印，免得周明為難。然而我在台灣準備好的版稅收據，是「在台灣第一版版稅」，版稅率百分之十，每本售價一五〇元，共印兩千本，合計台幣叁萬元，合美金一〇八五元。收據上沒說「僅出一版」，收據的正本還在出版社會計室的櫃子裡。周明仔細看過收據，簽了名，收了錢，還說「治療需要買很貴的外國藥」，版稅正合需要。一切的一切，李芳女士在場，可以證明周明當晚的興致。但當時陳芳明說周明背地裡那樣充滿敵意地說我當晚「搞了突然襲擊，而且是夜襲」，我是不能不相信的。因為依陳芳明的描敘，周明自始就在授權出書上沒有對葉芸芸說他的真意，自七月十一日我電傳以後據說就對我抱著疑忌甚至敵意。讀著〈劈裂〉，想起那天晚上拜見周明的一切，想起回程的車上不斷地為周明看來比想像中遠遠健康而高興，想著當時以為那一千美金平素在大陸或尚不小，一旦要買「很貴」的外國治腫瘤藥，恐怕不多，致有些埋怨自己無力給周明更多些……。老實說，心中是不能不有一層森冷的寂寞的。

感謝

但從某個意義來說，對於陳芳明刻毒的〈劈裂〉，我應該是感謝的。沒有他對周明深藏不露的「內面」世界最冷血的暴露，我將一生一世都無法知道周明對我隱藏的大誤解——與敵意，我也將永遠無從發覺我在絕對無心的情況下據說觸動了周明因歷史的暗部積存在他靈魂深處的傷痕，致使在他身體違和、極需靜養的時候，為了打擊想像出來的、經過陳芳明巧妙放大的惡敵，他還得奮力開動身心中一切警戒、防禦和攻擊的機制。在這個意義上，我對不起周明和一切愛護周明的家人和朋友。這種歉疚之心，使我終於勝過了因周明的誤解、因周明在背後對我做不公平的指責甚至攻擊，對我的軟弱所造成的傷害。我已決定寫一封私函，叫葉芸芸電傳給我周明家的地址，好直接寫一封信給周明，向他說明事情真實的原委，實事求是地解釋陳芳明為他說出來的無數誤會，並為我無心中對於他的侵犯，表示真誠的歉意，並請求寬諒。沒有陳芳明這篇文章，我將永遠失去這樣做的機會，而使我後悔不已。

我感謝陳芳明，也是因為他的處心積慮的惡意；他用心用功寫成的〈劈裂〉，反而以不可思議的雄辯顯露了他自己陰鷙的用心，從而自己崩解了他對我的羅織和構陷。鍾逸人的〈風雷魅影〉最後有這一段話——

> 一九八七年三月五日早晨，吳先生走了以後，你對我所講的話，我猶很清楚地記在心裡。有必要時我會公開一九八七年三月五日吳克泰先生走了以後，你對我講的話。

周明在「一九八七年三月五日早晨」，等到「吳克泰先生走了之後」，究竟對鍾逸人說了什麼？了不起就算是周明說了反對中共、說了類似「爭取台灣人的自尊」、「維護台灣人的自尊」，或者更激烈的話吧，鍾逸人難道就要以「公開」這一席話來威脅嗎？從這個角度去想十二月十二日發表在《自立·本土副刊》的周明懇懇款款三復致意的「鍾古友情」，是否竟是懍於周明對鍾「講」過的「話」所做的戰慄的哀求？思之淒然！

而陳芳明的處心積慮，畢竟沒有顧慮到他的〈劈裂〉也出乎意外地洩漏了他不惜撕破義理，連一個若鍾逸人的威脅、警告都吝於給予周明，為了打死陳映真，依陳芳明的說詞，簡直是直截「密告」了周明對陳芳明推置最「內面」的心腹的殘酷。陳芳明似乎料定周明重病必死，加上人在大陸，咬定周明今後的發言都會被中共掐著脖子，從而使周明對我的指控因周明之死成為永世難以開脫的重咒。陳芳明自己暴露出來的這些陰謀，對於周明和一些別的人正確認識陳芳明們和他們的「政治立場」，是再生動、深刻不過的功課吧。這確實值得「感謝」的。

最後，陳芳明生動地表現了他的挑撥、分化、製造矛盾的手段。〈劈裂〉扯進了郭炤烈，扯進梁泰平，扯進許多「中國的朋友」。陳芳明企圖以這自以為得計的「密告」，分化在大陸的「中國人」與台灣籍人的矛盾，以待進一步利用這矛盾為他的反中國、反民族和反共政治服務。陳芳明的小手腕固然不值一笑，卻也有意義地提出在中國統一事業進程中，特別注意強化對於滯留大陸台籍人士的團結和同志的信賴，是多麼重要。這當然也是值得「感謝」的。

「新皇民運動」

至此，出版周明之書的爭論，是什麼政治性的爭論，已經彰彰明甚。

一九六八年，為了反對美（日）帝國主義，為了主張民族團結與祖國統一，身陷縲絏。七五年出獄，我在反帝、統一和民眾的民主主義上的信念和立場未稍改變，一貫地表現在我的文學作品、論評和《人間》雜誌的編輯上，及一些社會活動上。為此，歷年以來，由極端反共、反民族、反統一和反中國各派對我的刻毒的攻訐惡詛，紛至沓來，我卻不曾或極少回應，原因在無法自己的不屑。

尾崎秀樹在知道了二二八事件中，「蜂起的民眾之中有很多是原日本軍人，尤其是在戰時被徵往海南島的青年，（在二二八事件中）戰鬥甚為勇猛」時，有這「痛烈」的感受：

> 當打仗回來的台籍原日本軍人拿起武器（在二二八事件中）蜂起，我們日本人對於日本統治，和戰爭在台灣投下了什麼樣的陰影的問題，始終任其存留而未做答。

這是說以反陳儀政權貪婪掠奪、反獨裁、反獨占、反政治上的省籍歧視為主要性質的二二八事件中，攙雜著小部分日本對台殖民統治和皇民化運動所遺留下來的反中國、「膺懲暴支」主義，而使尾崎秀樹深自咎責日本的帝國主義和戰爭加害於台灣的責任。

由於一九三六年開始，隨次年侵華戰爭而遞增其強度的「皇民化運動」，在「天業翼贊」、「膺懲暴支」(「懲伐凶暴的支那」)的瘋狂的口號下，曾有不少的「台灣人」揮舞著太陽旗和印著太陽旗的提燈，在台灣土地上遊行，高聲作「祝南京陷落」、「祝漢口陷落」，和「天皇陛下萬歲」的狂亂的吶喊。在文學上，台灣出現過周金波描寫力爭「探觸大和之心、體驗大和之心」，把漢名高進六改成日名「高峰進六」的台灣青年的小說〈志願兵〉；出現過陳火泉寫咒詛自身流著的不是大和民族之血，呻吟著：「菊花是菊花。真花要數櫻花。像牡丹花，終究還能稱為花嗎？我這個台灣人，終竟也能叫作人嗎？」的人物，終於找到以「精神精進」法，「一念通天」，而與「大和忘」接合，誓言「生於台灣、長於台灣、死為日本國民」的台灣青年「青楠居士」的長篇小說〈道〉。

從這荒廢的歷史脈絡看來，今天在台灣政治、文化、輿論和教育高地上鋪天蓋地、瀰漫而來的反中國、反民族的獨台和台獨風潮，在一定的定義上，不就是五十多年前皇民化運動夢魘般的迴聲嗎？

在第一次皇民化運動中，有少數人堅不投降，抵抗到底。在當前的新皇民化運動中，我和更多的人老早下定決心，不但要頂住，而且準備好了鬥爭。

初刊一九九〇年十二月二十五、二十六日《自立晚報・本土副刊》第十九版

1 原刊如此，月分不詳。

「馬先生來了」？

馬克思《資本論》在台灣出版的隨想[1]

最近，時報出版社出版了戰後第一套公開刊行的馬克思的《資本論》，而成為文化界不大不小的話題。事實上，留著大鬍子的馬克思的照片，一、兩年來，早已在乍見似乎「進步」的雜誌上，大量地當作效果不錯的插圖和版面設計使用，甚至到了冗濫的地步，而引起我的一位外國朋友的驚訝：馬克思曾幾何時在台灣已經這樣「受人歡迎」？

以「馬先生來了！」、「靈魂的解禁！」為廣告詞的《資本論》促銷活動，其實並不真實。一九五〇年以後一直到前幾年，《資本論》和其他馬克思的著作，和其他更多的馬克思主義者的著作，以及更多更多的馬克思主義的（Marxist）論著，在台灣一直是可怕的禁忌。在大學裡，有自以批判馬克思主義的權威傲人、吃思想偵探飯的老的和少的教授。有更多以「中國文化道統」、「宇宙至中至正」之類的「學術」和「理論」，「駁斥」和「批判」馬克思主義之「邪惡」、「偏頗」、「唯物」和「仇恨」的著作尤其之多。一九五〇年到五四年，幾千個在台灣的本省和外省優秀的青年，在一場制度性的逮捕、拷問中遭到集體性的殺戮和監禁。他們所保有的馬克思、或馬克思主義的書刊，被當作不可追假的嚴重罪證。四十年來，在國外有機會接觸馬克思主義的「自由主義」學者，不憚於以「你們沒讀過，我讀過」的證人身分，在沒有和無法讀到馬克思的國人面前大做望之若「理性」的馬克思「批判」。四十年來，台灣的文化生活和知識生活中，馬克思主義的論述絕跡，而美國式的、保守主義的、冷戰的文化、知識和意識形態，以或者粗暴、或者細緻的形式氾濫。甚至許多在台灣的反體制文化英雄，同時是鮮明昭著的法西斯主義思想的崇拜者、超級反共主義者、過去肅共法庭上的冷血法官和超級買辦主義者，殆無例外。

●

一九五〇年以後，由於早在二次大戰前世界的共產黨人早就不斷地預告「第二次帝國主義戰爭」的來臨，並指導黨人做好在這個必然來臨的帝國主義戰爭中發展無產階級的力量、打倒法西斯蒂、奪取政權的準備，因此法西斯軸心戰敗瓦解以後，美蘇冷戰對峙立即升高，而各地的共產黨人便開始遭遇一個國際性波次的殘酷反共鎮壓。美國的「麥加錫」主義對大量真實和被羅織的美國文化人、知識分子和市民進行駭人的政治、社會與精神的壓迫。希臘、中近東英國舊殖民地的馬克思主義者遭到美國與當地反動派聯手殘酷殺戮；在中南美洲，對共產黨人的「獵巫」（witch hunting）恐怖政治至今不絕、變本加厲，在哥斯達．加代斯的一系列電影（《失蹤》、《Z》等）中猶令人戰慄。在五〇年代的日本，麥克阿瑟把所有的社會主義者、共產黨人、左傾知識分子制度地從一切日本文教、政府機關中驅逐列管。在戰前和戰時猶艱難奮力抵抗日本帝國主義的日本馬克思主義者，諷刺性地在戰後遭到肅清。在韓國，美韓當局聯手集體屠殺了七萬濟州島革命的農民……但儘管這樣，在被肅清後的社會，還艱難地留下在「地下」、地上遊走戰鬥的馬克思主義的文化和思想力量，留下不可忽視——甚至起著重大作用——的思想理論著作和文藝創作。八七年訪韓，看到八〇年光州事件後蓬勃發展的、關於韓國社會史、韓國資本主義、韓國民族、民眾文化運動的論爭和理論著作，理解到早自五、六〇年代以來，韓國的「馬克思主義的」學者、理論家、運動家、文化人和學生，在和台灣相較只有過無不及的反共壓迫下，沒有死絕，因此也沒有停止過思想和創作上的實踐。八八年到馬尼拉，在貧困、內戰、美國新殖民主義的悲慘禍害怵目驚心的菲律賓，我在矮小的、「進步的」書店中，可以隨手找到關於分析菲律賓社會、歷史、美國新殖民主義、專制政治的當地馬克思主義學者、理論家、神學家寫的書。

但是，在台灣，關於台灣社會、歷史的馬克思主義的論述，自遙遠的二〇年代以降，早在三〇年代台共被日本當局全面鎮壓以後，就幾乎徹底絕跡。四十年來，台灣的社會科學和哲學，是一片美國保守系社會科學和哲學的領地。學界不分朝野，幾乎一概反共，一概歌頌美國。台灣是戰後世界絕無僅有的、朝野一致極端反共、一致極端親美的社會。台灣自然也是極少數馬克思主義受到最徹底的鎮壓，受到朝野「學界」最輕率的處遇的地方。這是從馬克思《資本論》的出版方式也可以證明的。

在三〇年代的日本，即使當日共高舉「擁護蘇聯」、「打倒日本帝國主義」、「日本工人階級聯合韓、台殖民地工人和中國的工人階級粉碎日本軍國主義」的旗幟的時代，日本當局對馬克思主義出版品的處理並不是徹底查禁、逮捕讀者和出版者，而是找御用學者翻譯，在「重要的地方」刪除或「誤譯」、「歪譯」出版，而禁止其他版本。二、開天窗；六〇年代，我就在台北舊書店買過日本岩波版馬·列的著作，其中就有每頁、甚至連續兩頁以「×」代字，標點符號和段落則保留原樣的奇異的版本。三、馬克思主義准許在大學裡開課，卻嚴格限制在校園內，不許師生在校外搞政治活動。

●

六〇年代，我為了熱衷於找三〇年代的文學作品，到台北市牯嶺街的舊書店街找魯迅、找巴金、找老舍、找沈從文、找曹禺、找張天翼……誤闖了禁區，也開始買到像《政治經濟學教程》、《大眾哲學》、《聯共黨史》這一類的書。有一回，我在舊書堆中翻到一本破爛的英文書，封面赫然是《馬克思．列寧選集》第一冊，出版者竟是「莫斯科外語出版社」，書的頭一篇文章，是我久已知其名但自忖永遠也讀不到的〈共產黨宣言〉。我掏出口袋裡所有的錢，懷著又駭怕又興奮的心情，把書帶回窮大學生時代窄小陰暗的、租來的住所。

當然，這些其實還是「外圍」的、還是比較「淺」的書，已經足以全面顛覆我在台灣的教育養成過程中所接受的一切「內戰－冷戰」的價值。對於二十多歲的、讀書不求其甚解、文學氣質遠遠多於對政治的興趣的青年，由於純粹的命運中的偶然，在那嚴苛而荒蕪的時代，因著那一條雜亂舊書店街裡的破舊、發霉的書，一個人孤單地、恐懼地、亢奮地，一次又一次進行著思想的脫皮和蛻變。

我於是感覺到，透過這些「社會科學」的書，自己遂更加了解了魯迅、老舍和巴金們，了解了他們傑出的文學作品中最深層的吶喊。我也才恍然地了解到，在幼小的時代，大人們用耳語傳說的，一些青年和老師，在那蒼茫冷冽的、白色的五〇年代失蹤、赴死的時候，燃燒在他們心中的燈火，飄揚在他們的思惟的天空裡的旗幟，竟是什麼樣的燈火，和什麼樣的旗幟。今年春天，在北京大學的、微雪的校園裡，猛一個轉彎，驀然撞見了艾德嘉．斯諾的墓，使我大吃一驚，百感交集。我滿面淚痕地讀完斯諾日文版的《中國之紅星》（漢譯《西行漫記》）的大學四年級那個極為寒冷的夜晚的情景，當下立刻湧上了心頭。

因此，當我在這些舊書上看到書的原主人留下的眉批、閱讀時強調其重要性而圈下的圈子、劃下的線，尤其是他們的簽名、購書日期甚至印章，都使我心魄顫動，不能自已。我無法自抑地想像著這些舊書的主人被捕、被拷問、甚至被殺的命運和情景。他們留在殘破的書上的眉批和姓名，像是一個奮力要為強被湮滅的時代與歷史做證言和吶喊冤抑，在我當時的睡夢中，徘徊踟躕。

我也想起初中時代，就在學校隔壁的台北市青島東路上警備總部看守所，常常看見中南部農村來的老婦人，在門口排著隊，帶著食品和衣物，等候接見囚禁在那神秘的看守所裡的，或者是她的兒子，或者是她的丈夫的情景。也許舊書的主人還幸運地站在那門禁森嚴、圍牆高大的看守所裡吧。撫摸著舊書，時而也會這樣想著。

●

一九六八年，我被捕入獄。一九七〇年春，被送到當時在台東泰源的政治監獄，第一次見到了五〇年代反共肅清時代被逮捕而判決無期徒刑，其時已被幽囚二十年左右的人們。小時候，大人耳語裡的傳說，舊書頁上的筆跡，頓時成了活生生的人，與我生活在一個遙遠的監獄中。我會見了那噤聲不語的歷史，會見了那難以置信的、充滿了激烈的青春、對於生死最逼近的抉擇……的時代。我會見了那殘酷、蒼涼、荒漠的一九五〇年代。而他們依然活著，對我絮絮地敘說著一場遠去的風雷，一個消失中風飆雲捲的時代……

出獄以後，我參加了以五〇年代大獄倖活餘人為中心的「政治受難人互助會」。在餐會上，我看見過一百五十人以上，於今滿頭飛霜，年在六五以上的老前輩，頑強地活著，凝視著這個對五〇年代的黑暗裝出無辜的表情的我們的時代。

一九八八年，政府宣布解嚴。但至今沒有一個在解嚴後不憚於主張「人權」、「民主」和「自由」的教授、政客和名人為五〇年代反共肅清的罪案做過什麼清理、調查和研究。沒有。沒有一個自稱進步、民主、自由的學者，提出過對於那充滿了抑壓、虐殺、拷問、歪曲的「戰後」加以清算、復權，並全面顛倒冷戰歷史之論述的要求。解嚴以後，沒有一個報紙、言論人、教授和學者，真誠地為他們在充滿了非理和荒廢的戒嚴時代，自己意識和無意識之間成為戒嚴的非理和暴力之共犯，表示過懺悔與羞恥，卻大模大樣地扮演著自來前進、民主、自由、正義的謔戲的角色。長期的反共戒嚴，已經在台灣的文化、知識和思想中造成了這樣一個頑強的病灶，使得即使在形式和法律的表面「解嚴」，因為極端反共、反民族、親美的深層的內面化，「解嚴」其實還是「戒嚴」——尤其在社會科學、哲學和政治領域上。

馬克思的《資本論》和其他的作品，不斷地被加以新的訂正、註解，經由世界上最著名的出版社重新成套出版。但他們的出版宣傳和說明，也從來不曾有人以「馬先生來了！」之類的「廣告詞」來促銷的。馬克思很早就說過類似這樣的話：在資本主義社會，沒有宗教，沒有親情，沒有神聖的東西。一切的一切，都被轉化為商品。當馬克思主義長期地在這個島嶼上是邪教的邪經，是惡毒的、危險的思想；當台灣的馬克思主義者和懷抱著馬克思主義奮不顧身地要改變命運和世界的工人和農民，被一切有權、有勢、富有、體面而有知識的一切「體制」當作異端傳布者、異教徒、叛國者和惡疾傳染者一樣被追緝、問吊、拷問、槍決、監禁、破身亡家、而至「種族滅絕」；當法西斯、極端反中國、反民族、極端反共、大模樣的帝國主義代理人和買辦的精英知識分子，四十年來占領和支配著台灣的政治、言論、文化和知識高地，「後現代」式的「馬先生來了！」「靈魂的解禁」的謔嬉聲中出版的《資本論》的命運，似乎未卜已知。

初刊一九九一年一月《中國論壇》總三六四期

1　本篇為「馬克思主義與台灣」專題文章。

對於美國霸權主義的實感1

有熱心研究台美歷史關係的年輕學者，善意而慷慨地讓我有閱讀他所收集的研究資料的方便，使我這個歷史學和國際關係學的門外漢，有接近原始「資料」窺見沉埋在歷史中的秘密的驚詫和嘆息。

一九四八年十二月十日，台北美駐華領事館的科倫茲（Krents）發了一封密電到美國國務院和當時還在南京的美國大使館，做例行的情報彙報。這封密電是報告一位艾德嘉領事官（Consul Edgar）到屏東至高雄的旅行中聽來「台灣人和美國人的情報來源的各種報告」。

報告說「南部的台灣人」駭怕南京政府垮台以後，台灣的國府軍會變成小股武力劫掠台灣的城市和鄉村，並說中共透過「在香港的組織」在台灣南部宣傳，散發小冊和期刊，使很多台灣農民受到蠱惑，共產黨人在農村中陡增。

接著，報告出現這十分耐人尋味的兩段：

地下活動的台灣人(Taiwanese underground)正在盡全力反擊共產主義,但是經大陸來的(國民黨)地方官員的不得人心、沒有效率和腐敗,使反擊共產主義變得困難。那些經由所謂選舉產生的台灣人官員,一般被視為南京(政府)的代理人而不是人民的代表。人們說南京政府給這些人很多錢買票當選。

這些地下活動的台灣人,從去年二月事件中學到了功課。他們再也不會倉促舉事。他們已經改善了他們的組織,並且建立了一個影子政府,一旦時機成熟,這些人都已計畫好要接管(國府)。為了要確實消滅這些(大陸派來的)官員,已經有六個地下活動的台灣人分別鎖定了位居要津的官員,(國府)的一切軍事行動多在他們的偵監中。他們十分清楚(國府)軍隊軍火的品質和數量。

這「地下活動的台灣人」,絕不是共產黨人,是十分清楚的。在一九四八年十二月,台灣南部居然有秘密的反共組織,直接向美國領事館報告工作。從報告看來,對所謂「地下活動的台灣人」並沒有任何進一步的、情報上應該有的說明:他們是哪些人,什麼政治主張等等,顯然是接受這報告的美國國務院和報告者之間所熟知的。從這些「地下」人對台籍國民黨官員的惡評,他們之致力反共,又居然組織嚴密、厲害到在台灣南部組成了地下政府,隨時準備好推翻國民黨政權以觀，這所謂的「地下」云云，應該是和美國直接聯繫的台灣獨立分子吧。

報告人艾德嘉領事官，在上述引用的第二段的文字，簡直是在向國務院報告這個「地下」組織是如何英勇、有效率、可以信賴的組織，字裡行間，誇獎之意，溢於辭表。美國使領館在駐在地搞情報、搞顛覆，人盡皆知。但不讀這「解密」的文件，就遠遠沒有令人冷汗的實感。早在一九四七年以來，美國為它自己的國家利益，為它自己在西太平洋戰略利益，就不斷地以駐台領事館、駐台「美新處」在台灣士紳間搞「聯合國託管」台灣、「公民投票」解決「台灣前途」和台灣獨立的活動，美國自己已經解密的外交、情報文件歷歷明甚。一九四八年的這個文件，只不過是這條美國對台政策——搞出一個親美．反共．非中國的台灣——的佐證之一罷了。

至於報告中那個英勇、有效率、有嚴密組織的Taiwanese underground後來如何，而今安在，已經無法核查了。不過，一九四九年五月，廖文毅(Dr. Thomas Liao)向美國情報人狄克．塞維斯(Dick Service)呈上長達一八三頁打字紙的英文《台灣發言》(Formosa Speaks)中，為了說明「台灣人」在當時台灣內部反蔣獨立的勢力有多麼壯大，列舉了十個完全服從廖文毅博士為首的「台灣再解放同盟」(Formosan League for Re-emancipation)領導的台獨組織，即號稱擁有二十萬個三十歲以下台灣青年，由黃紀男領導的「台灣青年同盟」，一個由Y. T. Tsong領導，有「數千」知識分子參加的「台灣獨立同盟」，以及廖文毅沒有特別說明其成員人數的「台灣民眾同盟」、「台灣民主重建協會」、「台灣學生聯盟」、「新台灣婦女同盟」、「台灣先住民同盟」、「台灣經濟研究協會」和「台灣文藝協會」。據廖博士說，這十幾個組織「決定」以支持廖文毅的「台灣再解放同盟」，而形成一個所謂反蔣的台獨「統一戰線」。

曾經參與廖文毅案的策反、偵訊，後來涉及調查局內部矛盾而以「叛亂」罪下獄的李世傑，在他所寫的《台灣共和國大統領廖文毅投降始末》（自由時代社，一九八八）中，說明「台灣再解放同盟」其實是一九四八年二月在香港九龍廖流寓香港的住所成立。但在《台灣發言》中，廖文毅把成立的時間寫成一九四六年十月，地點在台灣，是由上述十幾個團體的代表在台灣秘密開會成立。代表「台灣民主自治同盟」在香港「參加」過這個「台灣再解放同盟」的蘇新，在他的回憶文章中說，廖對外宣傳，尤其他當時不斷給美國國務院寫信，不斷給聯合國上書，要求他所領導的「台灣再解放同盟」受邀派代表參加將來可能的任何由國際討論和處理台灣問題的會議時，總是誇大甚至虛報他麾下的台獨團體。一九四八年開始，廖文毅和黃紀男離港赴日，在麥克阿瑟聯軍總部的暗中支持下活動，而號稱「實力壯大」的「台灣再解放同盟」也神奇地煙消雲散。

因此，這位艾德嘉領事從「屏東到高雄」一帶的「台灣人和美國人的情報來源」（Taiwanese and American sources）得來的「報告」，是否也是由「地下活動的台灣人」搞出來的空頭和烏龍的情報，很值得懷疑。因為力量如此強大的、有組織、有效率，早已準備好接管國民黨政府的台獨「影子政府」(shadow government)如何隨時局的發展而煙消雲散，永遠成了一個啞謎。一九五〇年，在「一九四九年底」回台工作的「台灣再解放同盟」支部被國民黨偵破，黃紀男、廖史豪等六人被捕。他們是否就是這封情報信中所說的「地下活動的台灣人」，也不得而知。

但不論如何，當時在台灣的美國外交人員之積極而熱心地聯繫、鼓動和支持在台灣的民族分裂活動，僅僅從這封對「地下活動的台灣人」之充滿讚許、肯定甚至薦許語氣的報告中，已見全貌。

然則，物必自腐而後蟲生。國民黨在一九四五年代表中華民族把台灣接回祖國懷抱的過程和以後一連串的惡政，以及中共在大陸上的一些窳政和重大錯誤，成了美日帝國主義伺機培養和擴大民族分裂主義的最好的條件。但是，讀著這些「解嚴」後的文件，想到在台北市信義路上的「美國交流協會」，想到駐北京的美國大使館，想到遍布全世界的美國使領館和美國「文化中心」、「美國新聞處」，布建那麼多當地人和美國人的「情報來源」，每天有多少類似科倫茲和艾德嘉先生的機密情報信件和電報電訊，雪片似地飛向美國國務院，不禁毛骨悚然。什麼是世界的超級霸權，什麼是新的帝國主義和殖民主義，我於是有一份生動的實感。

初刊一九九一年一月《中華雜誌》第二十九卷總三三〇期
收入一九九一年十一月海峽評論出版社《台灣命運機密檔案》（王曉波編）

1　本篇收入《台灣命運機密檔案》時，標題為〈「地下活動的台灣人」？——從一九四八年的一封密電談起〉。

大陸社會的縮影

短評〈大雜院〉[1]

作者把〈大雜院〉當作當前大陸社會的縮影來寫，是十分明白的。一九四九年以後比較寧靜、和諧、拮据、有傳統義理的大陸社會，逐漸變成一個比較騷動、矛盾、有人暴富、傳統的義理開始變化或消蝕的社會。作者對於投機倒耙、官倒、官僚特權，對於在「開放改革」以後新竄起來的負面事物和人物是批評的，但對於正面人物——比較積極上進，敢於掌握和改變自己命運，接受「新時代」、「新事物」的正面影響的人，抱著同情的態度，對於雖然善良，但趕不上新形勢，禁不起投機圖利的誘惑的人物，則抱著惋惜的態度。

作者的這些意念，是透過通暢的（北京）語言，盡職、合理、有時不乏生動的人物描寫，流利的敘述——說故事的才能寫成。技巧基本上是傳統的現實主義，沒有任何花俏的敘事方式，四平八穩，「傳統而且平凡」，從而就沒有敘述上的「技術犯規」。這在參選的作品中沒有特別驚人的傑作時，總是變成「獲勝」得獎的一個好條件，卻又無法給予「第一」的榮譽。評審人對「第一」有更大的期待。

相形之下，我們台灣的作品，力求表現上技巧的「繁複」與「創意」，卻意念模糊，失去焦點。形式是為內容服務的。形「勝」於質，「形」就失去了意義。力求新異、創新的精神還是好的。但求新到明顯「技術犯規」，而又看不出犯規之「妙」，在競賽時就成為不可同情的缺點了。

初刊一九九一年一月六日《聯合報．副刊》第二十五版

1 本篇為《聯合報》徵文之「決審意見」；所評小說〈大雜院〉作者為羅辰生。

新的閱讀和論述之必要[1]

一九七〇年代「台灣鄉土文學」的提起，是針對一九五〇年以降支配台灣文壇二十年之久的、模仿的、舶來的「現代主義」文藝思潮的批判和反論。因此，沒有先對於五〇年以迄七〇年的台灣「現代派」文學做分析的認識，就不能充分理解七〇年代的鄉土文學運動。

一九四五年到一九五〇年，台灣文學從日本法西斯軍國主義的沉重壓迫中甦醒，陳儀政府以超額的掠奪，支應中國大陸內戰無法滿足的財政需要。陳儀集團在政治、財政、經濟、司法上的獨占支配，沉重的稅負、苛酷的米糖收奪、社會終結期普遍的腐敗……使台灣作家和渡台大陸進步作家，以短評、雜文、詩歌、隨筆、評論的形式描寫和針砭生活中存在的矛盾。對中國現當代文學的閱讀，熱情清算殖民地文化的殘留和學習祖國語言、思潮，成為當時台灣作家、知識人和文化人的熱潮。一九三一年以後被日本戰爭當局鎮壓的、現實主義、干涉生活、(反帝)反封建的文學傳統快速恢復。就在這一個時期中，渡台大陸系文學評論家和本地作家、評論家之間，進行了一次「新現實主義」文學的論爭。這論爭的哲學、社會科學和歷史學的水平，今日視之，有四十年來不及的思想高度，尤其顯示四十年間台灣文藝思潮在極端冷戰荒廢歷史中的退嬰。

冷戰和「現代主義」

一九四九年國府退據台灣。一九五〇年，韓戰爆發，美國斷然決定武裝干涉台灣海峽。在第七艦隊封禁海峽的同時，國府放手進行一次徹底、堅決、全面的反共肅清（red purge）。從一九五〇年以迄五四年，估計槍決了四千人，並且以不等的刑期監禁了另外的四千人。其中最後釋放的終身刑政治犯，僅僅在五年前獲得釋放。進步的文化人、作家、劇作家、評論家在這次肅清中悉數被殺或被囚。著名作家楊逵在五〇年被捕，判刑十二年。

為了美國西太平洋反共戰略利益，美國以強權由外而內、由上而下地在本地無產階級、資產階級兩皆衰微的台灣，設立反共國家安全體制下高度權威主義「國家」。內戰和冷戰的雙重結構，在海峽分裂的對峙下使反共意識形態無限上綱。另一方面，美國經由強大對台軍經援助，透過教育體制的美國化改革和美新處的強力文化滲透，美國意識形態迅速取得霸權地位。台灣文學思潮至此發生巨變。

現實主義的、反帝反封建的、新民主主義的一切文藝思潮、文藝作品和創作實踐，徹底遭到殘酷的打擊和禁絕。中國現當代文藝和文藝思潮在台灣完全斷絕。

五〇年代初期由政府和軍部推動的「反共抗俄文藝」、「戰鬥文藝」雖然不了了之，但極端的反共主義支配了一切，遑論文壇。

在這個背景上，從美國新聞處，從香港，從精英大學的外國文學系，從大陸流亡來台汪偽時期的「法國象徵」主義，從歐美畫壇的畫冊，匯集成一股「現代主義」風潮。這個風潮主張文藝的絕對純粹性，反對意義、反對具象、反對情節、反對故事。意義即內容的消失，相對地使形式不斷地膨脹，在表現形式上（語言、敘述、構圖、顏色）不斷地晦澀化、怪異化。在藝術作品中歷史、時間、人、社會隨意義的消失而消失。外在一切約定俗成、可以溝通的符號被取消，作品流於人類最混沌的心理世界的、無政府的迸流。

「現代詩」、「現代畫」、「現代音樂」、「現代小說」、「現代（實驗）電影」，在五〇年到七〇年成為文壇顯學。「五月畫會」、「東方畫會」、《現代詩》、《創世紀》、《筆匯》、《現代文學》、《文學季刊》、《歐洲雜誌》……紛紛在五〇年以降結社和創刊。一九五〇年到七〇年，是台灣經濟由進口替代工業發展到依賴美日資本主義在太平洋分工中的加工出口基地的時代，是勞力密集的、加工輕工業的時代，卻在美國意識形態統治下輸入作為成熟期高度發展資本主義的文藝思潮「現代主義」。這和台灣戰後資本主義化進程一樣，有深刻的冷戰政治意義。

現代主義的反歷史、反意義、反政治性格，一方面和左翼反帝民族解放運動的現實主義文學針鋒相對，一方面也符合大肅清時期恐怖氣氛下不敢干涉現實的需要。現代主義也是崇揚歐美「自由世界」先進文藝的一個思潮。肅清的政治恐怖，土改中地主的消失，獨立佃農農村的形成，農村女工流入城市，農業衰退……這些台灣社會重大的變化，人們不能在同時期「現代主義」文藝中找到蛛絲馬跡。在反共富國強兵政策下，台灣戰後資本主義的累積過程中，沒有工人的可以感知的、意識化的反抗，正如沒有現代主義文藝作品對充滿變化和矛盾的社會和人，加以揭露與記錄一樣。

西方校園的左傾和「現代詩論戰」

六〇年末，受到中國大陸文革的影響，連續二十年世界景氣在先進資本主義社會中積累的矛盾，發展成北美、法國、東京知識分子的「反叛」潮流。反對美國對越南的干涉戰爭運動，黑種人民權運動，言論自由運動，民歌復興運動，教育改革運動，對中國、越南和古巴革命的高度評價，激盪了美國、法國、歐洲和日本的校園和文化圈。校園思想和社會科學的激進化，啟蒙了台灣和香港留美、留歐學生。

一九七〇年，美國片面宣布將釣魚台諸島於一九七一年連同琉球全島劃歸日本。留美港台學生和台灣的大學生不約而同地掀起反美、反日、保衛釣魚台運動。國府懾於美日支持其聯合國席位，不但對美日示弱，反而對愛國學生施加政治恫嚇。至此運動迅速左右分裂。左翼的運動奔向「認同運動」和統一運動；右翼發展為「反共愛國」、「革新保台」運動。七一年國際外交形勢陡變，中共在國際社會中竄起，台灣遭受重大震盪，台灣知識界以《大學雜誌》呼籲改革，並在「民族主義座談會」中發生左右鬥爭，幾位民族主義派在「台大哲學系事件」中遭受鎮壓，保釣風潮落幕。

正是在這樣的背景上，一九七〇年到一九七四年，台灣文壇開展了一場「現代詩論戰」。在六〇年代末接受了激進社會科學洗禮的海外知識分子，對於支配島內文壇二十年的「現代主義」文藝的中心——現代詩，展開了強烈的批判。

一九七〇年，任教於新加坡大學的關傑明，發表了三篇論文，對於台灣現代詩提出了苛烈批判。[2]現代詩中思想焦點的喪失、語言的荒廢、文學的民族特色之不在等，成為批判的焦點。接著有許多論文提出文學關懷社會，文學描寫民眾的生活，文學為民族的命運發言，反對晦澀，主張文學應該人人能讀。總之，文學的民族性、文學的民眾性等五〇年反共肅清恐怖以來不曾被提起的現實主義、民眾文學、民族文學等問題首次被提出，並以之批判台灣現代主義文學的買辦性、模仿性的「惡質西化」。而被批判的現代派，很快地以政治指控回應，指責現代主義的批判觀點有左翼、「唯物主義」、為中共統戰的嫌疑。現代主義批判的旗手有唐文標、關傑明、尉天驄、高信疆和蔣勳等。在同時期，蔣勳、吳晟已有深刻描寫生活的詩創作發表。

一九七六年，有一小股學術上、思想上的反帝民族主義的，並不強烈的波瀾。吳明仁的〈從崇洋媚外到民族意識的覺醒〉，林義雄的〈知識分子的崇洋媚外〉，江帆的〈現代人與現代化〉，批評了戰後台灣文化界、知識界的買辦化和「崇洋媚外」和「人心向外，人心媚外」的現象。一九七六年，「使醫學說中國話」的運動產生了《當代醫學》雜誌。這些年輕醫生並刊行《健康世界》以推行醫藥衛生知識的普及運動。

鄉土文學論戰：現代詩論戰的延長

一九七七年前後，王拓、尉天驄、黃春明、蔣勳、江漢、張系國、李利國、舒凡和陳映真紛紛發表文章，討論文學的社會基礎、文學的發展方向、台灣文學的鄉土意識、民族文學等問題，並且引起彭歌、余光中、司馬中原、銀正雄、朱西甯和大量黨團作家和雜誌的圍剿、批評、反駁甚至政治指控。總地說來，七七年的鄉土文學論戰，思想內容上是七〇到七三年「現代詩論戰」的延長，然而在台灣社會分析上，台灣經濟的「殖民地性」的提起，有新的發展。由於國民黨和一些「自由主義」的批評家公開對鄉土文學論者打棍子，彭歌並公開搞「點名批判」，指控鄉土文學既有台獨之嫌，又有「工農兵文字」之嫌。鄉土文學批判被黨和軍方擴大到「國軍文藝大會」上，一時風聲鶴唳，形勢恐怖，但也因此使「鄉土文學論戰」比「現代詩論戰」遠遠有名得多。

這時身經中國現代文字學幾次重要論戰的胡秋原先生，和徐復觀先生、鄭學稼先生出面公開維護了鄉土文學。日本學界也介紹了這次的論戰。旅美長期研究台灣文學的學者也為鄉土文學辯護。論戰雖無從自由、深入發展，卻幸而免去了一場文學爭論的文字之獄。

極值得一提的是，在這場以鄉土文學界和西化派文學界（余、彭）夥同黨、政、團、軍的批評家之間的論爭，另有文學界以外「自由主義」學者也參加了爭論。現在可以查到的文獻有：張忠棟的〈鄉土、民族、自立自強〉，孫震的〈台灣是殖民經濟嗎？〉，董保中〈談工農兵文學〉和〈我們當前的一些文藝問題〉等等。一般而論，論旨在擔心鄉土文學「被共匪利用」，中共工農兵文學在過去曾造成如何重大危害，當前台灣文學存在著各種危險、有害的政治問題，台灣社會沒有對外依賴和殖民地的問題等等。

初步的總結

「鄉土文學論戰」在思想上是前此的「現代詩論戰」的延長。而兩者都是七〇年代一股反叛「冷戰—內戰思潮」的產物，具有十分重要的台灣戰後文藝思潮史的意義。一九五〇年反共肅清以後，文學上個人主義、形式主義、心理主義和「國際主義」（西化主義），成為主流思想。描寫生活、描寫農村、描寫五〇年以後台灣資本主義發展過程中人與生活的變化的小說，也在五〇年以降逐步發展，但要在七〇年代「現代詩論戰」和「鄉土文學論戰」以後，才代「現代主義」而成為主流。在思想上，和西化的現代文學針鋒相對地，「現代詩論戰」和「鄉土文學論戰」提出了現實主義、民族文學、民眾文學、文學為社會的進步等概念。

「鄉土文學」的概念，從論戰中大量文獻證明，一般而言，是與西化文學（模仿的、舶來的文學，文學的買辦主義）對立地提出，它特別強調民族性（反帝、反買辦）和民眾性（社會性、人民性），有相對的徹底（radical）性和進步性。葉石濤提出台灣文學地理、風土、歷史、社會的特殊性意義的「鄉土文學」概念，也提出台灣文學「反帝、反封建」的傳統，而主張台灣文學與（大陸）中國文學的殊異性，是有價值的補充。八〇年代作為台灣獨立運動的一環的「台灣文學」論，則以與中國文學的對立、分斷的概念提起，與此時期中的討論有完全不同的性質。

現代主義和自由主義，在平時一概顯得寬容、自在、民主、「客觀」。但一旦涉入路線、思想論爭，莫不立刻顯露極端的「內戰─冷戰」意識形態，而發展為粗暴與細緻程度不同的、對於論敵的反共政治告發。文獻具在，實為遺憾。饒有興趣的是，現代主義在初期暫時遭到情治機關的懷疑外，其後一直成為軍中政工系詩人所提倡、創造和發展。在亞洲、在第三世界，「現代主義」文學普遍地成為當地反帝、反新殖民主義的民族、民眾文學針鋒相對的文學運動，可見台灣也不例外。

七〇年代台灣文學界的兩次論戰中，鄉土文學陣營有兩個重大的缺點。

論戰的缺失

缺點之一，是理論發展的不足。「鄉土文學」、「民族文學」和「民眾文學」都不曾有科學的界定。對於「現代主義」的批判和分析，理論上也嫌貧弱。對於為什麼以民族文學、民眾文學為主張，缺少以進步社會科學為基礎的論證與開展。王拓提出台灣經濟的殖民地性，有重大意義，但限於當時以政治經濟學分析台灣社會的文獻不足，台灣社會科學一般地美國化和保守化，無法做出更深入的台灣社會構造體論和台灣戰後資本主義性質論。此外，由於政治上嚴苛的反共禁忌，爭論無法有系統地縱深發展，使鄉土文學論、現代主義批判無法發展成體系性的理論構成。理論的發展不足，對於其後台灣文學迅速的商品化和荒廢化，以及運動的不曾持續發展，起到重要的影響。

缺點之二，儘管鄉土文學—現實主義文學理論有發展不足之處，但基本上批判了現代主義，使現代主義基本上失去了文學理論霸權的地位。但是，理論爭論以後，鄉土文學一般地在創作實踐上沒有很好地跟上來，一般而言，沒有或很少創意上好、思想上深刻的巨構。創作實踐上的嚴重落後，是鄉土文學道路一至八〇年代就比較容易地被都市文學、消費文學和新的模仿舶來文學(例如所謂「後現代主義文學」)所淡化。

新的閱讀和論述

現代詩論戰以後，匆匆已二十年。二十年間，台灣社會、政治、思潮有巨大變化。重讀、總結、批判地、科學地分析一九七〇年代的文學論戰及其思潮，時機應當成熟。目前的環境和條件，是比較有利於科學的、理性的論述。沒有這些總結，就不能做好對於當前台灣資本主義及其文化的討論，從而從這討論的基礎上發展出當前台灣文學諸問題的新的討論的論壇。

初刊一九九一年一月六日《中國時報・人間副刊》第二十七版

1 本篇為「走過七〇年代的文學標竿・回顧鄉土文學論戰」專輯之中篇；上篇為蔡源煌〈平議鄉土文學論戰〉，下篇為張大春〈丟帽子砸招牌：言論箝制時局的意識形態論爭〉，分別刊於同月四、七日。

2 關傑明評論現代詩的三篇文章，分別刊於一九七二年二月、九月《中國時報・人間副刊》，以及一九七三年七月《龍族詩刊》。

尋找一個失去的視野

讀何新〈世界經濟形式與中國經濟問題〉

整個亞洲之中，各民族各國有它們不同的歷史和文化。然而。今日亞洲各族人民所面對的各種嚴重的問題，卻有高度的共同性，那就是被外國獨占資本和與之相結合的國內支配階級的掠奪所產生的貧困和不發展（underdevelopment）。從十九世紀的舊殖民地時代以降，貧困在古老的亞洲大地上一貫地再生產著。幾百年來，貧富的差距、窮人的數量，在廣闊而古老的亞洲只有愈加惡化的傾向。

新殖民主義荼毒下的亞洲

二次大戰後亞洲前殖民地的「獨立」，其中絕大部分並不真實。因為今日的亞洲「國家」，許許多多都是過去西方殖民主義直接的產物。如果亞洲不曾被殖民主義和帝國主義侵入過，亞洲人民所建造的國家，肯定和今天的國家在性質和形式上完全不同。亞洲的貧困之再生產，基本上是這歷史上新舊殖民主義本身所再生產的。新舊殖民主義，對於亞洲前資本主義的社會構造往往不是加以現代資本主義的改造，而是依據殖民主義的利益，時而和傳統的社會構造體相溫存，巧加利用；或時而竟加以固定化。今日廣泛在於亞洲的半封建甚至封建的殖民時代大莊園制度和其他的落後而殘酷的生產關係，便是顯著的例子。契約栽培、保稅加工特區和企業農莊等巧妙的手段，是今日外國和本地殖民地統治階級，超越了國境的限制，經由其「國際的結合」而完成的。

透過國際借款、援助計畫、合作計畫，引進外資以求「發展」的過程，在亞洲地區幾乎毫無例外地是以壓制人民自覺選擇和參與，以強權的暴力抑壓人民在這被迫的「發展」計畫中遭受損害所引起的反抗的過程。「綠色革命」的技術改革過程，由於沒有和農民充分溝通和討論而強加於人，從而產生巨大的損害。在生產性比較落後，無法吸收「綠色革命」技術改革的偏遠山區的稻作農民，因無法生產廉價的稻米，而被迫從市場原理中剝離，陷入更嚴重的飢餓與貧困。馬來西亞的稻作農民和橡膠農民的遭遇就是例子。

急於透過資本主義改造而追求發展的亞洲，由於殖民主義掠奪機制殘存，不但沒有創造出均質的、主動積極的工人和農民，反而從工人和農民的分離解體中產生更多的貧民。統治者利用亞洲複雜的文化、人種、宗教和語言的矛盾，使這些窮困的人民互相對立，互相敵視。窮人歧視窮人。窮人敵視窮人。亞洲新殖民主義的資本主義累積過程所大量產生的貧困，因貧困人民間的矛盾而掩蔽了貧困本身的劇烈痛苦。

許多亞洲自覺的政治經濟學家認識到：這亞洲貧困的再生產進程，同時也是富有的先進資本主義國家繁榮富裕的再生產進程。北方的先進國家固然也有貧富階級的分化，但透過霸權主義、新殖民主義從廣泛第三世界吸收的財富，使先進國家內部的階級矛盾鎮靜化和緩和化，是不爭的事實。對大多數的亞洲社會，由於殖民體制的殘留，使得工業部門的現代工人階級、自營農民階層、城市白領階層的產生受到曲扭，而使貧困更為尖銳和嚴重，從而在亞洲資本主義的「發展」過程中，強化了由西方支持的、「政府」的權威主義的個人，使亞洲各地人民的民主、人權和自由，遭到嚴重損害。在過去四十年冷戰的時代亞洲法西斯軍事政權，以反共國家安全之名，以經濟快速成長為餌，進行對於亞洲人民長期獨裁、腐敗的支配。在另一方面卻透過軍援、貸款、合作開發……向亞洲大地滲透的新殖民主義的資本主義發展，使亞洲國家在輸出市場、資本、技術、半成品……方面，無可自拔地依賴外國資本。先進國繁榮富裕過程，成了亞洲第三世界貧困停滯的過程；先進國「民主」、「自由」的過程，也和貧困國家專制、戒嚴反共法、國安法結成密切的關聯。

大陸知識分子的變貌

亞洲的故事，其實就是廣泛第三世界的故事。

以這樣的故事為背景重新認識、評價和批判中國社會主義建設的觀點，不但是四十年極端反共、極端受到冷戰學術和價值所支配的台灣所沒有的觀點，在「改革開放」之後，似乎越來越多的大陸知識分子也不可思議地失去了這樣的視角。八〇年以後，大陸上越來越多的人到美國、歐洲和日本留學；越來越多的大陸知識分子組織到各種國際性「基金會」和「人員交流計畫」，以高額之匯率差距，西方正以低廉的費用，吸引大量的大陸知識分子，進行高效率的、精密的洗腦。和六〇年代、七〇年代以來的台灣一樣，大陸知識分子到西方加工，塑造成一批又一批買辦精英資產階級知識分子（comprador elite bourgeois intellectuals），對西方資本主義、「民主」、「自由」缺少深度理解卻滿心嚮往和推崇；對資本主義發展前的和新的殖民主義，對第三世界進行經濟的、政治的、文化的和意識形態的支配的事實，斥為共產主義政治宣傳；對一九四九年中國革命以來的一切全盤否定，甚至對自己民族四千年來的文化一概給予負面的評價。在他們的思維中，完全缺乏在「發展－落後」問題上的全球的觀點。對於他們而言，中國大陸的「落後」，緣於民族的素質，緣於中國文化的這樣和那樣的缺陷，當然尤其緣於共產黨的專制、獨裁和「鎖國政策」。一樣是中國人，台灣、香港和新加坡能取得令人豔羨的高度成長，而中國大陸之所以不能者，就成了這種邏輯的證明。「開放改革」以後，即使從海外看來，卻能生動地感覺到中國大陸因市場、商品經濟的發展和摸索，相應於社會生產關係上的巨大改變，而產生了思想上的「兩條路線」的分化。《河殤》系列以國家體制派意識形態宣傳的方式推出，在大陸全國範圍內引起激烈的震動和爭論，更是形象地表現了這個思潮上的分化。

因此，在這個意義上，何新以〈世界經濟形勢與中國經濟問題〉在《人民日報》巨大篇幅刊出，就尤其值得注目。

地球規模的觀點

何新的文章，據說是一次他和日本經濟學家、中國事物評論家矢吹晉對談紀錄發展出來的。因此，它當然和一般結構、邏輯嚴密的學術論文，有本質和形式上的不同。儘管何新在關於世界和中國經濟形勢與問題上所做廣泛的談論中，有不少地方還可以更周密、更深入、更構造性地展開，然而，由於這是一次廣泛對談的紀錄，因而讀者所廣泛注意的，是何新所提出來的論述的總的觀點和角度。和大陸及海外一般比較西化的「不同政見」知識分子相比較，何新，作為第三世界中充滿機會與問題的苦惱的大國——中國的知識分子，對於世界和中國的大勢，有下列值得注意的、突出的觀點：

一、全球性的、結構性的觀點

許多深受西方資本主義發展論所影響的第三世界知識分子，深信世界的發展有無限的前途。他們對於資本主義在地球上繼續開發與發展，即新技術、商品、物質和市場持續的開發和擴大，抱持著樂觀主義的態度。但何新看到在地球資源有先天極限的視界，看到以對於人和自然的剝削以滿足對利潤的無窮嗜欲的資本主義的最終極限性。何新看到在霸權主義、超國界的獨占資本主義和新舊殖民主義支配下，在世界經濟秩序和體制中長期、不斷增大的不公平；看到世界範圍內貧困在不斷地擴大再生產；看到在資本主義的高度國際化條件下，貧困向古老的第三世界廣泛的人民生活中「移轉」。

何新也把一個社會的發展與不發展，突破了在一國之內的框架上思考的方式，而提到世界資本主義機制的框架上，找到參照思考的角度。何新指出了十六、十七世紀以來以殘酷的殖民主義掠奪與當前高度發展的資本主義原始積累的重大關聯性，指出在目前不平等的世界經濟機制中，富國以資本的剩餘和巨額貸款的累計利息，維持和擴大富裕國家與貧困國家的差距。何新指出貧國之貧，除了發展政策的錯誤，還緣於當前已發展國家阻止貧困國家的發展。關於後者，何新僅僅以富國的保護主義限制窮國舉國債搞資本主義工業化所生產的輕工業產品，造成加工出口以匯還債和累積的計畫破滅……但何新沒有指出，富裕國家和貧困國家的「精英資產階級」互相聯手，為了他們的私利，阻礙貧困國社會的構造性改革，繼續維持貧困、落後的現狀，以貧困、依賴、壓迫的擴大化和長期化，維持國內外支配階級的最大限度利益。

二、第三世界的觀點

霸權主義和新殖民主義，無疑地有它的世界規模的、全球結構性的觀點。何新的全球性觀點，當然與之有別。何新採取了世界資本主義體制中邊陲國家——「依賴的、不發達的」第三世界國家和人民的觀點。所以他看到國際貸款、跨國企業對落後國家造成制度性的貧困所起的影響；他也看到貧困的世界政治經濟學（global political economy）上的意義；看到先進國家對貧困國家力爭發展過程中致命的掣肘。

第三世界的角度

這些觀點，歷史地看來，早在五〇年代末就在吃盡苦頭的第三世界中，以依賴理論、世界體系論和世界政治經濟學的論述展開，且有相當豐富的累積。事實上，中國大陸也早已有同樣的思想，並在自己艱苦和充滿波折的發展道路上付諸實踐。一九四九年的革命，使中國克服了帝國主義和封建主義這兩外部和內部的枷鎖，斷裂了第三世界至今引以為苦的外來殖民主義與內部買辦主義．封建主義勾結所造成的鎖鍊，從而堅定地在帝國主義長期、緊密的封鎖下探索促進生產、改善生活和經濟獨立的發展道路，經歷了一次又一次的顛躓、錯誤和失敗，也取得了極為難能的成就。自居於第三世界，堅稱反霸而不稱霸，對更貧困的國家給予最無私的援助，這猶是中國昨日的生活和信念。遠的不說，我手頭上就有一九八二年第十四號《紅旗》雜誌上當時中國社科院世界經濟政治研究所所長李琮山文章：〈關於未開發社會的經濟發展戰略〉，就很有這樣的視角。然而，尤其在「開放改革」之後，更尤其在蝟居在西方社會的中國「民主知識分子」之間，早已失去了這樣的視野。他們當中的絕大多數，只看見先進資本主義國家的進步、文明和開化，對於世界的政治經濟，只有橫向的視野，去看表面的高低，卻沒有縱向的觀點看到富裕—貧困、發展—不發展過程之歷史性展開。在錄像影集《河殤》中，甚至嗟怨中國文明的限制性，使中國沒有在鄭和的航海事業上發展成從貿易而向外殖民，以收奪南洋民族走向帝國主義！而這樣的世界觀，竟而曾經一時成為中共官方的世界觀，令人震驚。因此，這一次《人民日報》不惜以顯著而巨大的版面，全文刊登何新的這篇文章，是否意味著中共在六四事件以後權力體制方面的思想有一個轉折，就無法判定了。然而，從《河殤》到何新的〈世界經濟形勢與中國經濟問題〉的轉折，難道不也在說明中國大陸自七〇年末以來的經濟改革理論的不足嗎？

總地說來，何新關於世界經濟形勢的看法，基本上沒有超出戰後以第三世界為中心而發展的、馬克思主義的、激進派的世界政治經濟理論的範圍。但在「改革開放」過程中由西化派、買辦化「智囊」統治了十年後的中國，以官方立場和地位出現何新的這篇文章，就不能不令人瞠目凝神了。

何新也以相當大的篇幅談社會主義和資本主義。在「蘇東波」風潮之後，當全世界資產階級媒體齊聲謳歌「資本主義歷史性的勝利」的時候，何新的發言是引人興味的。

中國社會主義發展的成績

何新當然談到中國社會主義的優點。但具體而言，何新在這方面恰恰不是說過了、說大了，而是說少了，頗為自制。一九八七年，世界銀行對一九六五年到一九八五年的中國大陸和印度的經濟，做了比較。在這一段時間，大陸國內生產毛額的成長率比印度者多四〇%。從八〇到八五年，大陸國內生產毛額每年八·九%，印度者為五·二%。八〇年代初，中國大陸每單位糧食收成高印度者一倍；一九七九年，大陸每公頃米、麥、玉米的產量是印度者的一倍或一倍多。一九八五年，中國大陸的平均年齡，五歲以下兒童死亡率，人均熱量攝取率，僅次於日本、台灣和韓國。十億人口的中國，這樣的成績，相形於廣大第三世界長期、慢性、嚴重的貧困和發展不足，即使是對中共最苛評的經濟學家，都不能不說中國的社會主義發揮了無法否認的成績。比起其他採取資本主義發展方式的，忽視農村福祉，追求以城市為中心的工業化，對外國資本與技術高度從屬化，堅持以出口為導向的工業化而完全犧牲獨立自主的發展和人民的利益的其他落後國家，中國大陸圍繞著她的廣大農村，廣泛動員長期貧困無助的農民，最大程度地調動他們的積極性，堅持自力更生、平均分配的發展，顯出獨特的風格與成效，而廣受讚揚。而即使有過五八年「三面紅旗」、「大躍進」，六六年的文化大革命那樣重大的起落和轉折，到一九七〇年代末，中共還是取得了這些不凡的成績（M. Selden, 1990）：消滅了以財產為基礎的不平等，在城鄉內部縮小了不平等；快速而巨額地增加累積和投資，使工業顯著發展，打下重工業發展的技術和總體經濟的基礎；消滅了外國資本對中國現代貿易、工業、金融和財政的支配；農業生產率初步超過了人口增長率；工人階級獲致實質和精神上的解放，收入、社會地位及福利有巨大增長。

集中與放權的循環與矛盾

這些快速累積和生活改善，尤其在帝國主義重兵包圍與市場隔絕中，在獨立自主條件下取得的成長，毫無疑問，是在一個對廣泛翻身貧民有高度道德威信（至少在一九七六年以前）的黨、魅力領袖、和社會主義理想（visions）的條件下以「動員性的集體主義」（mobilizational collectivism），以赤裸裸的人海勞動所完成，在廣泛第三世界發展道路的絕望性背景下，自有悲壯、宏偉的評價，是不容抹殺的。然而，正如何新指出，優點的延長部分往往成為缺點。何新指出了社會主義體制的高度集中性，產生了「國家權力的盲目擴張」，把一切管得太緊、統得太死，也從而產生了官僚主義和腐敗；而一旦最高層決策錯誤，容易造成大患。

事實上，從一九四九年以來的中國大陸經濟發展史看來，「高度集中」並不是常態。具體說，一部大陸經濟計畫和政策發展史，是不斷地重複「集中–放權」的循環。而在管理、計畫、分配權的下放時期，有時同樣也產生和集中主義時期一樣的經濟結構重大失調的問題。「一五計畫」(一九五三—五七)受到無法避免的蘇聯模式的影響，搞高度集中計畫，甚至，放棄了中共在四九年之前長期、豐富的農村經驗，急切地搞強迫性合作化。結果工業積累固然陡增，農村貧困情況沒有太顯著改善。「大躍進」(一九五八—六〇)搞放權、鼓動群眾參與、大辦公社和煉鋼，結果因分權過濫，基建膨脹，本位主義和過度平均主義的發展，使生產積極性最終下降，甚至在部分地區產生飢饉，但為日後農村工業化打下可貴基礎。一九六一到六五年的「調整時期」很像一九八八年以後的「治理整頓」和七八年、八四年的農村改革與經濟體制改革，相對於「大躍進」時期的放權，這時又搞集中、上收和調整(不當的下放企業之裁、停、併、轉)，發展小規模私有和「一自一包」。一九六六年文革爆發，又恢復「大躍進」時期的「鼓動人民參與，大幅放權」，並且在準備世界性戰爭，發展內陸的、大地區獨力作戰、自主的工業和經濟體系，遂又產生地方發展和權力的過分膨脹。七六年到七八年的「洋躍進」，基本上沿文革的躁進發展，卻同時大量引進外資。「開放改革」時期(一九七八)前半，基本上是經營和權力的下放(所謂「放權改革」)，至一九八七年，空前的本位主義，「過熱」發展，基建膨脹，超發工資、獎金和集體消費膨脹，形成嚴重的經濟危機。八八年(十屆三中全會)後又搞收縮、調整、上收。但旋即受到趙紫陽「沿海地區經濟發展戰略」的衝擊，在中國沿海地區刮起大規模「建設」，調整的計畫停頓，經濟進一步失調，基建過度膨脹，資金相對短缺，需求卻因市場和產品經濟的發展而進一步膨脹，物價陡升，而官僚體制則進一步肥大化和腐敗化。至北戴河會議，又搞集中、調整、裁併。

用最概括的話說，大陸經濟政策一旦往上收，往上集中，企業就受到層層緊嚴的制約，地方的、個別特性的企業管理和計畫就無法發揮主觀能動性，積極性下降，官僚主義膨脹，「統得過死」，造成生產力和產量下滑，經濟失調。但是工業高度累積的達成也往往在這個時期。而經濟政策在往下放權的時候，由於放的末端不是個別企業負責人而是地方政府，基本上無法解決經營下放、放權的原始目標：增加自主性、增加效率，結果還是發生另一種（地方）官僚主義和本位主義、地方主義、急功近利主義，失去宏觀視野而流於短視。但這個時候，往往是生產積極性比較提高、生產力和生產量比較上升的時候。然而基建膨脹，發展「過熱」，經濟失調也是這個時候幾乎共同的問題。因此，把社會主義的弊病片面歸於過分「集中」，並不準確。而決策「上層」發生錯誤的時候，也未必全是高度集中所造成。例如毛澤東威信如日中天時的「大躍進」，其實是中央「高層」相當一致同意的政策，在「大躍進」初期，甚至也取得人民廣泛、熱情的支持與參與的。過去四十年中國社會主義的難題，在於經濟顯然有它的客觀規律。而中共革命的傳統中，反對帝國主義，力爭獨立自主，力爭迅速發展工業，振興中華，是一股十分強烈的主觀上的悲願和動力。這主觀上的宏大悲願（其實也是全世界被壓迫、被掠奪的民族各自的悲願）如何與經濟的客觀規律比較好、比較科學地結合起來，就需要大量、長期的研究、調查和實踐的累積。因為在資本主義的實踐和知識支配著向來的經濟學的世界上，社會主義必須在一個充滿強大的反共、反社會主義的物質與精神世界中，獨自艱苦地探索——並付出昂貴的代價。

人謀不臧和「社會主義經濟週期」

因此，當何新把一九八七年以後的停滯膨脹（stagnation）看成「社會主義經濟的週期」，恐怕只對了一半。這一半，就是一九七八年以後的經濟改革，是大陸一次有意、有計畫地把市場和商品經濟和社會主義「結合」起來的改革。這與毛澤東在大躍進以後基本上要消滅市場、消滅商品的時代，相去不啻千萬里。中國社會主義頭一次有這麼高比率的商品性質和市場機制，自然就會產生它的「週期」。然而，不能否認，一九八四年以降，中共當局的「智囊」們在體制改革過程中大搞「放權改革」的結果，工資、獎金、管理費用和集團消費瘋狂超發，地方爭奪基建資金，鄉鎮企業爭奪原材料和資金，地方主義和本位主義氾濫……恐怕是計畫、戰略、知識不足、體制不良這些主觀上人謀之不臧的因素，也不亞於客觀的「週期」之出現吧。

其次，開放改革固然帶來了進一步累積，商品比往時任何時候都要豐富，基建有長足的發展，生產力有所提高。但同時中國大陸社會的生產關係卻已經在進行著四九年以來頭一次重大的逆轉。家庭承包、市場和私人創業範圍不斷在擴大，對僱傭外村勞力的限制鬆弛和減少，極大地恢復了私人、家庭對土地、勞力和資源分配的控制。私人經濟機會驚人地擴大。

新的階級分化

這些巨大變化中最引人注目的是城市和農村範圍中階級分化的開始。越來越龐大的人口在私人部門中謀生，獨立商號、僱用勞工的企業家、承包和承租土地的農場經營者輩出。從五〇年代集體化以來，中國大陸社會階級從同一化的趨勢到此而逆行轉變為階級的殊分化。以財產為基礎的差別——甚至不平等，在革命四十年後重新出現。如果前四十年的中國是國家集體的擴大，市場和私人經濟的縮小，到八〇年代，這一切都起了根本的變化。僱傭勞動者重新出現。僱傭十幾個、幾百個勞動者的僱主階級重新出現。M. Selden引用的一份資料揭露了在一個迅速工業化的浙江鄉鎮，童工制度重新出現。多達七百名農村兒童和十至十五歲的青少年，每天在鋁場、印刷場、塑料工廠工作十至十二小時（最壞的有長達十六小時）。這些童工工資每日一元人民幣。成人為三元。「改革」促成了兒童、青少年輟學率的提高。經濟上的渴求，使家長鼓勵兒童和青少年輟學投入私人部門成為童工，以增加家庭收入，卻同時為社會擴大了半文盲的人口。

Selden也指出家庭為了增加勞動力增加收入，促使人們極力多生孩子，對中國的人口問題投下了重大威脅。國家因擴大對工業的投資而大幅減少農業投資，影響農業的持續發展。農家經濟的發達，相對危害了農村的公共設施。過去累積下來的土地平整、灌溉系統、通訊網和村路系統已經無人維修或新建。

去年九月，我因文學上的交流訪問了廣東、東莞和深圳。即使是一次簡短匆促的旅程，東莞、深圳的巨大社會變化，已十分令人驚異。據說有六十萬到八十萬「外省人」流入廣東、東莞、深圳地區，為人代耕土地、從事社會較低層勞動。農村中兼營私人工業（例如磚場）的農民僱主，和企業家、華僑、黨幹部（書記）興建新樓，聚居一處，儼然形成一個高收入階層的特別社區。「外省人」勞工在私人企業工廠中勞動，完全沒有任何社會主義福利，工傷（例如手指軋斷）沒有任何醫療救助。當地農民將土地交給「外省」農民耕作，自己從事非農工戶（例如土木、裝潢、商貿、磚窯）而又收取一定比率的地租。新的、擬似地主–佃農的關係出現。

階級分析論的消失

當然，我無意忽視國家和集體仍然在中國大陸的經濟構造中占有不僅僅是舉足輕重的比重。國家和集體仍然擁有土地終極的所有權；國家和集體是承包內容的最後決定者，並且掌握農村工業、副業生產的大部分資產。國家決定家庭對於所屬村莊以及國家的財政上的負擔。尤有甚者，國家和集體控制著中國大陸經濟最為重要的部門——現代化巨型工業、銀行以及國際貿易，等等。然而，八〇年代開放改革制度所造成的新的階級分化、新的剝削制度、新的社會生產關係，往往因政策的高度權威，而無法使大陸社會科學界對當前政策所產生的暗部，加以科學的調查、研究，並上報於中央決策部門，據以改善、補救。一個饒有興趣的事實是：中共自取得政權以後，從未對革命以後不同階級的中國大陸社會，做過社會性質和階級構成方面的分析，科學地分析社會矛盾的本質。說目前的中國大陸社會已經有新生資產階級，有資本主義的剝削和被剝削關係；說中共黨內已形成資產階級官僚階層；說在意識形態領域上儼然存在著「資產階級自由化」的思潮；比起文革時代，已經更有客觀的、明顯的事實支持類如這樣的提法。我們當然無意建議人們應該以文革時代高亢的「階級鬥爭」去面對這些新生問題，但人民和中國社會主義，應該如何認識改革歷程中產生的階級分化、剝削、城鄉差距的矛盾、體力和精神勞動的矛盾，如何與這些問題相處，怎樣看待這些矛盾的發展前途——如何最終解決之……這些，中共黨的理論家都應該明白、仔細、正確地告訴全人民。何新在這個問題上完全沒有觸及，不僅僅是這篇「談話」的缺點，是否也反映了當前政策在大陸還缺少民主、科學的批評與討論的條件，則無從知道了。

失去的第三世界視野

一九四九年中國的革命，對於絕大多數的第三世界不發展國家，是一個仍然必須付出艱難而巨大的努力猶難於取得的成績。帝國主義的支配被徹底驅逐。和帝國主義內外勾結荼毒民族發展的國內反動勢力被摧毀。半殖民地、半封建的社會經過了根本性的構造變革。中國成了她自己的主人。民族和國家的完全獨立自主，即使是一些先進資本主義化國，在戰後也一段長時期中不曾獲得。日本在政治上的獨立性，是在美國開始衰落的最近幾年。戰後不久，法國、(西)德……在經濟上和政治上是美國在歐洲的冷戰戰略的從屬國家。

然而，似乎不論朝野，在中國大陸，已經不知不覺地失去了第三世界的視野——雖然中國在第三世界擁有許多最真誠的朋友。這些朋友，還在廣泛的、殘破的第三世界叢林、貧民窟和城市中，和帝國主義、霸權主義以及新殖民主義與它們在國內的代理人做極其艱苦的鬥爭。他們熱愛著中國，因為在民族解放的事業上，中國是它們的標竿，從而也對中國社會主義道路上一些缺點懷抱著嚴重的關切與嚴厲的批評。但今天大陸上許多知識分子卻只知道看西方國家的「文明開化」，不屑於一顧那些為民族的驕傲、民族的認同、解放和獨立發展而奮戰的世界的窮人。中國大陸請了若弗利曼之類的資本主義經濟學家到中國，奉若特別會念經的遠來和尚，卻從來不注意拉美、印度、非洲和其他第三世界傑出的政治經濟學家或世界政治經濟學家和社會科學家——Paul Baran、A. G. Frank、E. Feder和P. Rey等。為了革命以後的經濟建設，中國埋頭於越來越複雜而困難的發展計畫，而逐漸失去了與世界窮人同舟一命的認識。這是十分令人扼腕的。而這也是何新的這篇長文值得我們關注和期許的理由。

尋找失去的視野

清末以來各種救亡運動，革新救亡的知識分子，從思想、文化、歷史的角度發言的人，遠遠多於從政治經濟學的角度發言的人，多於從中國社會史和經濟構造的角度發言的人。《河殤》就是一個突出的例子。從經濟學的觀點看，資本主義和社會主義是追求「發展」的兩條路線，也就是追求工業化累積的兩條路線。然而，對於「發展」的飢渴，對積累的飢餓，兩者幾乎不分軒輊。社會主義的發展，千條萬條，是以人為中心的、以人的真實的解放為中心的發展。因此，對發展的定義、內容和品質，應該有通盤的、異於資本主義發展論的新內容。這是中國經濟學家的一個重要的挑戰——為誰、為什麼、什麼內容的發展，決定著發展的方針。何新要中國面向世界市場尋求中國的社會主義累積，呼籲和國際獨占資本主義化的日本的合作時，如果沒有在發展的根本哲學上與具體知識有清晰的認識，在「國際貨幣基金會」、「布列頓伍茲協定」、「關稅及貿易協定」這些世界獨占資本主義體系嚴格周密的支配的體系下，何新重回世界（資本主義）市場的一片善良的願望，不免要遭到嚴苛的考驗。

一九七二年十二月四日，智利工人和農民最優秀、勇敢和正直的領袖薩瓦多·阿顏德（S. Allende）在聯合國大會上做了一次令人難忘的演說，對於國際帝國主義、跨國企業對智利人民追求獨立解放和發展的艱難而充滿決心的事業，橫加卑劣的干涉、顛覆和威脅，提出痛烈的批判。阿顏德和他的革命，不旋踵仆倒在國際帝國主義和霸權主義的屠刀下。今日讀之，猶不免心悸。無論如何，今日的中國，終竟已經有力量免於這種來自霸權主義和帝國主義不可置信的壓迫、掠奪和凌辱。當阿顏德說：「有這樣一個極為清楚的辯證的關係：帝國主義存在，因為不發展（underdevelopment）存在；而不發展存在，因為有帝國主義」時，他並沒有忘記對北自斯干狄那維亞各國以迄南至西班牙的歐洲對於智利革命、改革的理解與同情，表示最真誠的感謝。今日的中國，固然不應該、也不能重又回到冷戰歷史中充滿極端焦慮和忿怒的反帝、反霸的過小的戰壕，卻也決不能失去從世界數十億窮人的角度去理解世界、反對形形色色的帝國主義和霸權主義的立場，但同時又有更多的自知和自信，在資本主義世界中從容、放膽地出入，卻永遠不失去自己。而這就需要中國的經濟學家自覺地以大量的勞動，依據自己寶貴的經驗，發展和累積亟欲改變和創造自己命運的、世界被壓迫人民自己的政治經濟學。閱讀何新的文章不免為之動心，其理由也在於此。

初刊一九九一年二月《海峽評論》第二期
另載一九九一年六月《中流》（北京）第六期
收入一九九一年十二月四川人民出版社（成都）《世紀之交的中國與世界——何新與西方記者談話錄》（何新著），一九九六年十月山東友誼出版社（濟南）《為中國聲辯》（何新著）

「祖國喪失和白痴化」

答覆李喬論台獨的「反中國・反民族」和「新皇民化」性質

一、關於台獨運動的「反中國」性質

如果反對蘇聯是第一次世界大戰以後「世界政治中的一切事變」「都必然」要「圍繞」的「一個中心點」(列寧，一九二〇)，那麼，毫無疑義，第二次世界大戰以後，尤其是五〇年韓戰爆發之後，「世界政治中的一切事變」顯然是「圍繞」在這樣「一個中心點而發展」的：反對蘇聯、反對社會主義化的中國(大陸)和東歐以及亞、非、拉三洲社會主義的民族民主變革運動。四十年來，國民黨為了內戰和冷戰的利益，在台灣進行了極端的反共、反中共宣傳，並且在這極端的反共、反中共宣傳的延長線上生產了極端的反中國意識：共產主義政權是一個邪惡的帝國，它有無可饜足的領土擴張欲望；中共是聯共的螟蛉子，是蘇俄赤色帝國主義侵略的急先鋒；而台灣正是圍堵和阻遏聯共—中共向「自由民主的」亞太平洋擴張和侵略的堅強基地……。美國不必

論，一九五〇年以迄一九七〇年末，日本、南韓、台灣和廣泛亞洲太平洋地區「自由」、「民主」的扈從國家，都和美國結成廣泛、多重的反共軍事同盟，以中國（大陸）和蘇聯、北韓、北越為假想敵，對包括中國（大陸）在內的亞洲社會主義進行強大而傲慢的政治、軍事、經濟和文化以及信息的封鎖，並不斷進行顛覆、破壞和突擊行動。

一九四九年五月三十日，「台獨人」的祖宗托瑪斯．廖博士（廖文毅，Dr. Thomas W. I. Liao）在致當時美國國務卿艾奇遜的私函中這樣說：

美國國務卿狄恩．艾奇遜先生閣下：

據合眾國際社和美聯社駐在華府的記者說，美國國務院在五月二十五日要求十二個民主國家在給予中國共產政權外交承認時，應該謹慎，並且要求為形成一致的對待赤色中國的政策，開會討論。美國的這項建議，證明了制止共產主義對日本、琉球、台灣、菲律賓、印尼、馬來西亞、暹羅（今泰國）和緬甸這一連島鎖鏈（island chains）擴張的急迫需要。

戰略上說來，台灣是西太平洋的馬爾他島。台灣如果被敵對或無能的勢力占據，亞洲太平洋的防禦系統就無從完整。尤有甚者，在《對日和約》做出結論之前，台灣不是中國的法理上的一部分，而可能合法地將台灣自日益惡化的中國內戰中擺脫出來。最後，（美國）

將台灣包括在遠東集團安全的民主鏈鎖(democratic chains)之必要，殆無疑義。

基於這些理由，民主諸國必須採取即刻的聯合行動，避免中國共產主義對台灣的滲透，並拯救其居民於國民黨的獨裁和掠奪之中……。

四十多年來的台獨思想和結構，基本上就沒有超越過廖博士這個古典的框框。從「後冷戰」歷史中看來，反蔣「台獨人」的思惟和國民黨人的思惟之「賢昆仲」的關係，至今而愈益明顯。苦口婆心、削尖腦袋，向帝國主義洋大人們訴說如何台灣是「自由陣營」的忠實夥伴，疾言「共產主義的擴張」和「共產主義滲透」對台灣的威脅，要求資本主義、新殖民主義列強「民主諸國」干涉中國內戰，使中國(大陸)與台灣的分裂長期化，這樣一種想法，和四十年來國民黨的說法，沒有任何差別。而一九五〇年至一九五四年株連廣闊的恐怖肅清，正是在「共產主義」對台灣的「擴張」和「滲透」的藉口中，誅殺數千人，長期幽囚數千人。由「台獨人」親美、反共、反中共意識看來，「台獨人」對肅清毋寧是支持和默許的。君獨不見以「台獨人」歷年來只顧張揚和台獨運動毫無瓜葛的「二二八」事變，卻對於一九五〇年來肅「共」大獄的血衣和鐐銬，視若無睹，噤聲不語？

事實還不只是這樣。

使台灣「脫華以自立」，以為美國在遠東太平洋的利益服務，是美國對台政策歷史中的重要傳統。這如伯里海軍上將(M. C. Perry, 1794-1858)的美國併吞台灣論不說,「台獨人」最親密的支持者,美國外交官兼特務柯喬治(George Kerr)早在一九四一年美軍反攻太平洋地區時就獻過策,為了美國在太平洋利益,要美國搞台灣的「獨立自治」。一九四七年二月事件後,柯喬治帶著當時在大陸的廖文毅兄弟晉見魏德邁將軍,呈上《處理台灣問題意見書》,請美國出面安排聯合國託管台灣,並進行「公民投票」,決定台灣前途。

同年,美國駐台「美國新聞處」外長卡特羅(Cutlo)向「台灣參政員聯誼會」公開講話,說「在《對日和約》簽訂之前,台灣地位未定」;說當時台灣歸遠東盟軍總部麥克阿瑟管轄,「台灣人」有政治上委曲,「可以找麥帥做主」(!);說如果「台灣人」希望「美國出面託管台灣,可以開具託管條件」。一九四八年,新任在台灣美新處處長康查理(R. P. Connium)在台灣推廣台灣託管論被大多數台民拒絕之後,要在台的美國特情人員「宜利用(台民)反蔣情緒,煽動(台灣)獨立」;謂美國在台工作之目的,在「防止蔣介石在內戰中失敗後,使台灣赤化」,「更需培養親美勢力」,「以台獨號召,使台灣反蔣、反蘇、親美」。一九四九年,美國國家安全會議與參謀首長聯席會議間討論「扶植台灣自主分子,發動台獨,以適合美國利益」;「在適當時機,另立台灣非共政府」,「用其自主運動,蔚為美國之用」。同年六月,喬·肯楠獻《台灣問題意見書》,主張美國占領台灣,由島民公民投票決定台灣前途;或由美國與東南亞各國派軍共同占領台灣,為免台灣淪共，另立政府……

戰後台灣獨立運動的本質，如果沒有這個運動之作為美國霸權主義和新殖民主義干涉中國內政、武裝侵犯海峽，反對、抵制和破壞中國（大陸）的救亡變革運動（一九四九）的工具這樣一個視野，就不能正確認識台獨運動之帝國主義的、買辦主義的、反中國的屬性。

一九四九年六月二日，美國駐香港副領事密里根（E. Milligan）為當時流亡在香港的廖文毅轉送一本一八三頁打字紙的文件：《台灣發言》（Formosa Speaks），給美國國務院官員斯布勞斯（P. D. Sprause）。在這本文件中，廖文毅多處、多次反反覆覆地向美國人強調台灣在西太平洋地區中防衛「赤色侵略」的「戰略重要性」；說明「台灣人」「天生喜愛民主自由」，「不喜歡共產主義」；誇言當時中共在台「滲透」的嚴重性，甚至對美國做這威脅：如果台灣不快一些另立一個獨立於中共和國府的「民主政府」，「台灣人」就會「因為對於國府惡政的極度失望，而選擇共產主義」。廖文毅和四十多年來的「台獨人」，明顯地把台灣獨立運動建設在美國對中國（大陸）霸權主義的、反共封鎖的、冷戰對抗的「反共．反華」大戰略上。此外，廖文毅在這本文件中，以極盡嘲笑和揶揄之能事地，列舉了「中國人」的諸多劣等性：「中國人沒有效率」、「懶惰」、「專制」、「監守自盜」、「詐欺」和「公然賄賂」。這些對於中國人的惡評，和胡適、魯迅……之痛撻中國人的劣根性一樣不一樣呢？這只要看看廖博士的這幾個句子就明白了：

欺騙市民大眾是大陸人普遍的行為。

為了金錢而不顧道德，並不違反中國人的倫理，中國人經常認為：當官就是當挖金礦的人。

如果他們（中國人）有很多錢，即使他們（中國人）犯了殺人罪，也不受追訴。

——廖文毅，一九四九

誠然，陳獨秀、魯迅，還有更多的中國知名思想家，都批評過中國文化的腐朽部分。但他們和廖文毅們不同的，是廖文毅自外於中國民族，相信因為經過了日本殖民統治而對現代世界文明張開了眼睛，找到了台獨的認同；並以四百年來和荷、葡、英、西以及台灣原住各民族的「混血」而形成的「台灣人民族」的立場，對「中國人」或「大陸人」做出肆意、明顯的「種族主義」（racist）的和「假洋鬼子」的歧視性論斷，其反華、蔑華之情，溢於廖文毅的英文原稿。

這就是為什麼李喬沒有否認「台獨人」「反中共」——「台獨人有反中共傾向與反抗中共的決心」。在不反對美國武裝干涉海峽事務，不反對美軍自五〇年以降迄七九年進駐台灣，卻因「中共一直表示要對台用武」（事實是：在某些條件下——包括台灣宣布獨立——不排除對台用武的可能）而「反中共」……其實就表現了作為世界冷戰結構中國際反共、反華大戰略之組成部分的台獨運動——和一些「台獨人」——的「反中國」性質，至為明確。

其次，李喬說他反對和反抗「中國文化之『有問題』及腐朽部分」，自然是大家都能贊成的。而即使「脫華以自立」之後，成了外國人的李喬，對中國文化的這樣的態度，中國人也還是可以歡迎的。只是台獨運動對於中國、中國人、中國文化的冷戰偏見、歧視和種族主義觀點——例如廖文毅在他的《台灣發言》中所流露的「中國人像」，與李喬比擬的「中國近百年來」仁人志士對中國、中國人、中國文化辛烈的批判，當然是不能相提並論的。因為後者恰恰是在更強的中國認同上，熱愛中國祖國和她的人民，冀其更加向上、進步與發展，而對民族生活中腐朽的糟粕部分加以批判。而前者，則為五〇年以來國際霸權主義反共反華大合唱中的一個醜惡的組織部分。

關於中共和「中國文化」的關係，在國民黨四十年反共宣傳中，一直有兩種互相矛盾的說法。一個說法是說，中共的運動和政權，完全悖離了「中國文化」，天可誅地可滅；另一個說法是說中共的運動和政權充分表現了中國文化最黑暗落後的部分。李喬說「『中國文化之惡』腐蝕了共產主義的理想」，應是拾取國民黨上述第二種宣傳的牙慧而來。四十年來，中國大陸基本上消除了以財產為基礎的不平等；驅逐了荼毒中國數百年的帝國主義和買辦主義；經由地主階級的消滅，基本上去除了封建主義的生產關係。在古老而貧困的亞洲大地上，中國大陸的平均壽命之長，十二億人口的中國大陸僅次於日本、台灣地區和韓國；五歲以下嬰兒的死亡率之低也僅次於日本、台灣地區和韓國，人均熱量攝取的排名亦復如此（M. Selden, 1990）。這些不容易的成就，不僅和李喬反共腦袋裡所想像的中國大陸生活為「亞洲生活水平之最低」的情況，完全不一樣的，而且大陸的科技和總體經濟規模高於台灣不知凡幾。這一切，也似乎不是李喬所咒罵的被「中國文化之惡」「吞食」和「腐蝕」了中共後所能取得的成就。

至於中共對「中國文化」的態度，也不是反共宣傳家李喬所能理解的。「一定的文化，是一定社會的政治和經濟在觀念形態上的反映。」在過去「半封建．半殖民地」的中國「社會的政治與經濟」條件下，中國的文化就不能不是「半殖民地．半封建的文化」占著支配地位。要改變這樣一個支配的「政治和經濟」構造上「半殖民地、半封建」文化，就要發展「民眾的、反帝、反封建的文化」。這已不獨於當時的中國為然，即日本帝國主義下，「反帝、反封建的大眾文化」，也成了台灣和世界各殖民地、半殖民地反抗殖民統治的一切變革的道路。而「反帝、反封建的大眾文化」論，對於中國文化，是採取這樣一個態度的：「中國的長期封建社會中，創造了燦爛的古代文化。清理古代文化的發展過程，剔除其封建性的糟粕，吸收其民主性的精華，是發展民族新文化、提高民族自信心的必要條件，但是決不能無批判地兼收並蓄。必須將古代封建統治階級的一切腐朽的東西，和古代優秀的人民的文化，即多少常有民主性和革命性的東西區別開來……」（毛澤東，一九四〇）當前中國大陸社會上存在著複雜的文化和思想問題，但李喬說「中共已然被」半封建、半殖民地的「中國文化之惡」「吞滅」，這樣的反共宣傳家，不免過時。「開放改革」

之後，反映家庭和個人經濟，反映港澳台資本和國際資本在新的「市場─商品」經濟的「政治和經濟」上的、一部分「資產階級自由主義」，崇洋媚外，極端個人主義，甚至拜物─拜金主義和腐敗現象，可能才是大陸當前的社會、文化和思想問題。而這又恰恰與「中國文化之惡」關係小，而與「中國文化」關聯最小的國際新殖民主義、資本主義、跨國企業和商品─市場經濟的關係更大。

「毛澤東對當年日據下的台灣做過什麼承諾？」

善哉問。李喬指的是當年台共新舊綱領中規定當時台灣革命的性質部分。在「台灣革命的性質是無產階級領導的、反帝反封建的民族民主革命」的規定下，舊台共（一九二八─一九三一）的《舊綱領》（一九二八）中，有「台灣民族獨立萬歲」（第二條），有「建立台灣共和國」（第三條）。今日的「台獨人」，尤其是自命為「左」的「台獨人」便死抓著由日共、中共與第三國際三方面都點過頭的這些綱領不放。如今李喬也一知半解地來湊這個熱鬧了。

台灣人民最優秀、最勇敢的兒子之一的、台共和中共黨人蘇新，在他的〈關於「台獨」問題〉（一九八〇，自今年一月連載刊於台灣《海峽評論》）有極深刻的說明：

（一）在日本殖民統治下，日本人對台灣人民的殖民壓迫，即民族壓迫，是當時台灣社會的主要矛盾。所以在將台灣的革命定性為「反帝反封建的民族民主革命」的原則下，「打倒日本帝國主義」、「台灣獨立」的口號是正確的；是符合當年第三國際指導下一切殖民地的革命脫離殖民統治，使自己成為「獨立的國家」這樣一個「民族解放、國家獨立」的殖民地反抗運動綱領的。

（二）在主觀上，台共黨人認識到一個由祖國割讓出去的殖民地，和全民族全境淪為殖民地的殖民地社會的差異。這種認識，表現在一九三一年的台共《新綱領》上：「顛覆帝國主義統治，台灣獨立」（第一條）；「建立工農民主專政的蘇維埃政權」（第七條）。與《舊綱領》相較，從《舊綱領》的「台灣民族獨立」轉變成「台灣獨立」，是深具意義的。修改的理由是：「『台灣民族獨立』這個詞，嚴格推敲起來，在字義上可能會引起誤解」，容易被「誤認為是指一種民族叫作『台灣民族』的獨立」（蘇新，一九八〇）。

（三）那麼，為什麼不把台灣革命的終極目標規定為「回歸中國」？「打倒日本帝國主義以後，台灣應不應該歸還中國，舊台共的人並不是沒有考慮過。」蘇新寫道，「問題是歸還什麼樣的中國？」要求當時台灣共產黨人把台灣革命的成果最終「歸還」給官僚資產階級、買辦資產階級的帝國主義代理人的當時國民黨政府，豈非獃妄？但，從《舊綱領》的「建立台灣共和國」到《新綱領》的在台灣「建立工農民主專政的蘇維埃政權」，參照當時中共在大陸蘇區政權形式和性質的背景，參照當時台灣在現實國際關係上是日本的殖民地的事實，參照現實上當時中國蘇區的力量還不是壓倒性的強大，當時中國的革命看來尚有一程遙遠漫長的路程，台共當年「台灣獨立」的提法，顯然暗含著台灣獨立，俟全國解放後復歸蘇維埃中國之意向，和今日台獨的提法，當然是性質完全不同的提法，因此也是正確的。「『台獨』各派有一個共同的、最大的錯誤，是把國民黨人當作外來的異民族，把大陸來的人稱為『中國人』、『中國民族』、『中華民族』，把原來的台灣人稱為『台灣民族』，故意製造一對民族矛盾……」蘇新寫道：「(『台獨人』)為什麼不把國民黨人作為同一民族中的反動統治階級來加以打倒呢？」蘇新答案是明朗的：今日「『台獨』雖然表面上都是標榜『反蔣』，其實都為了『反中國』！」(蘇新，一九八〇)

二、關於台獨的「反民族」性格

四十年來中華民族歷史的一個重要特點，是台灣和中國大陸，在國共內戰和東西冷戰的雙重構造下長期分裂和對峙。從農業合作化、三面紅旗、文革以至於現在的「開放改革」，中國大陸的政策和運動歷程，就是在帝國主義武裝介入台灣海峽嚴密敵對封鎖下，自己解決民族累積和擴大再生產的歷程：一個充滿了遠見與愚昧、成功與失敗、勝利與挫折的歷程。從台灣看來，五十年日帝殖民統治結束後，不旋踵即因國家內戰和國際冷戰，在一九五〇年美國第七艦隊悍然封禁海峽之後，在美國全力支持蔣氏武裝集團條件下，台灣和中國大陸分離。並且在這民族分裂的構造中，以為美國遠東太平洋反共戰略服務，而在美國和亞太資本主義體系的支持下，力行反共富國強兵的政策。四十年來，台灣社會的政治和經濟構造，是一個「新殖民地·半資本主義」社會。「新殖民地」，因為從台灣國民黨「國家」(state)的形成，以至於經濟發展策略，莫不在美國霸權主義的干涉、介入和支配下完成。台灣四十年來對美日在政治上的從屬性，已不必贅言。在經濟上，台灣成為美日等中心國家的「加工基地」，在經濟和社會上對美日高度從屬性，已有許多中外專論，可不細表。在文化和意識形態上，台灣透過長期高等教育的美國化改造、留學制度、基金會、人員交流而培養了大量「精英資產階級知識分子」(elite bourgeois intellectuals)，占領了自總統府以降台灣政治、經濟、文化、財政、軍事甚至情報的高地。美國強力媒體、商品、廣告對台灣市民、文化人、知識分子的改造與洗腦，就更不用說了。「半資本主義」，首先是因為台灣戰後資本主義經濟的新殖民地性。其次，是因為「國營」獨占性官僚資本、新買辦資本、財團特權特惠資本在台灣進行非經濟、超經濟的掠奪與累積，使台灣戰後資本主義無法成熟化、現代化和高級化，再次因為對外高度從屬性，使台灣的向島內和向島外的工業結構互相脫落，造成工業構造不平衡。在社會階級構成上，自上而下是外國獨占資產階級、官僚資產階級、特權財團資產階級、新買辦資產階級、都市地主食利階級、中產階級、中產階層(middle strata)、農民，最後是廣泛的現代台灣產業工人階級……。「新殖民地·半資本主義」的台灣社會，當然有「新殖民地」的矛盾，即民族矛盾，是台灣人民(工人、農民、下層中產階層、小資產階級、進步知識分子……）對美日新殖民主義支配的矛盾（而不是什麼「中國人民族」與「台灣人民族」的矛盾），和中華民族在帝國主義干涉下陷於分裂對抗的矛盾；有「半資本主義」的矛盾，即新買辦化、官僚化的各資產階級，與台灣工人、農民、下層中產階層、進步小資產階級和進步知識分子之間的矛盾。因此，「新殖民地」台灣的變革運動，在台灣、在當前階段，當然是要搞反帝、反（新）殖民主義的運動。而反帝、反新殖民地運動，在當前台灣和中國歷史文脈中，就不能不以對帝國主義和新殖民主義要求民族解放為內容，也就不能不是以反帝、民族自主化，和克服帝國主義長期干涉，以謀求中國統一和民族的再團結。在克服「半資本主義」社會的矛盾時，就不能不是以台灣六百萬工人為核心，聯合下層農民、進步的小資產階級、下層中產階層和知識分子，進行使台灣的民族資本主義（national capitalism）進一步發展與現代化的、資產階級性質的民主運動，即「民眾的民主主義運動」。這完全是當前台灣社會的政治、經濟條件所規定的。

但今日台獨運動卻主張帝國主義和霸權主義繼續干涉海峽，死抓住這戰後帝國主義占有台灣的邏輯「台灣地位未定論」不放；把台灣新殖民地社會的民族矛盾，說成是「中國人民族」與「台灣人民族」間的矛盾，為新殖民主義對台灣的支配開脫；對美國霸權主義干涉中國內政的《台灣關係法》高聲歌頌；時代錯誤地幻想在美日勢力重返太平洋條件下「脫華以自立」，建立一個台灣新買辦資產階級的共和國；千方百計地要在帝國主義干預下使台灣與中國的分裂長期化；千方百計要接替國民黨幹美日獨占資本在台灣的代理統治者。正是在這個附從霸權干涉主義、反統一、反對克服台灣「新殖民地」民族矛盾、而且還要進一步維持這個民族矛盾的意義上，我們認為台灣運動是「反民族」的運動。

因此，以這個意義上的「反民族」論，加在馬克思、恩格斯早年注重階級還勝於民族的思維，自然是不通之極。在帝國主義的歷史時代，世界工人階級運動很快地看到殖民地、半殖民地社會中民族矛盾與階級矛盾的辯證關係。階級運動和民族運動互為奧援，在中國和越南取得了勝利，在當前遼闊的第三世界人民反帝、反封建的「民族解放」和「國家獨立」的運動中，起著領導戰鬥和取得勝利的作用。李喬說工人階級運動的理論主張「以階級代替民族」，說「後來因為據於人類習性的堅固，還是接受民族之說」，實為妄誥之語，不知所云了。

李喬和許多「台獨人」一樣，喜歡隨時宣傳這樣一個神話：台灣和大陸社會有極大的不同（例如什麼「物質基礎」或「生活條件」之類），故而台灣人在獨特的「物質基礎」與「生活條件」中，已然形成一個新的團體（！），一個新的民族。廖文毅就說過日本的殖民統治使台灣人會見了現代世界的文明開化，接受了科學與知識。而基督教的傳教士，則為台灣「帶來了民主和自由的文化」，於是使台灣人會見了西方文明（廖文毅，一九四九）。「台灣民族」居然就是這樣地「超過」了當時尚在封建社會的中國人，再加上台灣人和山地人以及歷史上的西方殖民發生「混血」，種族上也有了「變化」；在語言上，台灣使用的閩南話也攙雜了許多日本話和西歐語，從而在這些共同的「物質基礎」和「生活條件」下，「台灣人民族」遂呱呱墜地矣（廖文毅，一九四九）。

這是殖民地制度竟然可以創造一個新民族的奇譚怪論。普天之下，特別是在現代帝國主義時代，只看見被壓迫民族在新舊殖民制度下衰落、不發展（underdeveloped），摧折其民族認同和民族驕傲，終至於消亡。台灣的原住民族在長時期漢人資本的民族壓迫下，文化發展停滯，民族共同體社會解體化，民族的母性遭到漢族色情工業的摧殘，男性流落到漢族資本主義社會最低層的勞動部門；台灣少數民族不是從漢人「學得到現代科技」，也不是「從（山地）基督教傳教士學會了西方民主文化」從而完成了一個「新的民族」，而是一步步走向全民族慢性的滅絕。事實是：李喬和其他的「台獨人」恰恰不是什麼新生的民族，而是冷戰、新殖民主義下的民族異化，正如同在漢族資本、商品和市場不斷向山地社會擴張情況下，在國民黨「政令宣導」的小說宣傳下，使山地原住民動搖了自己的民族認同，進一步以自己的民族為恥，極力否認自己的原種，在語言、生活、「物質基礎」和「種種生活條件」上模仿漢人、討好漢人。台灣漢族資本主義下的台灣原住民，在少數民族地區和族群成為台灣戰後資本主義的「內部的殖民體制」下，不是使原住民族躍升，而是相反，走向了衰亡；六個世紀來的商業和工業資本的殖民體制，已經使廣泛亞、非、拉第三世界地區的無數複雜的種族群和語言群陷入可怕的、長久而惡化的貧困、不發展、疾病、文盲、夭折……的修羅地獄——而何以日本和西方殖民主義歷史就獨獨造就成了一個「台灣人民族」？

「那是廖文毅的民族形成論，不是李喬的！」

行。那麼李喬說出了什麼民族形成論沒有？他什麼也沒說。那，就憑李喬的共同的「物質基礎」說和共同的「種種生活條件」說，再加上在上述兩「說」的基礎上「台灣居民逐漸形成一個新的民族」說，似乎也可以談談。據說台灣歷史的共同的生活（「物質基礎」加「生活條件」），逐漸形成了一個台灣「命運共同體」。這「命運共同體」，據說又形成了「台灣民族」，要求「獨立建國」。可惜的是，李喬壓根不知道「物質基礎」做什麼解釋。「物質基礎」就是相應於一定階段的社會的生產方式之「生產關係」。在這個關係之上，產生相應的法律、道德、宗教等這些「上層建案」，台灣戰後四十年資本主義的特殊的生產方式，規定了這樣一個特殊的社會構造體——亦即生產關係：「新殖民地·半資本主義」的台灣社會構造體。在這個社會構造體中，在人與人的關係上，則反映為外國獨占資產階級、官僚資產階級、新買辦資產階級、特權特惠財團資產階級、都市地主食利階級、中小企業資產階級、光譜廣闊的中產階層、農民和工人階級，這樣一個金字塔的階級關係。在這樣一個階級關係之中，一個工作了十二年以上，而月俸猶不超過一萬二的工人，如何與一個月入數百萬元的律師形成「命運共同體」？一個面臨關廠，向老闆哀求工人願意負債接廠自營，卻不受資本和法律支持的工人，對於私有財產的觀念，怎麼能和一個資本家一樣，從而彼此形成「命運共同體」？一個終身以ＬＣ抵押找資金的中小企業老闆，和王永慶就沒有共同語言，遑論結成「命運共同體」了。一個無住屋的現代城市市民，和房屋櫛比的城市地主食利階級之間，怎麼會有「共同」的「命運」？一個飄零平地，受盡台灣漢族資本掠奪的原住民，和一個為宣導政府山地德政而寫小說的作家之間，也肯定沒有什麼「共同」的「命運」。一個富裕、自傭的中產階層（如醫師、律師），和一個不得不到大陸尋找他中小規模夕陽工業的出路，甚至進一步和大陸高科技的商品化結合，編入中國民族經濟圈中的民族資產階級的台灣中小企業家之間，在對待中國的認同問題上，與李喬以及其他「台獨人」之間，就會逐漸發生巨大分歧。老實說，台灣中小企業介入中國大陸國民經濟後，台灣經濟編入中國民族經濟的統合運動，倒是為兩岸民族資產階級的形成和國家統合，創造了「物質基礎」呢。總之，在台灣當前社會的「物質基礎」上和「種種生活條件」上，台灣各階級人民恰恰不可能有什麼「命運共同體」的基礎。倒是美國霸權主義、國民黨「獨台」集團和李喬、廖文毅和其他「台獨人」們自有強烈而緊密的「命運共同體」關係：反共到底，附從外來勢力到底，反統一、反民族到底！

三、關於台獨運動的「新皇民化運動」性格

李喬對於日帝時代台灣人民創傷最深的「皇民化運動」之無所知的程度，是令人戰慄的。

一九三八年，已經被日本軍方控制的「台灣民報」編輯總務竹內清寫道：「早在四十三年（即台灣割日的一八九五年，筆者）前，皇民化運動就開始了，而不是今日才開始的。但是，運動搞得像今天這樣熱氣沖天，則是領台以來的頭一遭；『皇民化』，就是『日本化』。但四十三年前，台灣人就已經變成日本人了。因此，如果單純地把『皇民化』看成『當日本人』來理解，則又不免淺薄。『皇民化』是『當一個好的日本人』。這就不單只是本島人（即台灣人，筆者）的問題而已，也是全體日本人的課題。內地人（即日本人，筆者）未必就是已經完成了的日本人。同樣，作為新附之民的本島人，自然更未臻於完全了……」尾崎秀樹在引用了上述竹內清的話之後，進一步迭次說明「皇民化」即「奴隸化」。即思想上、意識上徹底的日本奴隸化。

對於在殖民統治下的台灣人民，「日本人化」的對面，當然就是棄絕自己原先的民族認同。而因為「本島人」竟而尤其是尚未「完全」的人種，特別需要加倍努力以棄絕自己父祖的民族種性，以自己原來的種血為汙濁、為恥辱，從而戮力修煉，俾「上通大和之魂」，終而使自己成為一個「新而獨立」的「民族」：「大和民族」！

今天台獨運動和當年「皇民化運動」的相類，絕不僅僅是兩者皆使台灣人卑視、厭惡、棄絕自己的種血——中國民族的種血，宣稱自己是脫離中國民族的新生民族而已。下列的對照排比，將生動地表現台獨運動和皇民化運動兩者之間斷非偶然的類似性：

（一）殖民地體制的意識形態

■「皇民化運動」，是日帝支配下台灣「殖民地．半封建社會」所產生的體制方面的意識形態。

□台獨運動，則是美國新殖民主義之全球反共安全體系支配下台灣「新殖民地．半資本主義」社會的產物。

（二）一個「聖戰」的產物

■日帝時代的「皇民化運動」，是在一場聲稱要「打倒米（美）英鬼畜」，以建立將日本當作「親邦」（父母之邦）的「大東亞共榮圈」為目的的神聖的「大東亞戰爭」，故台灣人應奮進為「大和之民」，為「天皇之赤子」，「以一日本人而生」——更重要地是「作為一個日本人而死」！

□而台灣獨立運動，是反蘇、反中共、反世界「赤色帝國主義」聖戰在自由的西太平洋防線的一個組織環節；是要建立一個親美（對美極端友好）、非共、反共、與中國分斷之「新而獨立的台灣」的神聖鬥爭。「台灣為西太平洋地區之馬爾他島」，為了阻遏與對抗邪惡的赤色帝國主義和「中國赤色擴張主義」的一場聖戰，要守住西太平洋「民主的島鎖」（日本、朝鮮、台灣、中南半島、菲島），必須守此「島鎖」之中心的台灣；而欲守台灣，就必須台灣不受中國共產主義侵略，必須驅逐國府「封建帝國主義」的統治，使台灣成為「自由獨立」的「民主」之邦（廖文毅）。

（三）否定自己的民族種性

■「皇民化運動」棄絕自己的民族認同，主張以「精神上的精進」，上通「大和之心」，成為日本人，已見上述。

□台獨運動主張因台人與歷史上西班牙、葡萄牙、荷蘭與英國殖民者和台灣原住民的「混血」，因「文化的民族主義」，因「日本人教我以科技、西方人（教會）教我以現代文明及民主觀念」，而產生「台灣民族主義」；因台灣歷史進程而形成台灣人「命運共同體」，從而又形成了一個獨立於中國民族的新生「台灣民族」。

而皇民化運動和台獨運動這兩種對於自己中國種性的否定，都伴隨著一種對於中國民族的、從白種人與日本人支借過來的、深刻的對華種族歧視。在「皇民化運動」中，中國人是「秦國奴」、是「汝呀」（lhi-ya，日據時代日人對台灣人民的蔑稱）。「台獨人」不同程度鄙視中國人，說中國人「貪財」、「崇拜金錢」、「懶惰」、監守自盜，中國文化「黑暗」、「專制」、「殘酷」……

（四）法西斯主義

■「皇民化運動」宣傳「大和民族」的崇高與優越品質，以日本語支配和收奪殖民地母語、極端反共主義、迷信「八紘一宇」、「大東亞共榮圈」的軍事烏托邦……

□台獨運動宣傳「台灣民族」的形成與其相對於中國民族的「優越性」（例如「海洋民族」），宣傳「台語」（實為中國的唐語－閩南語系）的優美、豐富，和國民黨的共同語獨裁政策一樣，搞福佬語沙文主義、極端反共主義，迷信「西太平洋安全堡壘」、「自由民主陣營」中台灣的繁榮與發展……

(五)「建國」神話和「文化獨自性」的神話

■「皇民化運動」的歷史，建立了在中國東北「滿洲國」連十數年。「滿洲建國」一時成為東北一小撮漢奸政客文人謳歌的神話，至今文獻具在。在「大東亞文學會議」中，在皇民奉公文學會議中，也一度將滿洲文學、語言、文化和文學的「歷史」、「風土」的特性喧嚷一時，以斷絕於中國文化與文學。一九四五年，日本戰敗，「滿洲國神話」和「滿洲文化／文學」的「獨自性」的神話頓時煙消而雲散！

□台獨運動，自一九四七年已降，逐漸從台灣「聯合國託管」而「公民投票」「決定台灣前途」，而台灣「獨立建國」，並且在廖文毅投降國府返台前，也「建立」過「台灣共和國臨時政府」於日本東京。在文化和文學上，台獨理論家也不憚於宣傳其有別於中國文化及文學的「台灣文化／文學」的「獨自性」。

(六)對日帝時代台灣殖民地歷史及現代新殖民體制採取肯定態度

■日政時代，「皇民化運動」謳歌日本治台德政，謳歌「內台平等」；在文學和文化上，謳歌

「皇民化」精神和「神國日本」觀，而「滿洲」親日作家古丁，謳歌過「親邦日本帝國愛護東亞民族如同幼子，崇高天日，照暉八紘一宇……」

□台獨知識分子至今公開讚頌日本在台頭號皇民化文學旗手西川滿，歌頌日本領台政績，歌頌日本「兒玉–後藤」體制，歌頌日本領台有助「台灣民族」的民族認同的發展，對戰後四十年美日帝國主義、新殖民主義和擴張主義，毫無批判。此外，台灣歌頌《台灣關係法》，歌頌帝國主義的「台灣地位未定論」，歌頌強權的「《波茨坦宣言》、《開羅宣言》無效論」。有一撮「台獨人」同情日據時代「皇民化」台灣作家，甚至反對人們對台籍皇民化作家指責為「漢奸作家」，因為他們認為「漢奸」的指責，基本上是「大漢沙文主義」，李喬就認為日政時代被「皇民化」的台灣人有「客觀的條件」和「主觀的意願」！

日本占領時代的「皇民化運動」和戰後美國新殖民主義・半資本主義時代的台灣獨立運動，在其精神和靈魂的驚人的荒疏和頹廢上，有這麼多方面、有意義的類同，實為偶然？不。這還不僅僅是兩者間的類同。兩者之間，其實是有其深刻的內在的、密切的邏輯連貫性。尾崎秀樹寫道：

> 在被統治者的台灣人方面，因著天皇及其以「一視同仁」之名推行同化政策的結果，（在戰後台灣）潛伏了某種祖國喪失和白痴化的現象，而使繼日本壓制之後，從蔣政權統治下解放

的道路，傾向於擺在「台灣人的台灣」，而不是回歸於中國……

——尾崎〈國語政策之明暗〉，一九七一

從而批判了日本在台殖民主義在戰後導致日本政府的「兩個中國」政策，並造成台灣獨立運動。早在一九七一年，就在深刻的日本帝國主義／殖民主義自我批判的眼界中，洞見了日本殖民主義對於戰後「日本人的台灣觀」和「台灣人的台灣觀」造成的歪曲和加害的尾崎秀樹，不但令人敬佩，抑且令人自愧無已。讀李喬的〈半糟仔中國人〉，尾崎的一段意義深遠的話，不斷地在心中嚴厲地向整個世代的中國的民族良心責問：

對於這精神的荒廢，戰後的台灣民眾可曾以忿怒之情回顧過？而日本人又何曾以自咎之心凝視過？只要不曾經歷一場嚴厲的試煉，那戰時中精神的荒蕪，必將與現在繼續牽扯不已……

這是什麼樣的、令人五內震驚、而又何等嚴厲的先知的譴責和預言！每次讀尾崎的《舊殖民地文學之研究》（勁草書房，一九七一），書中揭露了在中國「滿洲」、蒙古、朝鮮和台灣有許許多多我所熟悉和不熟悉的名字，和他們翼贊日本軍國主義的荒疏非理的發言，白紙黑字地呈現在「大東亞文學會議」和其他皇民化宣傳、文化會議的紀錄上，我感到歷史終竟是那樣令人敬畏，也感到那非理的、荒蕪的時代中巨大的悲愴。

走筆至此，心中悚然。對於李喬，我不能不因悲憫而無言了……

初刊一九九一年二月七、八日《自立晚報・本土副刊》第十九版

超克內戰和冷戰歷史的思維

從NIEs症候群說起

近兩年來，台灣社會表現出驚人的、廣泛的敗壞（deterioration）現象：政黨不論朝野，失去了正當性和可信性；社會倫理全面崩潰，犯罪在數量上和質量上增加和惡化；知識、思想和文化領域不斷地庸俗化，完全失去社會指導、反省、批判和創新的力量。

有很多人引以為憂。也有一些雜誌和報紙副刊討論這些問題。討論的結果歸咎於當前政治體制者有之，說人心敗壞道德淪喪者有之，說台灣的教育系統破產者有之……這些意見應該說都言之成理。但我想也許應該從台灣戰後資本主義發展的特質上來看當前台灣社會的倫理、精神和文化的衰敗。

台灣戰後資本主義發展，西方「現代化」論的一派，美稱為經濟發展的「奇蹟」。台灣的發展，和韓國、香港、新加坡當作亞洲「新興工業化經濟體」（Newly Industrialized Economies, NIEs）。最近以來，國際經濟研究的領域中，有人開始談「新興工業化經濟體症候群」（NIEs

Syndromes），綜合了亞洲「四小龍」共同的社會現象：工潮、政爭，環境生態的崩潰，勞動倫理和紀律的頹敗，經營倫理和意志的渙散，社會倫理的敗壞，犯罪率嚴重化，全國性的投機和賭博。

這些「症侯群」，以略為不同的側重，成為韓國、台灣、香港等社會共通的社會問題。其中尤其以台韓兩個社會的相類似引起人們的注目。

「新興工業化經濟體症候群」是「新興工業化社會」的產物。就亞洲太平洋的NIEs（新興工業化經濟體）而言，它們在第二次世界大戰以後的資本主義發展過程，頗有顯著的共同點：

一、冷戰體制下的成長

最近中國大陸的經濟學家何新就指出，亞洲的NIEs，即所謂「四小龍」之出現在中國大陸的周邊，並非偶然。何新形象地說明了韓國、台灣、香港、新加坡作為圍堵中共的世界戰略上的「地理政治學」（geopolitics）的條件，吸引了美國在五〇年以降對韓、台、港、馬來半島的各種政治、軍事和經濟援助，對於這些地區的資本主義發展，無疑是極為重要的條件。

以台灣的戰後經濟發展來說，一九五〇年到六五年將近十五億美元的經援，以及四五十億美元的軍事援助，對於台灣戰後的初始累積，有關鍵性的作用。舉凡土地改革，匯率制度，改革外人投資條例的訂定，加工出口制度的實行，民間企業的培養，美國在資金、技術、人才、組織、策畫上，皆涉入極深，形成一條「反共圍堵的富國強兵主義」。當然，國家的財經官員在若干決策上和工作上表現優異，以及不失其時地掌握形勢和機會，也是一個因素。但冷戰體制下的成長，也帶來了經濟和政治上的附庸性和權威性質。

二、權威主義的成長

冷戰的經濟成長有一個重大的指導思想，即為反共、勝共而成長。在冷戰體制下，共產主義被視為「邪惡的帝國」，帶有「擴張」、「顛覆」、「奴役」、「殘暴」之性質。因此，追求經濟繁榮、進步，就與防止共黨陰謀、「反共抗俄」、「消滅共匪」有密切關係。至此，國共內戰的意識形態和東西冷戰的思潮合而為一，無限上綱，而形成一個絕對化的、為「反共國家安全」的大義名分體制而行高度權威主義政治。在韓國、台灣、香港和新加波，戰後經濟成長的代價是犧牲民主、自由、人權、勞動三權和思想言論的自由，而集中以經濟發展來鎮靜權威主義所造成的痛苦（panics）。而權威主義政治，是壓低工資，擴大剩餘來完成快速積累的重要手段。

三、庸屬的成長

亞洲四小龍，在太平洋國際分工中，一律在「美國—日本—NIEs」這樣一個三角分工中的最低層，提供廉價勞動，成為美日先進資本主義的國際加工基地。由於戰後冷戰構造，四小龍在政治上、在經濟上、在財政上、在發展策略上皆庸屬於美日，失去國民經濟和民族經濟的主體性。

NIEs的成長，即「四小龍」的成長，一般地帶有上述冷戰的、權威主義的、庸屬主義的特點。正是在這個共同特點上，才產生NIEs症候群這樣一個共同的社會和文化現象。

冷戰框架上的成長，帶來反共權威主義的成長。

在權威主義下，國家權力得以強制農業剩餘導向工業；得以強制性維持低米價，從而維持低工資，增加資本的利潤；得以抑壓資本對於勞動的掠奪所引起的工潮，和資本對自然的掠奪引起的環保運動；得以因政治上的保護，培養特權化的「民間」企業而形成財團。權威主義政治壓抑了思想、知識、文化和創作的自由發展，抑制了人民的民主權利和人的基本權利。

因此，一旦在權威主義下的資本累積到一定的程度，資本的內在邏輯要求民主化、自由化，而形成一九八七年韓國的民主化，到一九八八年台灣的解嚴，過去受到抑制的勞工，發展成工潮；被抑制的政治，發展為政潮；過去被抑制的環境保護住民運動，也發展成環保運動。

此外，權威主義政治下，對公平、正義的蹂躪，特權特惠者致富，特權財團企業長期獨占各種權力和利益，一旦權威主義將序改組，僥倖、投機、賭博風氣就刮起來了。比較「健康」的、成熟的資本主義倫理如勤勉、儉約、競爭不受到鼓勵，超經濟的、不完全競爭的規律如國家干涉、特惠、保護、權力經營寡占利益，獨占市場。再者，權威主義，沒有任何理想和道德、正義的目標，卻只能以賺錢、經濟發展、物質享受作為民眾的安慰劑，形成只言物質利益和官能享受，嚴格禁止道德、思想、知識和良心自由的生活。因此一旦解嚴或「民主化」，享樂主義、官能主義、欲望的雪崩反而一發不可收拾。

庸屬的發展，因組織到國際分工的垂直部門的低層，因層層轉色，而輸入構造性的環境破壞。庸屬的發展，因政治經濟上的從屬化，從社會、生活和國民經濟喪失了民族主體性。新的買辦思想、民族自卑主義、普遍化的崇洋媚外、對自己民族命運的冷漠、民族尊嚴的喪失，成為這一時代的特質。人生失去了作為一個民族成員的目標和意義。至此人生年事不可為。一切倫理規範失去了意義。

一定歷史時期的文化，是那個歷史時期政治、經濟在精神生活上反映。一九五〇年以降，以民族內戰和國際冷戰等雙重構造為特點而發展的台灣戰後資本主義，不能不和NIEs一樣——或著大同小異——地帶有新殖民地的半資本主義性質，因此也就不能不集約地表現為NIEs症候群，這樣一種新殖民地的文化和半資本主義的文化：勞動不安（labour unrest），環境崩潰，勞動和管理品質的頹廢，社會道德體系的崩潰，全國性股票、土地、房產的大賭博，政治不安，國家目標的正當性動搖……

然而歷史正進行一次巨大的轉折：「新興工業化國家」所賴以發展繁榮的歷史和物質條件正在發生根本性改變。內戰歷史將隨《動員戡亂條例》的告終而結束。冷戰世界已經基本上鬆動。美蘇兩霸都在面對嚴重的挑戰：蘇聯面對著解體的考驗；美國的國債已達第三世界總債總和還多的水平。第三世界依舊充滿了飢餓、文盲、疾病、內戰、貧困，早夭、發展不足、國債高築這些無法忽視的問題。中國和中華民族，面對二十一世紀，正面對一個嚴格的考驗，正是在這考驗之前，當前台灣社會和文化的現實才值得我們深以為憂。無論如何，我們急迫需要一個因應「後冷戰」、「超克內戰」的新歷史時代的思維——探索、反省、批判和創造。這需要從世界史的、宏觀的角度去重組我們的世界。

初刊一九九一年二月《幼獅文藝》第七十三卷第二期、總四四六期

陳映真全集（卷十二）

THE COMPLETE WRITINGS OF CHEN YINGZHEN (VOLUME 12)

作者　陳映真
全集策畫　亞際書院・亞太／文化研究室
策畫主持人　陳光興、林麗雲
執行主編　宋玉雯
執行編輯　楊雅婷
版型設計　黃瑪琍
排版／印刷　中原造像股份有限公司

出版者　人間出版社
發行人　呂正惠
社長　陳麗娜
總編輯　林一明
地址　108台北市萬華區長泰街五十九巷七號
電話　886-2-2337-0566
傳真　886-2-2337-7447
郵政劃撥　11746473・人間出版社
電郵　renjianpublic@gmail.com

初版一刷　二〇一七年十一月
定價　一萬二千元（全套不分售）
ISBN　978-986-95141-3-2
版權所有・翻印必究

國家圖書館出版品預行編目（CIP）資料

陳映真全集／陳映真作. -- 初版. -- 臺北市：
人間, 2017.11
23冊；14.8 ×21 公分
ISBN 978-986-95141-3-2（全套：精裝）
848.6　　106017100